中國新聞史研究輯刊

二 編

主編　方 漢 奇

副主編　王潤澤、程曼麗

第 6 冊

北方小型報先驅《實報》與報人管翼賢

李 傑 瓊 著

花木蘭文化出版社

國家圖書館出版品預行編目資料

北方小型報先驅《實報》與報人管翼賢／李傑瓊 著 -- 初版 --
新北市：花木蘭文化出版社，2014〔民 103〕
目 2+214 面；19×26 公分
（中國新聞史研究輯刊 二編：第 6 冊）
ISBN 978-986-322-813-4（精裝）
1.中國報業史
890.9208   103013284

ISBN-978-986-322-813-4

9 789863 228134

中國新聞史研究輯刊
二 編 第六冊   ISBN：978-986-322-813-4

北方小型報先驅《實報》與報人管翼賢

作　　者　李傑瓊
主　　編　方漢奇
副 主 編　王潤澤、程曼麗
總 編 輯　杜潔祥
出　　版　花木蘭文化出版社
發 行 所　花木蘭文化出版社
發 行 人　高小娟
聯絡地址　235 新北市中和區中安街七二號十三樓
　　　　　電話：02-2923-1455 ／傳真：02-2923-1452
網　　址　http://www.huamulan.tw 信箱 sut81518@gmail.com
印　　刷　普羅文化出版廣告事業
初　　版　2014 年 9 月
定　　價　二編 11 冊（精裝）新台幣 22,000 元

北方小型報先驅《實報》與報人管翼賢

李傑瓊　著

作者簡介

李傑瓊，女。2001 年考入北大攻讀新聞學專業，2005 年獲文學學士學位及經濟學雙學位。2005年經免試推薦繼續在北大攻讀傳播學碩士學位，在卓南生教授和程曼麗教授的指導下，將新聞史論定爲研究領域。2012 年於北大獲得博士學位。在核心期刊發表多篇新聞史論的專題論文，曾赴臺灣地區、韓國、菲律賓進行學術交流，並在國家留學基金委的全額資助下赴日訪學一年。現爲北京工商大學藝術與傳媒學院新聞系講師，中國新聞史學會第四屆理事會秘書。

提　　要

　　20 世紀 20 年代末 30 年代初，「由政論本位而爲新聞本位，由津貼本位而爲營業本位」的「營業化轉型」作爲平、津報界實現「報格」獨立和言論自由的一種途徑，成爲中國報業改革思潮的主流，小型報作爲一種新的大眾化報紙的形態，在此風潮中應運而生。本書通過對《實報》及其創辦者管翼賢的研究，對小型報在中國華北地區誕生的原因、條件、特徵與局限進行了考察。

　　作者以《實報》現存 1928 年至 1944 年的報紙原件和《實報半月刊》現存 1935 年至 1937年的雜誌原件爲主要研究材料，參考大量中、日文檔案文獻及中外研究成果，對《實報》及其創辦人管翼賢在不同歷史發展階段（同時也是中國近代史發展的不同歷史時期）的新聞實踐和經營實踐進行了剖析。

　　上述分析，一方面揭示出《實報》自創刊便呈現出的「營業」性格，一方面也暴露了《實報》在不同發展階段「報格」的斷裂表現（即該報在自我標榜與具體實踐之間的矛盾）。作者同時關注到《實報》與平津報界、時局變動的關係，嘗試透過《實報》與管翼賢的個案研究，從特殊性中發現普遍性，由點及面地把握當時整個華北新聞界，乃至中國民族資產階級商業報刊的時代特徵。透過《實報》與管翼賢的案例，可以在古——今——中——外的框架中思考商業報刊的內生矛盾。

目次

導論：半殖民主義語境與中國近代新聞事業

　　　　在鴉片戰爭以前，中國和中國以外的世界幾乎完全隔絕。這一次戰爭打破了這種隔絕，中國和世界發生了越來越密切的聯繫。因爲有了這種聯繫，中國人打開了眼界，中國人民的鬥爭得到了世界各國進步人民的同情和支持。近代中國社會發生了新的社會經濟形態、新的階級力量、新的思想，也是和中國不再是對外界完全封閉的社會有關。但是，在那一百年間，中國是作爲一個半殖民地國家，即半獨立的國家和世界聯繫的。從根本上説，這種聯繫的內容是帝國主義對中國的侵略和掠奪。誠然，到了世界的近代，沒有一個民族的發展能夠和世界隔絕。但是，是以附庸國的地位，半殖民地、殖民地的地位來和世界聯繫，還是以獨立國家的地位來和世界聯繫，這是關係一個民族和國家的命運的大問題。〔註1〕

　　1840年至1842年的鴉片戰爭，打破了清王朝閉關鎖國的狀態，是封建中國變爲半殖民地半封建中國的轉折點。此後的一百餘年時間裏，中國以這種不平等的身份同世界（主要是包括日本在內的西方帝國主義國家）保持著聯繫。與此同時，中國人民在帝國主義外來壓力的刺激下，在啓蒙和救亡的號召下，踏上了尋求民族獨立、摸索現代化發展的道路，經歷了幾多磨難、困苦和掙扎。

〔註1〕　紀念鴉片戰爭一百五十週年，見胡繩，從鴉片戰爭到五四運動，第2版，北
　　　　京：人民出版社，1997，上冊，第11頁。

在此語境中，中國社會的各方面發生著微妙又不可逆轉的變化：社會結構的動搖，政治權力的更迭，「民族」和「現代」概念日益浸漬人心，民眾的日常生活實踐日趨豐富。近代以來，大眾傳媒（mass media），尤其是各種定期出版的報紙和期刊，是在描述這種變化發生與進行時，一個不可忽略的要素。在政治改革、文化運動以及其他相關的歷史事件與衝突中，都缺少不了近代傳媒（很長一段時間，報刊是主流的媒介形態）的身影；當然，在這個過程中，傳媒自身也發生著相應的變化與改良。

在傳統士大夫、近代知識分子等精英群體「開眼看世界」的風潮中，以報紙為主要代表的近代傳媒向閱報者提供了一條認識外部世界的重要渠道，使他們瞭解置身於其中的社會以及這個社會之外的其他社會，發生過什麼、正在發生什麼以及可能發生什麼。簡言之，無論國家大事還是街頭風聞都會日復一日地在報紙上出現，或以言論的方式，或以「新近事實」的方式。

儘管許多西方傳播學者曾對大眾傳媒與真實環境之間簡單的映像關係提出了質疑——比如李普曼（Walter Lippmann）認為大眾傳媒報導的內容建構了一個「擬態環境」（pseudo-environment）；鮑德里亞（Jean Baudrillard）則使用了「仿真」（simulation）這個概念來描述這種關係——然而不能否認的是，大眾傳媒的報導內容與人們的生活環境之間存在著密切關聯，且這種聯繫具有現實的物質基礎。報刊上的內容既是反應社會現實的「鏡子」，又是社會建構的產物；既是對各種權力衝突、競爭、妥協、合作的揭露，同時又是這種權力衝突、競爭、妥協、合作的結果。

中國新聞事業的發展史雖有其獨特的學科史特徵，但大體內嵌於中國近代史的發展脈絡中；不只中國，世界各國的新聞事業都具備這一特徵。從這個角度出發，對中國新聞事業發展史的考察，為充實對中國近代史的認識與理解提供了一條特殊路徑；對中國近代史的梳理，為把握中國新聞事業發展的歷史語境提供了參考資源。然而在具體的新聞史論研究中，這個常識所包涵的豐富意義往往容易為人所忽視，導致歷史背景與研究對象的彼此割裂。

有鑑於此，本章的內容將以中國近代史與中國新聞事業史的如上關係為基本立足點，以問題意識為導向，主要圍繞「半殖民主義」和「報格」這兩個關鍵詞展開，以期復原理解中國近代新聞事業產生和發展的時空脈絡和歷史語境。

一、「非正式帝國主義」與「半殖民主義」

自 19 世紀末期到 20 世紀初期，中國的現代化，實際上就是資本主義化，那時社會主義還沒有提上日程。西方帝國主義的壓力不允許中國統治勢力閉關自守，也不允許它一切保持原樣。從維護各所在國「國益」的角度出發，各種妨礙中華民族進步發展的前資本主義的社會關係被有意地保留下來。〔註2〕中國雖然未淪為完全的殖民地，但呈現出獨特的半殖民地半封建特徵，而且受到的影響更為深遠和難以察覺。

隨著工業革命的興起，一個國家控制另外一個國家的能力經常依賴於更強有力的經濟發展而非單純的軍事實力。帝國主義的擴展可以（而且經常）採取比領土征服更隱蔽、間接方式進行。在此意義上，Peter Duus 認為，帝國就像一座冰山，可見的僅僅是一角，更大的部分潛藏在水下並支撐著整座冰山的移動。〔註3〕Peter Duus 以英國為例進一步指出，英國希望通過出口商品與資本、進口原材料和農作物的做法，將通向海外市場的渠道整合進其自身不斷擴張的龐大經濟中。在此過程中，英國發明了「非正式帝國主義」（informal imperialism），並建立起一種此後約定俗成的結構──不平等條約體系。

Peter Duus 在說明英國「非正式帝國主義」的表現時，還援引了 Gallagher 和 Robinson 的觀察。自由貿易條約以及發展（或強迫發展）同弱小國家的「友誼」，是英國擴張中最為常用的政治工具。與中國簽訂的一系列不平等條約，如《南京條約》（1842 年）、《天津條約》（1858 年）、《北京條約》（1860 年）和《煙臺條約》（1876）就是最為明顯的例子。通過「非正式帝國主義」，在自由貿易意識形態的掩蓋下，英國的冀圖是，從那些比自身弱小貧窮的民族攫取經濟利益，而不用支付管理他們的成本。Gallagher 和 Robinson 對英國政策的精髓做出了如下評價：如果有可能就通過非正式的控制進行貿易；必要時再通過統治進行貿易。〔註4〕

《南京條約》是中國近代史上第一個不平等條約。通過這個條約，英國

〔註2〕 紀念鴉片戰爭一百五十週年，見胡繩，從鴉片戰爭到五四運動，第 2 版，北京：人民出版社，1997，上冊，第 9～10 頁。

〔註3〕 Peter Duus, "Japan's Informal Empire in China, 1895～1937: An Overview" in Peter Duus, Ramon H, Myers, and Mark R, Peattie, eds., *The Japanese Informal Empire in China*, 1895～1937, Princeton, New Jersey：Princeton University Press, p, xi.

〔註4〕 Ibid., pp, xiv～xv.

不僅得到了割地賠款，迫使中國開設通商口岸，實行對外貿易自由，還開創了協定關稅、設立領事裁判權制度、在通商口岸設立租界等先例。與此同時，英國爲其他帝國主義國家同中國訂立類似的不平等條約製造了機會。1844 年中美簽訂的《望廈條約》則成爲其他資本主義國家同中國簽訂不平等條約的範本。參與《望廈條約》談判的美國特使在向美國國務院的報告中曾這樣說道：

> 美國及其他國家，必須感謝英國，因爲它訂立了的南京條約，開放了中國門戶。但現在，英國和其他國家，也須感謝美國，因爲，我們將這門戶開放的更寬闊了。〔註5〕

也有學者（如 Osterhammel）指出，在中國，「非正式帝國」（informal empire）並非帝國主義的一個初級階段，它本身就是一套體系。雖然帝國主義在中國沒有變成完全的殖民主義，但它的一個明顯特徵是合作性的帝國主義。〔註6〕

上述西方學者圍繞「非正式帝國主義」的學術討論和理論建構，爲理解 19 世紀末至 20 世紀前半期，中國與「世界」（主要是帝國主義國家）的聯繫提供了一個有啓發意義的視角。不過需要注意的是，「非正式帝國主義」的發明也好，「非正式帝國」的建立也好，兩者的成因同帝國主義國家本身軍事、政治、經濟實力的消長，帝國主義國家間的競爭和矛盾有所關聯。但針對中國沒有淪爲完全的殖民地這個具體例子而言，與其說是帝國主義國家主動、有意選擇的結果，不如說暴露了帝國主義國家在中國人民的抵抗面前「非不爲也，實不能也」的現實。從這個角度來看，「非正式帝國主義」和「非正式帝國」這兩個概念也不可避免地帶有某種程度的「西方中心論」色彩，忽略了中國人民在這一歷史過程中的能動作用，部分遮蔽了中國歷史發展的事實。

在論及 1840 年至 1949 年間中國的社會特徵時「半封建半殖民地」是，一個經典的概念。術語「半殖民地」起源於列寧，後被中國的馬克思主義者整合進「半封建半殖民地理論」，用以表明「封建主義已然被打破，但任何指向資本主義的重大轉變仍尚未發生。殖民主義滲透進了封建體系，但還不能

〔註5〕 有關《南京條約》和《望廈條約》對中國的影響，見胡繩，從鴉片戰爭到五四運動，第 2 版，北京：人民出版社，1997，上冊，第 63～64 頁。

〔註6〕 H, L, Wesseling, "Imperialism and Empire：An Introduction." In Wolfgange J, Mommsen and Jurgen Osterhammel, eds., *Imperialism and After: Continuities and Discontinuities*, London: Allen and Unwin, 1986, p,7.

完全取代封建體系。由此，社會處於一種混雜的社會形態，而這是經典的歷史唯物主義所始料未及的」。毛澤東對「半封建半殖民地」概念的使用和強調，突出了在中國社會內部，殖民主義不僅與封建主義共存，而且殖民力量是十分多元的。〔註7〕

史書美認爲，中國馬克思主義理論家對「半殖民地」術語的使用是出於對「殖民主義」的修正，用以描繪外國力量之間的競爭和中外之間多層次的支配關係，以及描繪在華外國勢力之間相互合作所引發的滾雪球般遞增的剝削效應。〔註8〕

通過對「半殖民地」概念的知識考古，並部分地結合馬克思主義有關「帝國主義間」競爭時期（即20世紀早期之帝國主義）的討論，史書美認爲，展開相互競爭的外國列強爲爭取更多的權力和利益，對中國進行了多元和多層次的佔領，這直接導致了中國不均衡的殖民關係結構。這種殖民關係結構作爲一種非正式的帝國主義形態，對外國列強而言，具有更大的經濟意義；對中國社會而言，這種結構以及多元殖民的事實，促使國內政治區域的四分五裂，進而導致文化領域內充滿爭論的局面。

基於這一觀察，史書美用「半殖民主義」（semi-colonialism）作爲分析工具，對在華「非正式帝國主義」的特徵和影響進行概括：半封建半殖民地的中國與在華多種帝國主義之間存在一種不均衡的殖民關係；多種帝國主義在中國的多重統治以及其碎片化的殖民地理分佈和控制，催生了相應的社會和文化形態。〔註9〕也就是說，「半殖民主義」可用以突出帝國主義在華殖民結構多元、分層次、強烈、不完全和碎片化的特性。〔註10〕

在史書美看來，「半殖民主義」有著如下四重含義。首先，它意味著西方帝國主義勢力和中國之間構成一種不均衡的關係，由此對中國社會造成的破壞性比完全控制和正式殖民要更加嚴重。第二，完全控制的缺席意味著，半殖民主義的運行是一種非正式的制度化了的殖民主義。第三，外國勢力的碎片化和多元化表明，每一勢力在中國文化的想像中分別佔據了不同的位置。第四，帝國

〔註7〕 史書美，現代的誘惑——書寫半殖民地中國的現代主義（1917～1937），何恬譯，南京：江蘇人民出版社，2007，第38頁。
〔註8〕 同上，第37～39頁。
〔註9〕 同上，第48頁。
〔註10〕 同上，第39～42頁。

主義在華殖民結構多元、分層次、碎片化的特徵，造成了中國知識分子在意識形態、政治和文化立場上的態度遠比正式殖民地的知識分子更加多元化的局面。〔註11〕

本書借用「半殖民主義」這個術語，主要用以描述與中國近代新聞事業發生、發展及演變緊密關聯之歷史語境的複雜特徵。通過「半殖民主義」中的「半」字，強調自 1840 年至 1949 年的中國社會，在殖民力量和封建力量的合作下，呈現出「不完整」與「碎片化」的狀態。同時也強調，因爲殖民力量的滲透，當時中國不少的「國內」問題，其實也是「國際」問題，即不只是封建性的問題，同時也是殖民性的問題。

二、日本的「大陸政策」及其侵華進程

西方帝國主義「前輩」在中國打造的「非正式帝國」，對後起的日本帝國主義的發展在兩個方面起著重要影響。第一，它決定了日本的反應和逐漸興起的國際野心：日本將在中國獲得貿易特權視爲衡量成功的一個重要標準。第二，它爲日本所採取的行動提供了難以迴避的語境。W. G. Baesley 在考察日本帝國主義的特徵及其變遷時指出，日本帝國主義的一個鮮明特徵是，它發端自西方帝國主義於 19 世紀在亞洲建立起來的非正式帝國結構的內部。那時候的日本尚處於政治封建且經濟落後的狀態中。〔註12〕

結合 Baesley 的分析可以發現，日本近代軍國主義的興起和以侵略擴張爲內核的「大陸政策」的推行（特別是 20 世紀 30 年代起對中國的軍事侵略），一定程度上是日本帝國主義逐漸不甘心在由西方列強主導的「非正式帝國」的框架中尋求有限的滿足，取而代之建立一種由其自身主導的新秩序的嘗試。

1868 年開始的明治維新使日本完成了從封建社會向資本主義社會的迅速過渡，由此，日本成爲了當時亞洲惟一獨立自主的現代國家。但是，日本的軍國主義也隨著近代天皇制的建立和鞏固而發展壯大。早在幕府末期，日本朝野內外逐漸形成了如下一種觀點：醞釀對朝鮮、中國的侵略，作爲日本對歐美及俄國屈服的補償。1890 年 11 月，以山縣有朋在日本第一屆帝國會議上

〔註11〕 史書美，現代的誘惑——書寫半殖民地中國的現代主義（1917～1937），何恬譯，南京：江蘇人民出版社，2007，第 42～48 頁。

〔註12〕 W, G, Beasley, Japanese Imperialism 1894～1945, New York: Oxford University Press, 1987, P,1.

發表「利益線論」的施政方針爲標誌，日本的近代「大陸政策」作爲其國策正式確立。〔註13〕

　　1894 年爆發的中日甲午戰爭，是日本爲推行「大陸政策」而發動的第一次大規模侵華戰爭。通過《馬關條約》，日本不僅佔據臺灣爲殖民地，以此爲據點將福建等地劃定爲其在華的勢力範圍；更通過清政府的戰爭賠款獲得了進一步擴充軍備所需要的鉅額資金，增強了其與假想國俄國進行較量的實力。

　　「滿蒙」，即中國東北、內蒙古等區域，從明治時期以來一直是日本近代「大陸政策」的戰略目標。爲同俄國爭奪在朝鮮及中國東北三省的利益，1904 年 2 月 10 日，日本政府正式向俄國宣戰，日俄戰爭爆發。日本在這場兩帝國之間的爭霸戰中，將其「利益線」擴展到了中國東北地區的南部。

　　1911 年 10 月 10 日，辛亥革命爆發。日本認爲中國政局的動蕩是其攫取「滿蒙」的有利時機，自 1912 年開始，便以此爲目的進行了種種陰謀活動。到 1912 年 7 月，日本攫取了「東部內蒙古」。1913 年 10 月，日本山本權兵衛內閣以承認北京政府和袁世凱爲正式大總統爲籌碼，獲得了「滿蒙五鐵路」。從此，日本的在華勢力隨著鐵路而進一步延伸。

　　第一次世界大戰期間，日本在中國東北地區「經營」（日本在美化侵略行爲時慣用的外交辭令）殖民地所帶來的鉅額利潤，進一步刺激了其擴張的野心。1927 年 7 月，田中義一內閣召開第二次東方會議後，日本獨佔「滿蒙」的方針作爲最高國策公開化了。1931 年在中國發生了「萬寶山事件」和「中村大尉事件」，日本政府和軍部趁機叫囂「要保衛在甲午戰爭和日俄戰爭中父兄先輩流血換來的滿蒙權益！」「日本的生命線滿蒙正面臨危機！」等等，藉此爲戰爭做興論準備。日本的大衆傳媒在此過程中起到了推波助瀾的作用。

　　1931 年 9 月 18 日晚，以柳條湖事件爲起點，日本製造了「九一八事變」。爲轉移歐洲列強對此次事變的關注從而使僞「滿洲國」建國成功，1932 年 1

〔註13〕大陸政策的主要內容可以概括爲：吞併朝鮮，征服中國，稱霸東亞乃至世界。
　　　　關於大陸政策形成的主要歷史淵源有三：第一，16 世紀末，豐臣秀吉的大陸
　　　　擴張構想；第二，德川幕府末期，佐藤信淵的「征服支那」論；第三，19 世
　　　　紀 50 年代，吉田松陰的「海外擴張」補償論。參見沈予，日本大陸政策史（1868
　　　　～1945），北京：社會科學文獻出版社，2005，第 34～37 頁。
　　　　另外，有關豐臣秀吉、佐藤信淵和吉田松陰的上述思想及理論，可參見王向
　　　　遠，日本對中國的文化侵略——學者、文化人的侵華戰爭，北京：崑崙出版
　　　　社，2005，第 19～40 頁。

月日本海軍陸戰隊製造了「一‧二八事變」。同年 3 月 1 日由張景惠等九軍閥首領組成了東北行政委員會，宣佈成立僞「滿洲國」；3 月 9 日，溥儀就任執政。日本通過建立傀儡政權對中國東北地區進行的殖民統治到 1945 年戰敗後才結束。

1932 年 5 月，在日本國內法西斯化的大背景下，〔註14〕齋藤實內閣與軍部配合開始醞釀入侵華北。1933 年 5 月，國民政府在日本關東軍的武力威脅下同日本政府簽訂了《塘沽協定》，日本軍國主義藉此機會將其「利益線」由中國東北地區推進到了華北地區。此後，日本的華北分離政策逐步形成，其標誌就是 1934 年 12 月《關於對華政策之件》（按：或譯爲《關於對華政策文件》）的制定。〔註15〕

1935 年是日本推行以「分離華北」爲重點的「大陸政策」最猖狂的一年。同年 1 月至 6 月，日軍先後製造了「察東事件」「河北事件」和「張北事件」，迫使國民政府與其簽訂《秦土協定》與《何梅協定》，使華北幾乎成爲非武裝地帶。10 月，日本政府以發表「廣田三原則」的形式，表達了將華北變成第二個僞「滿洲國」的企圖。11 月，日軍在長城以南的非軍事地帶炮製了「冀東防共自治政府」。12 月，又成立「冀察政務委員會」，企圖將河北和察哈爾從國民政府的管轄中分離出來成爲自治區域。

1936 年，日本在對華北地區進行政治分裂的同時，加緊了對該地區的經

〔註14〕 日本對外的侵略戰爭與對內的法西斯化幾乎是並行的。1932 年 2 月和 3 月，前大藏大臣井上準之助和三井財閥的最高首腦團琢磨分別被以農民出身青年爲主力的右翼團體——「血盟團」的團員所殺害。接著 1932 年 5 月 15 日，一夥海軍軍官和陸軍士官學校的學員襲擊了首相官邸，槍殺了犬養毅首相，製造了「五一五事件」，爲政黨內閣的歷史打上了休止符，以齋藤實爲首相的舉國一致內閣登上了歷史舞臺。井上清，日本軍國主義：軍國主義的發展和沒落，馬黎明譯，北京：商務印書館，1985，第 257～258 頁。藤原彰，日本近現代史（第三卷），伊文成等譯，北京：商務印書館，1983，第 35～37 頁。

〔註15〕 1934 年 12 月 7 日陸軍、海軍、外務三省有關科長制定出《關於對華政策之件》，將「華北分離政策」作爲重要內容寫入日本政府的政策文件。該件的基本內容有三：第一，闡明日本對華政策是控制中國、稱霸東亞。；第二，實行華北分離政策；第三，使中國中央政府與各地方政權「分立」。相關內容詳見沈予，日本大陸政策史（1868～1945），北京：社會科學文獻出版社，2005，第 450 頁。
另外，《關於對華政策之件》的詳細內容，可參見熊沛彪，近現代日本霸權戰略，北京：社會科學文獻出版社，2005，第 77 頁。

濟侵略。9月，日本中國駐屯軍〔註16〕司令官田代皖一郎中將，向宋哲元提出了「中日經濟提攜」的具體計劃，遭到宋的拒絕。1936年末、1937年初，隨著「對華一擊論」的擡頭，日本法西斯決定以武力奪取華北。「盧溝橋事變」就是在這樣的背景和氣氛中爆發的。

以上就是1868年至1937年日本政府和軍部先後以「攫取滿蒙」和「分離華北」爲戰略目標在中國推行「大陸政策」的大致進程。在這個進程中，其他在華帝國主義出於維護自身既得利益的考慮，對日本在中國的侵略行爲採取了綏靖態度。這是前述在華各帝國主義之間合作關係的又一例證。

上述進程，尤其是日本在20世紀30年代的侵華活動，在政治、軍事、外交、文化等各方面對中國社會產生了巨大而深遠的影響。具體到中國新聞界的情況來看，這個進程在很大程度上主宰了當時報紙的報導和言論，甚至同不少報刊的存亡和報人的轉變有著直接關係（比如本書考察的《實報》及其創辦者管翼賢）。當時呈現在報刊上的對「日本問題」的不同立場與態度，進一步揭示了「半殖民主義」語境中，中國知識分子、文化人、報人在政治、文化、思想等領域的分裂狀況。

三、「現代主義」與「殖民主義」的隱秘聯繫

現代主義一直被描述爲一個從西方向非西方的移動過程，這種「單向的旅行」，深刻地揭示了西方和非西方之間在話語層面的不平等。然而在種種關於「現代化」的神話中，很少有人正視如下歷史事實：西方現代主義和現代主義者是以其所在國入侵非西方領土所獲得的軍事和經濟權力作爲其旅行得以實現的先決條件的。在此過程中，現代主義伴隨著帝國主義擴張，以文明傳教活動的名義在殖民地傳播帝國主義的文學和文化確立起來，並成爲維護帝國主義侵略和擴張的意識形態合法化和中立化的一部分。〔註17〕

日本在這個全球性的歷史進程中，不論對其他西方列強而言，還是對亞

〔註16〕中國駐屯軍是根據《辛丑條約》規定設立的。《辛丑條約》規定：「中國國家應允，由各國分應主辦，會同酌定數處，留兵駐守，以保京師至海道無斷絕之虞。」復旦大學歷史系，中國近代對外關係資料選輯，上海：上海人民出版社，1977，上卷第二分冊，第151頁。

〔註17〕史書美，現代的誘惑——書寫半殖民地中國的現代主義（1917～1937），何恬譯，南京：江蘇人民出版社，2007，第3～15頁。

洲其他國家和地區而言，都扮演了複雜而特殊的角色。西方帝國主義對中國的侵略和剝削，對日本造成了極大的衝擊。鶴見俊輔（Syunsuke Tsurumi）指出，爲了不成爲西方各國在亞洲的殖民地，日本國內逐漸醞釀出一種「大家必須結成一體保護國家」的輿論氛圍。〔註18〕

19世紀末期明治維新的成功，對日本和亞洲而言，有著不一樣的意義。對日本而言，明治維新之後，日本國民普遍具有了一種邁上「文明階梯」的使命感。鶴見認爲，從1876年到20世紀40年代的這段時期裏，這種被稱爲「文明階梯」的虛幻存在，在日本國民的身份認同和文化想像中持續發揮著不可小覷的作用。〔註19〕對亞洲其他國家、地區，尤其是對中國而言，日本成爲了現代化＝西化的成功典型，中國的知識分子在救亡圖存的熱潮中，認爲通過熱心學習日本從西方學來的方法，中國也可以變得強大，以此便可以抵禦西方帝國主義的侵略與剝削，從而扭轉中國的命運。從這個意義上，日本不僅是學習的榜樣，更是通向現代化＝西方化的中介和捷徑。〔註20〕

日俄戰爭的勝利，不僅讓日本從俄國手中「接管」了後者在中國東北地區的特權，而且讓日本各階層萌生了可以與西方列強平起平坐的信心，刺激了統治階層與文化精英階層將以侵略朝鮮和中國爲目標的「大陸政策」由構想變爲現實的野心。以侵略擴張爲核心的「大陸政策」，正是在明治政權成立初期，在邁上「文明階梯」使命感的促進下，伴隨著「脫亞」與「興亞」兩股並行的社會思潮，被確定爲日本最高國策的。

「脫亞論」者是恥與亞洲人爲伍，要擺脫亞洲；「興亞論」者雖標榜「解放亞洲」，其實質是取代白色人種奴役亞洲人民。卓南生（Toh Lamseng）發現到「脫亞論」和「興亞論」兩者之間你中有我，我中有你的關係。日本在侵略擴張思想的膨脹期，雖以「脫亞論」爲主導思想，但出自戰略需要（特別是發現憑一己之力難以同西方諸國對抗，並且在亞洲其他國家和地區遭受抵抗時），大打「興亞論」的招牌，提倡「亞細亞主義」。實際上，「脫亞論」和

〔註18〕鶴見俊輔，戰時期日本の精神史1931～1945年，東京：岩波書店，2001，第14頁。

〔註19〕鶴見俊輔，戰時期日本の精神史1931～1945年，東京：岩波書店，2001，第12頁。

〔註20〕史書美，現代的誘惑——書寫半殖民地中國的現代主義（1917～1937），何恬譯，南京：江蘇人民出版社，2007，第21頁。

「興亞論」都以日本對亞洲的控制和主導作爲邏輯起點，相比之下「興亞論」更具迷惑性。〔註21〕

　　李文卿在博士學位論文中指出，明治維新後，日本在「成爲亞洲第一」的思維下，國家的視野一度轉向擺脫落後亞洲的桎梏，邁入西洋之林；然而在與西洋多重利益衝突下，將其視野又轉向了「興亞」。在這樣一個進程中，福澤諭吉（Yukichi Fukuzawa）的「脫亞論」與以岡倉天心（Kakuzo Okakura）爲主的「東洋論」提出的「亞洲人的亞洲」主宰了日本的近代思潮，之後的「大亞細亞主義」繼承了岡倉天心的思想，欲以亞洲自決的方式興盛亞洲。以至太平洋戰爭時期的「大東亞宣言」中強調的東亞民族團結之訴求，其實是可以在上述「東洋論」到「大亞細亞主義」的思想脈絡中找到「興亞論」的相似邏輯。〔註22〕

　　「興亞論」之所以具有迷惑性，或者，具體來說「大東亞宣言」中的「大東亞」視角以及所提倡的「東亞團結」爲亞洲一些國家和地區的知識分子所接受甚至擁護，和亞洲當時置於西方帝國主義侵略鐵蹄下的歷史現實分不開。對這些國家和地區而言，對西方帝國主義剝削壓迫進行反抗的共同需求構成了東亞團結意識的現實基礎，並使由日本提出的這一號召得以合法化。但是，誠如李文卿所揭示的一般，日本設想的「東亞團結」具有明顯的位階順序，是以日本爲盟主地位的東亞思考，實際上複製了歐美帝國主義的思考模式，僅是將歐美列強置換爲日本帝國，延伸其勢力範圍的一種策略。〔註23〕

　　對於這種幾經包裝的殖民主義邏輯，亞洲各國家和地區因所處具體歷史語境的不同，而採取了不同的認識和態度。陳芳明認爲，現代性與殖民性對臺灣而言，並不是可以截然區隔的兩組價值觀念。日本殖民者在時間點上搶先抵達現代，並且又把現代性轉化爲文化優越性；因此，在統治臺灣之際，使得被殖民的知識分子錯覺地以爲現代性等同於日本性，忘記了在現代化與日本化之間其實還存在一個殖民化的過程。〔註24〕

〔註21〕 根據卓南生教授於 2005 年在北大新聞與傳播學院開設「傳媒與國際報導」課程的講義整理而來。同時可參考卓南生，「亞細亞主義」爲何令人生畏？，見卓南生，卓南生日本時論文集（全三卷），北京：世界知識出版社，2006，日本社會卷，第 467～469 頁。

〔註22〕 李文卿，共榮的想像：帝國日本與大東亞文學（1937～1945），臺灣政治大學博士學位論文，2009，第 3～4 頁。

〔註23〕 同上，第 4 頁。

〔註24〕 陳芳明，殖民地摩登：現代性與臺灣史觀，臺北：麥田出版，2004，第 12 頁。

上述這種情況，與日本對臺灣殖民時間之久和程度之深有不可割裂的聯繫。對比之下，Prasenjit Duara 發現，在中國大陸的大多數地區，由於沒有形成制度化的殖民主義，因此無論對殖民者還是被殖民者來說，都沒有像那些淪為直接（或完全）殖民地的國家或地區那樣強烈的殖民主義意識形態。雖然帝國主義的存在受到痛恨，但反帝主要是在政治經濟層面上的，即維護主權獨立和反對經濟剝削，從人民的自我認識中根除帝國主義意識形態的影響並非當務之急。〔註25〕

此外，史書美也發現，置於半殖民主義語境下的中國知識分子通過文化啟蒙話語部份遮蔽了殖民現實，將「西方」的概念分化為「都市西方」和「殖民西方」。在這種兩分法中，前者被優先考慮為模仿的對象，同時也就削弱了作為批判對象的後者。〔註26〕日本作為中國學習西方知識的中介和捷徑，通過這樣一種策略，日本對中國的侵略與佔領同文化啟蒙的急務得以分離，由此便可理解為什麼當時很多知識分子只談「以日為師」，而迴避「老師總是欺負學生」的現實。可以說，這樣一種認識論上的分裂，無疑是「半殖民主義」歷史語境下中國文化思想界的一個普遍特徵，也經常呈現在報刊的言論與報導中。

胡繩曾用階級分析的觀點和方法解釋了中國的現代化與帝國主義之間的關係，對理解半殖民主義語境的部分特徵，或者說，「現代主義」與「帝國主義」（甚至是「殖民主義」）間的隱秘聯繫頗具啟發性。他認為以現代化為主題敘述中國近代史的發展進程是有重要意義的。從 1840 年鴉片戰爭以後，幾代中國人為實現現代化作過什麼努力，經歷過怎樣的過程，遇到過什麼艱難，有過什麼分歧、什麼爭論，這些無疑都是中國近代史中的重要題目。但需要注意的是，最早促使中國走向某種程度的現代化的力量其實是帝國主義。之所以說是「某種程度的現代化」，是因為帝國主義只允許中國在對其有利的嚴格範圍內發生朝向資本主義的變化。因此，從 19 世紀後期到 20 世紀初期，中國的現代化，或者說資本主義化，雖然是中國國內各種社會力量的對比和鬥爭的問題。但由於帝國主義勢力的滲透，又並非單純的國內問題。〔註27〕

〔註25〕杜贊奇，從民族國家拯救歷史：民族主義話語與中國現代史研究，王憲生等譯，南京：江蘇人民出版社，2009，第 214～215 頁。

〔註26〕史書美，現代的誘惑——書寫半殖民地中國的現代主義（1917～1937），何恬譯，南京：江蘇人民出版社，2007，第 42 頁。

〔註27〕胡繩，從鴉片戰爭到五四運動，第 2 版，北京：人民出版社，1997，上冊，第 8 頁。

四、半殖民主義語境下的中國近代報業

從中國近代新聞事業的發展史來看，促使以邸報爲代表的中國古代報紙轉型成爲近代報紙的力量，也是帝國主義。中國近代報紙的出現與發展同以通商口岸體系和不平等條約爲主要政治工具的「非正式帝國」在中國的建立、帝國主義勢力在中國境內的擴張和滲透緊密相聯。方漢奇在他的代表性專著《中國近代報刊史》中指出，近代化報刊在中國的出現是與西方國家的入侵和中國的半殖民地化同時開始的。最先用中文出版的近代化報刊，最先在我國境內出版的近代化報紙，都是外國侵略者首先創辦起來的。〔註28〕

卓南生在其嚴謹紮實、在學界引起強烈反響的新聞史論研究中，爲19世紀初期在東南亞出現的近代華文報紙的發展過程描繪了一副清晰的鳥瞰圖。從中可知，中國近代中文報業的一個重要特徵是萌芽於西方傳教士在東南亞殖民地創辦、但旨在傳入中國、以中國人爲受眾目標的宗教月刊。1815年由倫敦布道會傳教士米憐（William Milne）在馬六甲創辦的中文月刊《察世俗每月統記傳》是最早的一份近代化中文報刊。至於中國境內的近代化中文報刊，則以1833年由德國傳教士郭士立（Karl Friedrich August Gutzlaff或Charles Gutzlaff）在廣州創辦的《東西洋考每月統記傳》爲最早。《南京條約》簽署後，這些原本以東南亞的馬六甲等地爲據點的西方傳教士，紛紛把陣地轉移到香港以及通商口岸，準備向中國境內進行大規模的傳教活動。與此同時，他們也創辦了不少近代化中文定期刊物作爲「文字播道」的手段。〔註29〕

卓南生指出，從1815年《察世俗每月統記傳》創刊到1858年《六合叢談》停刊的40餘年之間，隨著時代的改變，各傳教士所辦之報刊的出版動機、發行區域乃至內容編排等，也發生了一定的改變。但綜觀這些中文宗教月刊的誕生與發展，可以發現在當時的歷史語境下，它們的相繼問世，與其說是應中國國內社會的需要，不如說純粹是出自西方傳教士爲達到傳教及宣揚西方文明，從而改變中國人的西洋觀的目的創辦的。〔註30〕換句話說，西方將近代化的報業概念傳入東方的過程伴隨著價值觀的傳播與滲透。爲維護政、教、商「鐵三角」的利益，早期創辦近代中文報刊的傳教士們冀圖借助文化力量改變亞洲人

〔註28〕方漢奇，中國近代報刊史，太原：山西人民出版社，1981，上冊，第10頁。
〔註29〕卓南生，中國近代報業發展史1815～1874，增訂版，北京：中國社會科學出版社，2002，第1～2頁。
〔註30〕同上，第206頁。

對西方的態度，從而達到為西方各國「國益」服務的目的。〔註31〕

《中國報學史》是我國最早的一部對中國報紙由古代向近代演變、發展之過程進行系統論述的著作。戈公振在該書中雖然肯定了外人所刊之書報對打破國人守舊思想，研究新學的激勵作用，以及為中西文化融合的創造了機會；而且認為外報在編輯、發行、印刷、經營方面的優點值得中國報紙所效法。但他同時強調，這些在中國的外報外刊，以傳教為主要目的，實際上是「去一偶像而又立一偶像也。」此外，他還指出，這些外報幾乎一致為其國家出力，在外交問題上，往往推波助瀾，為害於中國甚大。〔註32〕

Paul French 在近期出版的一部歷史作品中也指出，英國和美國這兩個孿生的帝國主義國家都嘗試以貿易和傳教手段拓展各自的帝國業務，謀求帝國的利益，擴充帝國的財富。這就意味著最早的外國報紙雜誌需要反映以下三重利益：宗教需求、財富追求和國家利益。Paul French 用諷刺的口吻記述道：「儘管最先踏足報紙生意的是商人而不是傳教士，不過那些上帝的僕人從來不會落後於瑪門（按：指金錢）的奴隸們太遠。」〔註33〕他還揭示道，這些在華的外國記者和外國媒體本身就是不平等條約和外國勢力干涉中國內政的產物，他們對中國的興趣歸根結底以如何讓中國人、中國產品和資源服務於西方列強為目的。〔註34〕

正是察覺到這種所謂的「文化交流」的不平等性和虛偽性，當時不少中國報業的先驅者深刻體會到，只有中國人自己出資、自己主持的報紙才能保障中國人的利益，遂萌生了「華人出資、華人操權」的辦報理念，以同西方的聲音抗爭。由華人獨自創辦、華人主持的華文日報，首推艾小梅 1873年在漢口創辦的《昭文新報》，其次是王韜 1874 年在香港創辦的《循環日報》以及中國最早的留學生容閎同年在上海創辦的《彙報》。其中影響力最大，最具代表性的一份報紙就是《循環日報》。〔註35〕它重視言論，而一切言論又以國家、民族的利益為依歸。《循環日報》的辦報風格毫無疑問地開

〔註31〕 李傑瓊，「北大新聞學茶座」首次學術研討活動掠影，國際新聞界，2010，（6），第 33 頁。
〔註32〕 戈公振，中國報學史，北京：生活·讀書·新知三聯書店，1955，第 112 頁。
〔註33〕 保羅·法蘭奇，鏡裏看中國：從鴉片戰爭到毛澤東時代的駐華外國記者，張強譯，北京：中國友誼出版公司，2011，第 3 頁。
〔註34〕 同上，第 16 頁。
〔註35〕 卓南生，中國近代報業發展史 1815～1874，增訂版，北京：中國社會科學出版社，2002，第 179～180 頁。

創了文人論政的政論報紙的先河。〔註36〕因此，卓南生認為，19 世紀萌芽期的中國近代報業史，其實是一部中國人要求擺脫外國勢力對傳媒的控制，爭取言論自由，從而表達國家民族意識的鬥爭史。〔註37〕這一觀點十分恰當地概括了在半殖民地半封建歷史語境下國人所辦報紙發展歷史的特徵。而且「華人出資、華人操權」辦報理念的萌生以及實踐的政治意義，說明了近代以來中國新聞業的發展同中國人民尋求民族獨立、建設統一國家、反帝反殖民的鬥爭的緊密聯繫。

方漢奇在前述《中國近代報刊史》中有系統地描述了從戊戌維新到辛亥革命以及軍閥混戰時代中國近代報刊的作用與影響，在對中國近代新聞事業發展歷程進行細緻梳理的基礎上，清楚展現了中國清代仁人志士的憂患與反抗意識、十九世紀末資產階級的救亡宣傳、變法議論以及二十世紀初資產階級革命派的反帝反封建的宣傳。由此可見，康有為、梁啟超創辦的維新派的報刊、孫中山等革命派創辦的報刊、新文化刊物的興起、《新青年》的誕生、以及此後中國共產黨創辦的報刊等無一不是以各自的方式延續著這一鬥爭。在外憂內患的歷史背景中，圍繞救亡圖存、民族自立和現代化發展的出路等與國家、民族命運緊密掛鉤的問題，各種新舊思潮的論戰屢見報端，主宰著報紙的言論和報導。近代中文報刊成為中國人民進行反帝反封建鬥爭，表達民族和國家意識的重要輿論工具。〔註38〕

與此同時，方漢奇注意到，從清王朝到北洋軍閥政府對待進步報刊和報人大致存在兩種主要的方式：一種是用錢收買，一種是收買不成就任意鎮壓。〔註39〕可見在半殖民主義的歷史語境下，爭取言論自由的鬥爭對象既包括外國帝國主義勢力，也包括他們在華培植、收買或馴服的各種代理人，例如清王朝、北洋軍閥政府，甚至以「反帝」為標榜取代北洋軍閥政府建立政權的南京國民政府。

在中國人民尋求民族獨立、建設統一國家、進行反帝反殖民鬥爭的歷史大背景下，在「華人出資、華人操權」理念下創辦的各種近代中文報刊的獨

〔註36〕卓南生，中國近代報業發展史 1815〜1874，增訂版，北京：中國社會科學出版社，2002，第 200 頁。
〔註37〕卓南生，中國近代報業發展史 1815〜1874，增訂版，北京：中國社會科學出版社，2002，第 210 頁。
〔註38〕方漢奇，中國近代報刊史，太原：山西人民出版社，1981，上冊，第 6 頁。
〔註39〕同上，第 1 頁。

立精神與品格，即「報格」，在半殖民主義語境下，一定程度上便體現於報紙是否敢於為國家、民族的根本利益發出聲音並進行抗爭。

五、20世紀30年代平津報業的「營業化轉型」

1912年中華民國宣告成立，帝制的中國換上了民國的招牌。但是，從孫中山讓位給袁世凱的時刻開始，就宣告了革命的不徹底。1924年孫中山在《中國國民黨第一次全國代表大會宣言》中回顧辛亥革命的教訓時，這樣說道：

> 曾幾何時，已為情勢所迫，不得已而與反革命的專制階級謀妥協。此種妥協，實間接與帝國主義相調和。遂為革命第一次失敗之根源。夫當時代表反革命的專制階級者實為袁世凱。其所挾持之勢力初非甚強，而革命黨人乃不能勝之者，則為當時欲竭力避免國內戰爭之延長，且尚未能獲一有組織、有紀律、能瞭解本身之職任與目的之正當故也。（中略）夫袁世凱者，北洋軍閥之首領，時與列強相勾結，一切反革命的專制階級如武人官僚輩，皆依附之以求生存；而革命黨人乃以政權讓渡於彼，其致失敗，又何待言！〔註40〕

從1912年中華民國宣告成立到1949年中華人民共和國成立共計37年，在此期間以1928年為界，中國經歷了北京北洋軍閥政府和南京國民黨政府兩個統治時期。楊公素指出民國時期的中國社會具有以下三個主要特徵：

第一，國家不統一。雖然不同階段的兩個政府均被國際承認為合法政府，但它們能在國內管轄的區域是有限的，多數省份仍由本省軍閥統治，各行其是。

第二，內戰不停。民國37年的歷史中有二、三十年都在打內戰。

第三，外國勢力的滲透。無論北洋政府還是國民黨政府都是在外國勢力的支持下維持統治的，不同點在於，前者更富有封建性，後者更具有買辦性。〔註41〕

這無疑是用一種不同的敘述方式重申了半殖民主義語境下中國社會的結構特徵。政治的動蕩，軍閥的爭鬥，外國勢力的滲透，使報刊成為各種勢力爭奪話語權的角逐場；頗具諷刺意味的是，也為多數報紙巧妙周旋於各方之

〔註40〕 胡繩，從鴉片戰爭到五四運動，第2版，北京：人民出版社，1997，下冊，第884頁。

〔註41〕 楊公素，中華民國外交簡史，北京：商務印書館，1997，第3～9頁。

間提供了機會。如今中國各高校新聞院系所使用的新聞史教材，在介紹民國時期的名記者、名報人時，都對其出眾的交際能力讚頌有加。然而，需要保持敏感的是，這種交際能力之所以成爲當時新聞記者「必備」的一項素質，正是上述歷史語境與社會結構下的產物。

北洋軍閥政府時期，大多數資產階級民營報紙都多少有著政治背景，或接受軍閥政客的饋贈、津貼，或領取各個機關團體以諮議員、職員名義發放給記者的車馬費。戈公振對此種情形曾有如下論述：「雖內地報館，前仆後繼，時有增益，然或仰給於軍閥之津貼，或爲戒嚴法所劫持，其言論非偏於一端，即模棱兩可，毫無生氣。」〔註 42〕當時在報界名噪一時的記者黃遠生就政治勢力對報業的滲透也曾喟然感慨：「吾立意不作官，不作議員，而遁人於報館與律師，然其滋味乃正復與官相同」！〔註 43〕

戈公振認爲北洋政府時期的報紙，除一部分雜誌外，其「精神」遠遜於清末。他具體論述道：

> 蓋有爲之記者，非進而爲官，即退而爲營業所化。故政治革命迄未成功，國事窳敗日益加甚。從國體一方面觀，當籌安時代，號稱穩健之報紙，多具曖昧之態度，其是否有金錢關係雖不可知，若使無民黨報紙之奮不顧身，努力反抗，則在外人眼光中，我國人之默許袁氏爲帝，似無疑義。故從嚴格立論，若當袁氏蓄意破壞共和之時，各報一致舉發，則籌安會中人或不敢爲國體問題之嘗試，是以後紛亂，可以不作。更進一步言之，使袁氏至今而健在，則其爲害於民國，有爲吾人所不敢想像者。報紙之失職，有逾於此耶？其實袁氏雖死，繼之而起者，往往倒行逆施，無所恐懼。雖曰其故甚多，而輿論之軟弱無力，不可謂非一種誘因。〔註 44〕

戈公振所指的「精神」主要是指報紙的獨立精神，即爲國家民族的根本利益敢於發聲和反抗的精神。他認爲，自民國以來，部分報人爲圖個人的榮辱和私利，在一定程度上導致報紙的獨立精神受損。儘管報業的生存環境存在諸多問題和困難，但民營報紙自身的儒弱以及同逆時代而行之政治勢力的妥協，實際上是造成這種環境的一種誘因。可見，戈公振的一個潛在意思是，

〔註 42〕戈公振，中國報學史，北京：生活・讀書・新知三聯書店，1955，第 180 頁。
〔註 43〕許紀霖，大時代中的知識人，北京：中華書局，2008，第 12 頁。
〔註 44〕戈公振，中國報學史，北京：生活・讀書・新知三聯書店，1955，第 196 頁。

要改變這種狀況，需要從報業自身的整頓與改革做起，以維護報紙的獨立精神與品格。

當時的報人大多目睹了北洋軍閥對新聞事業的各種收買和鉗制手段，以及報業自身依附政治、甘於墮落的種種病態現象。痛心於這種狀況，期待以報紙喚醒民眾、服務於社會的報人，為維護報紙的獨立品格和追求言論的自由，逐漸傾向將報紙的「營業化」或「營業本位」作為報業改革的方向：通過營業穩固經濟基礎，實現經濟獨立，擺脫依賴政治津貼過活的狀況，從而抗拒政治權力對報業的干涉。這種傾向在 20 世紀 20 年代末 30 年代初成為北方報業改革思潮的主流。黃天鵬將此思潮的核心歸納為「由政論本位而為新聞本位，由津貼本位而為營業本位」。〔註45〕

「營業化轉型」並非如字面所表示的一般，是單純的報紙經營問題，而是在半殖民主義歷史語境下，為維護報紙的獨立品格（即「報格」），在民營報刊中形成的一種對報紙定位和改革方向的共識。「營業化轉型」的思潮得以形成的一個重要背景，同此時期都市民眾作為一個社會階層逐漸興起，以及報紙進入到都市普通民眾的生活緊密相關。

根據戈公振觀察，民國以來「人民閱報之習慣業已養成，凡具文字之知識者，幾無不閱報。偶有談論，輒為報紙上之紀載。」同時，讀者也逐漸具備了一定的辨別能力：被政客收買而頗具宣傳色彩的報紙，「俱為社會所賤惡」；而缺乏定見、主張不時易變的報紙，也「終不得社會之信仰」。這無疑成為報紙改良的推進劑。此外，戈公振強調，「報紙的作用，已為一般人所審知。故一家庭有報，一學校有報，一商店有報，一工廠有報，一團體有報，一機關有報。其不能有報者，亦知藉他報以發抒其意見。」正是在這樣一種社會氛圍中，報界認識到「經濟獨立之重要，而積極改良營業方法；知注意社會心理，而積極改良編輯方法。」〔註46〕

同南方的報業相比，因地理、政治、文化和經濟等各方面的原因，北方報業顯得更為保守以及對時局的變動更為關注與敏感，這尤其反應在平、津兩地的報刊上。同天津相比，北京（或北平）〔註47〕的地理位置更靠近內陸，既是政治中心，又是文化中心，同時還存在各種外國勢力，所以報紙更易受

〔註45〕黃天鵬，新聞學刊全集，上海：光新書局，1930，第 129 頁。
〔註46〕戈公振，中國報學史，北京：生活・讀書・新知三聯書店，1955，第 198 頁。
〔註47〕1928 年之前稱為「北京」，1928 年遷都南京後改為「北平」，在日本佔領時期改為「北京」。

到政局變動的影響，也更易依附於政治權力求生，這在北洋軍閥政府時期，以及南京國民政府成立初期都表現得十分明顯。此外，政局的頻繁變動和欠缺支撐營業發展的產業支柱，導致社會經濟低迷。隨著首都遷移到南京，政府機構的撤銷，原有社會中上層讀者大量流失。這些都是北京民營報刊「營業轉型」要克服的難題。

在這種背景下，以城市普通民眾爲主要讀者群體、精粹現存專注於政治言論的大報和專長於娛樂休閒的小報之優點於一身的小型報登上了歷史舞臺。小型報的這一特徵無疑源於其以營業爲本位的性格，以期最大程度滿足城市各階層讀者的閱讀需求。從這點來看，早在 20 世紀 30 年代末期，日本外務省文化事業部的一份調查報告將北京的小型報定位爲「小型大眾報紙」不無其道理。〔註48〕

六、《實報》自我矛盾中蘊藏的歷史性

目前學界公認成舍我的《立報》是民國時期小型報的傑出代表，因爲其他小型報在新聞報導與評論質量方面無能出該報之右者。實際上，《實報》的創刊比《立報》早了6～7 年，是平、津報界小型報的先驅。在當時北方報界「知經濟獨立之重要，而積極改良營業方法；知注意社會心理，而積極改良編輯方法」的改革風潮中，《實報》的誕生及其暢銷，反映了該報創辦者管翼賢提出的兼顧經營與編輯兩方面的「小報大辦」方針的成功。趙君豪在《中國近代之報業》中曾評價「中國各地之小型報，若北平之實報，南京之朝報，皆創辦較早，深得讀者之贊許」〔註49〕

《實報》作爲北方小型報的先行者，於 1928 年 10 月 4 日創刊，適逢北伐完成，北洋軍閥政府倒臺，南京國民政府作爲中央政權在名義上統一中國；於 1944 年 4 月 30 日停刊，時值太平洋戰爭後期，日本侵略者試圖做垂死掙扎，華北日僞當局加緊了對佔領區物資和宣傳的一元化統制。1937 年北平淪陷前，該報因編輯方法新穎，經營方法得當，深諳城市平民的閱讀心理，成爲受到北平民眾喜愛的大眾報紙，暢銷於華北大部分城市；1937 年北平淪陷後，該報因這種聚積的「人氣」受到日僞當局的重視，並隨著該報創辦人管翼賢的附逆，日益成爲日僞蠱惑民眾、統制華北的得力工具。

〔註48〕 日本外務省外交史料館檔案，北京ノ新聞二就テ，1939 年 8 月。
〔註49〕 趙君豪，中國近代之報業，香港：申報館，1938，第 173 頁。

這份有著近 16 年歷史的小型報是北京城內的一位觀察者，通過報導和言論，見證了南京國民政府時期半殖民地半封建中國的發展與動盪：南京國民政府的成立，張學良的東北易幟，馮玉祥、閻錫山與蔣介石的「中原大戰」，九一八事變的爆發，一·二八事變的爆發，偽「滿洲國」的成立，熱河告急，長城抗戰，《塘沽協定》的簽署，日方策動「華北自治運動」，「盧溝橋事變」的爆發，華北偽政權的更迭，汪偽政權的建立，太平洋戰爭的爆發……在上述歷史進程中，民族和國家的命運走向對《實報》的誕生、發展、壯大與沒落產生了直接影響。

《實報》同時又是一位參與者，通過報導和言論，介入歷史發展的進程：它曾在「國難時期」屢屢發出抗日救亡的呼吁，宣揚國家和民族意識；曾在「中原大戰」期間為馮玉祥、閻錫山代言，客觀上縱容甚至支持了內戰的延續；曾在日本佔領時期，淪為日偽宣傳統制下的「言論報導機關」，為侵略者唱誦讚歌。

綜觀《實報》不到 16 年的發展歷程，在不同歷史時期，該報在對待「民族」與「國家」的問題上表達過不同的觀點，呈現出截然相異的立場。事實上，這種「報格」的斷裂現象與半殖民主義的歷史語境下，報人管翼賢對國家、民族與個人的抉擇有著千絲萬縷的聯繫。

小型報是中國新聞事業發展進程中一個值得關注的歷史現象，這種報紙形態蘊含著豐富的歷史性（Historicity）。本書期望通過深入的個案研究，對這種歷史性進行唯物辯證的考察，從而把握內嵌於中國近代史脈絡中的新聞事業的階段性特徵。

筆者以《實報》現存 1928 年至 1944 年的報紙原件和《實報半月刊》現存 1935 年至 1937 年的雜誌原件為主要研究材料，結合日本外務省外交史料館所藏的日文檔案原件和中國出版的相關史料文獻，參照 20 世紀 20 至 40 年代中國的新聞學研究和近年來中、日兩國學者的歷史研究成果，立足於半殖民主義的歷史語境，對《實報》的發展歷程和辦報特徵進行了完整和細緻的考察（本書第二章至第八章的內容）

第二章主要對《實報》創刊時的歷史背景、報業生存環境的特點、該報草創期（1928 年至 1929 年）的基本情況（宗旨、定位、資金、人員構成等）以及「小報大辦」方針的總體特徵進行了考察。在此基礎上，結合當時報人對該報的評價或記述，重構了理解管翼賢提出「小報大辦」方針的歷史情境。

　　20 世紀 20 年代末期至 30 年代初期，包括小型報在內的北方民營報刊所處的生存空間具有如下三個特徵：第一，在政策管理方面，國民政府重視報刊的社會動員功能，計劃逐步將其納入國家控制的範疇，儘管「訓政」初期對民營報刊的新聞統制相對寬鬆，但擁護「三民主義」和國民黨領導是不容挑戰的前提；第二，在新聞思想方面，由「津貼本位」轉向「營業本位」、由「政論本位」轉向「新聞本位」成為民營報刊改革的主流方向；第三，在報業經營方面，廣告來源有限和銷量增長困難對民營報刊「營業化」的實現提出了挑戰。《實報》的「小報大辦」方針和該報的營業志向同上述三個特徵均有呼應。

　　通過考察該報社會新聞和副刊的特點，特別是對比該報 1930 年前後新聞版面和廣告版面的變化，可以發現該報自創刊伊始便存在視「營業本位」高於「新聞本位」的做法與傾向。事實上，這一做法與傾向在北平報界乃至更大範圍的商業報刊中都具有代表性。

　　第三章與第四章以更為豐富的報刊原件為資料，主要考察了進入遞嬗期（1930 年）的《實報》報導政治新聞的要領和報導社會新聞的策略。對上述兩類新聞報導技巧的精通是《實報》「小報大辦」方針的突出體現，也是該報能在短短兩年時間內打開銷路，站穩腳跟，贏得各界人士好評的一個重要原因。

　　通過對與「中原大戰」相關報導和言論的分析，可以發現，該報的立場明顯偏向以馮玉祥和閻錫山為首的北方軍事實力派。這也是當時北平報界的一個共同特徵。事實上，不論被迫還是主動，當時北平的民營報刊都或多或少地充當了軍閥混戰的協力者。造成這種「報格」斷裂現象的原因，固然同政治權力對言論環境的控制有關，但也不能忽視報界為維持營業，主動向政治權力採取妥協姿態或與之培養合作關係的潛在目的。有關這一點從管翼賢、李誠毅等《實報》主創人員從營業角度出發，主動培養同北平各機構的關係，以保障該報信息渠道和銷售渠道暢通的做法即可明瞭。由此亦可窺見管翼賢在從事新聞實踐過程中的政治敏感性，甚至是某種程度的政治投機性。

　　1931 年至 1937 年是《實報》營業基礎日期穩固的一段時期，即「發展成熟期」。1931 年至 1935 年是該報最具民主進步色彩，彰顯「報格」的一個階段；1935 年至 1937 年是該報營業發展最為迅速，銷量穩步上昇，業務和機構隨之擴充的一個階段。第五章和第六章分別著重考察了該報在此時期（同時也是「國難」時期）言說論調的變化與營業發展的情況。

　　1931 年至 1935 年期間《實報》一改此前將政治問題社會化的社論寫作風格，因明確主張抗日、反對軍閥、呼籲停止內戰、向讀者灌輸國家和民族意識的進步傾向，獲得了知識界的讚賞。聲望的提高毫無疑問地對報紙銷路的擴大和銷量的上漲有著促進作用。

　　值得注意的是，《實報》在發表支持「抗日救亡」觀點的同時，也一如既往地注意敏銳捕捉輿論氛圍和時局的變化，既對受各界支持的觀點進行積極呼應，又避免招致當局處罰的風險，在一個不至危害報社營業安全的範圍內，巧妙並謹慎地從事言論活動。當政府的對日態度或對日政策發生變化時，該報的立場也隨之發生微妙變化。結合學界的相關研究，可以發現這是當時平津多數民營報刊的普遍反應。儘管當時的大多數民營報刊屢屢號召民眾要抱有「寧為玉碎，不為瓦全」的犧牲精神，可是當報紙自身面臨攸關生死存亡的危機情況時，特別是面對當局的鎮壓或處罰時，整個報業並沒有發揮這種犧牲精神，為爭取言論自由進行足夠的鬥爭，而是做出了「在矛盾中偷生活」的選擇。其實平、津民營報紙應對時局或政局的變化，對報導和言論進行調整，即新聞界的情勢隨著政情的推移發生改變的現象在「中原大戰」期間（甚至更早的時期）就已有所展現。這種報界的普遍現象較為有力地揭示了視營業為生命的民營報刊（商業報刊）的妥協性與「報格」上的內在矛盾性。

　　1937 年 7 月底北平淪陷之後，《實報》即為日偽機構接管，為粉飾和美化日軍的侵略佔領行為（用當時常常出現在報紙上的詞彙描述，就是使讀者瞭解「日本的真意」）、協助展開「治安強化運動」、讚頌「大東亞共存共榮」進行宣傳和動員。這是《實報》「報格」盡失的一個時期。第七章與第八章結合日本「思想宣傳戰」的相關理念與華北日偽新聞統制的特徵，重點考察了該報在北平維持會時期、偽中華民國臨時政府時期、偽華北政務委員會時期報導重點的變化，以及這些變化與日本對華政策調整之間的關係。通過對《實報》個案的分析，亦可管窺華北日偽報刊作為「言論報導機關」的特點與特性。

　　如第七章和第八章所析，《實報》在某種程度上是華北日偽機構在淪陷區實行新聞統制的受益者。在北京淪陷期間，《實報》的版面從原有的四版擴充到了六版。隨著眾多小報被迫停刊或併入其他報紙，該報亦獲得了擴展市場份額、吸納新讀者的機會。儘管該報有時不得不採取縮小版面的方式發行報紙，但從未間斷過出版，這一定程度上也依賴於日偽方面的物資配給。

　　從第二章至第八章，本書試圖展現《實報》在新聞實務方面的創新與報業經營方面的成功，以及該報在不同歷史時期「報格」的斷裂（即該報自我標榜與具體實踐之間的矛盾）；在具體的時空脈絡中，剖析上述兩種共生現象的成因。

　　事實上，小型報發展達到巔峰的時期，即20世紀20年代末期至30年代後期，也正是中國民營商業報刊發展進入鼎盛時期的階段。不妨這樣說，小型報的誕生與發展，是中國民營商業報刊在此時期大眾化的編輯方針和經營策略的體現。由此我們可以認為，對小型報的考察將為探察中國民營商業報刊的特徵與局限提供一條路徑。

　　作為推動《實報》誕生和發展的靈魂人物，管翼賢的新聞觀和個人選擇對這份報紙具有直接影響。透過《實報》在不同發展階段中自我標榜與經營實踐的矛盾，亦可屢次窺見管翼賢性格的多面性和處事的投機性，從而也為讀者思考報人的社會責任提供了案例。

　　值得注意的是，對具有留日背景、深受日本新聞學與新聞實踐影響的管翼賢而言，日本的新聞事業在相當大的程度上為他個人的報業實踐提供了可資借鑒與模仿的模式。從更為宏觀的報業發展史角度來看，對新聞採編、報紙發行和組織經營管理之「歐美經驗」、「日本經驗」甚至「蘇俄經驗」的關注與介紹，構成了中國早期新聞學研究的一個重要部分。這個特點在一定程度上體現了處於半殖民地半封建狀態的「後進國」色彩。透過《實報》的編輯與經營實踐以及管翼賢的新聞理念，亦可在某種程度上瞭解日本新聞事業的「示範」作用，並反思中國近代以來新聞學研究的「半殖民主義」色彩。

　　在進入對《實報》和管翼賢的細緻探討前，有必要先對「何為小型報」「小型報與此前的報紙形態有何聯繫、有何區別」等系列問題進行說明，以便更好揭示在中國民營商業報刊發展的黃金時期，這一風行南北報界的報紙形態具有怎樣的性格特徵。

第一章　近代小報與小型報的聯繫與區別

　　「小報」一向是被所謂上流社會人士目為不登大雅之堂的東西，然而，這兩年來「小型日報」卻成了個極時髦的名詞了。這固然是由於時代需要的促成，另一方面，亦得力於本身的改良。近數年北平的小報無論在取材，在編輯，在印刷各方面，顯著的均有長足的進步，所以能有這種效果，蓋因同業的競爭，溯本追源，為同業先導者，當推實報，而能排除惡劣環境，不墮入魔道者亦屬實報？我們可以説，自從實報出版後，北平——甚至中國——的小報即換了個局面，實報的發達，亦促成許多小報的發達……〔註1〕

本章將圍繞「小報」發展與變遷的脈絡、近代小報與小型報的關係與區別、小型報的性質與影響等關鍵問題，對小型報的概念進行界定。以期讀者能夠瞭解，當我們談「小型報」時在談什麼。

一、古代小報與近代小報的區分與區別

宋代的「小報」是中國新聞史上最先出現的民間報紙。戈公振在《中國報學史》一書中專門用一節的篇幅對宋代的「小報」與「新聞」（當時兩者是同義語）進行了介紹。戈氏引用南宋兵部侍郎周麟之所著《海陵集》中的一篇奏章《論禁小報》，藉以勾勒出宋代小報的特點以及官方對此種民辦報刊的基本態度：

〔註1〕方奈何，我理想中的小型日報，實報半月刊，1936 年 11 月 1 日，第 23 頁。

　　方陛下頒詔旨，布命令，雷厲風飛之時，不無小人譸張之說，
眩惑眾聽。如前日所謂召用舊臣，浮言胥動，莫知從來。臣嘗究其
然矣，此皆私得之小報。小報者，出於進奏院，蓋邸吏輩為之也。
比年事有疑似，中外不知，邸吏必竟以小紙書之，飛報遠近，謂之
小報。如曰「今日某人被召，某人罷去，某人遷除。」往往以虛為
實，以無為有。朝士聞之，則曰：「已有小報矣！」州郡間得之，則
曰：「小報到矣！」他日驗之，其說或然或不然。使其然耶，則事涉
不密；其不然耶，則何以取信？此於害治，雖若甚微，其實不可不
察。臣愚欲望陛下深詔有司，嚴立罪賞，痛行禁止。使朝廷命令，
可得而聞，不可得而測；可得而信，不可得而詐。則國體尊而民聽
一。〔註2〕

　　根據方漢奇和張之華的總結，宋代小報主要有以下特徵：第一，宋代小報
是一種以刊載新聞和時事性政治材料為主的不定期的民辦報紙；第二，宋代小
報的發行人是邸吏、使臣、在政府機關工作的中下級官員和書店主人；第三，
和官報（即邸報）相比，宋代小報的消息時效性更強，所發表的內容大多是尚
未公開的「朝廷機事」（但也因此消息並不完全準確）；第四，宋代小報的讀者
多為集中在首都的各級京官、散處諸路州郡的地方官和一般的士大夫知識分
子，即精英階層。中國報刊史研究者一般認為，宋代的小報為讀者提供了不少
官報所不載的和禁止刊載的消息，是邸報的一個重要補充。〔註3〕

　　李楠將宋代小報定位為「古代小報」，並認為近現代歷史上的小報與這種
古代小報在內涵上相去甚遠，即近現代的小報是伴著清末小報的盛行而漸漸明
晰起來的。〔註4〕另外，洪煜也對「小報」進行了「古代」和「近代」的區分，
並對這種區分進行了更為詳細的描述。他指出，晚清以前的小報多為不正規
的、散佈關於朝廷政治方面小道消息或傳聞之類或內部交流的紙頁，是非正式
的信息通報；近代意義上的小報是近代都市民眾調劑生活的一種休閒文化，內
容以揭露社會黑幕和軟性新聞為主，並賦以消遣娛樂功能。〔註5〕

〔註2〕 戈公振，中國報學史，北京：生活‧讀書‧新知三聯書店，1955，第30頁。
〔註3〕 方漢奇，張之華，中國新聞事業簡史，第二版，北京：中國人民大學出版社，
　　　　1995，第16～19頁。
〔註4〕 李楠，晚清、民國時期上海小報研究──一種綜合的文化、文學考察，北京：
　　　　人民文學出版社，2005，第20頁。
〔註5〕 洪煜，近代上海小報與市民文化研究（1897～1937），上海：上海書店出版社，
　　　　2007，第15～16頁。

　　孟兆臣在《中國近代小報史》中將近代小報界定爲 1840～1949 年間產生於上海、北京、天津等大中城市的小型報紙，這種報紙以刊登文藝作品爲主，新聞爲輔，是純粹的文藝報刊。〔註6〕他從地域分佈的角度將近代小報分爲南派小報（出版發行集中在上海）和北派小報（以北京爲中心，出版發行於京津地區），並認爲中國近代小報的中心在上海，北派小報沒有南派小報發達，從數量上遠不能與南派小報相比。〔註7〕

　　孟兆臣還指出由於地域、政治體制、法律制度、風俗習慣的不同，南派小報和北派小報呈現出不同的特點，並從內容、文字、語言風格、有無照片和有無插圖漫畫五個方面對南北小報的差別進行了歸納。在內容上，北派小報的內容多是一般的政治、社會新聞，較南派小報平淡；在文字上，北派小報穩重純淨，沒有情色內容，而南派小報經常因文字淫穢受到當局處罰；在語言風格上，北派小報多用北京方言，南派小報在民國以前多用吳語，民國以後多用上海俗語（孟氏認爲語言風格是把近代小報分成南北兩派的一個重要依據）；在刊載照片方面，南派小報大量登載照片，以娛樂明星爲多，北派小報則很少照片；在刊載插圖漫畫方面，南派小報幾乎沒有不刊登插圖和漫畫的，北派小報則少有插圖和漫畫。〔註8〕

　　儘管李楠注意到如下事實，即戈公振、趙君豪、胡道靜等人的新聞史論著中，都將成舍我於 1935 年在上海創辦的《立報》視爲不同於一般消閒性小報的「小型報」，而且當代報刊史學者往往沿用這一觀點。但她認爲《立報》也是「小報」，理由主要有兩點：第一，《立報》雖然較注重政治新聞的報導，版面體例也模仿著大報，但它的主要副刊如《花果山》和《小茶館》均是消閒性的。第二，20 世紀 40 年代的小報普遍增強了時事新聞。因此她認爲沒有必要另分出一個「小型報」的品種來。〔註9〕也正是從這一觀點出發，李楠在另一篇研究論文中，將本書研究的北方小型報先驅《實報》納入了北派小報的範疇中。〔註10〕

〔註6〕　孟兆臣，中國近代小報史，北京：社會科學文獻出版社，2005，第 1 頁。

〔註7〕　同上，第 153 頁。

〔註8〕　同上，第 156～157 頁。

〔註9〕　李楠，晚清、民國時期上海小報研究——一種綜合的文化、文學考察，北京：人民文學出版社，2005，第 21 頁。

〔註10〕　李楠，北京市民文化品格的中心情結：「吟味」——以一九三零年至一九三三年的《實報》爲例，書城，2009，（6），第 54～57 頁。

總體而言，上述針對近代小報的專著研究存在以下兩個特點：第一，研究對象均為上海的近代小報，即南派小報；對在北京、天津等地出版的近代小報，即北派小報，少有或鮮有涉及。第二，研究者或出身於中文系，或出身於歷史學系，受到專業背景和知識結構的影響，研究多採用文學或文化的視角（對近代小報與近代小說（或更廣泛的近代文學），或者對近代小報與市民文化等關係），而非從新聞事業發展史的角度進行考察。上述研究基本都將「小型報」納入「小報」的範疇，而未對近代「小報」與「小型報」進行更細緻的區分。

二、與近代小報形似而神異的小型報

在對待近代小報與小型報是否為兩個不同的報刊品種這一問題上，報刊史學者有著明顯不同的觀點。20世紀30年代，已有報人和新聞學研究者注意到，與強調娛樂性和消閒性的近代小報相比，小型報雖在形態上與之相似，但在報導上更具新聞性，在言論上也更具嚴肅性，因而呈現出「大報色彩」。鑒於兩個報刊品種可觀察到的區別日趨明顯，有些報人和新聞學研究者開始有意識地用「小型報」這個術語以強調與近代小報的區別。

趙君豪在《中國近代之報業》中專闢了一章討論小型報和小報的區別。[註11] 他認為小報的內容「無非為吟風弄月之詩句，歌臺舞榭之豔事，就新聞原則言之，絕未盡報導之職責，惟當時風氣所趨，各方爭閱，是亦慰情聊勝於無也。」[註12] 與此同時，他強調以小報姿態出現、擷登簡明消息的小型報在立場、規模與性質等方面，「究未可與小報相提並論也。」[註13] 他指出「小型報者，紙張大小，一如小報，惟內容則絕非小報；蓋以大報之精髓，成一最簡明之刊物，為讀者省腦力與時間也。」[註14]

丁淦林於1987年發表在《新聞大學》（夏季號）上的《三十年代中國小型報淺議》[註15] 應該是改革開放後，在新聞學研究與教育大發展的背景下，對20世紀30年代小型報誕生的背景、特徵和影響進行了較為詳細梳理的一篇學

〔註11〕趙君豪，中國近代之報業，香港：申報館，1938，第157～174頁。

〔註12〕同上，第158頁。

〔註13〕同上，第164頁。

〔註14〕同上，第168頁。

〔註15〕收入《丁淦林文集》時，題目改為《20世紀30年代中國小型報淺議》。丁淦林，丁淦林文集，上海：復旦大學出版社，2005，第50～56頁。

術論文。通過閱讀和比較可以發現，學界現有為數不多的以小型報為研究對象的論文，基本上是以這篇論文中所闡釋的觀點為參照，或從小型報辦報模式的創新之處，或從小型報的政治傳播意義，進行更加具體的解析。〔註16〕

　　在這篇具有經典意義的論文中，丁淦林首先指出，「小型報」這個稱呼是在20世紀30年代興起來的，小型報與大報成分庭抗禮之勢也是在這個時期。〔註17〕他進而以同時期的大報、小報和雜誌作為參照對象，指出小型報既有這三者的影子，又是不同於此三者的一個新的報刊品種。因此，一般人們用來概括小型報特點的「大報小型化」「小報大辦」「報紙雜誌化」「小型報乃大報的縮影」等形象的說法，不能作為對小型報特點的科學概括。在此基礎上，他嘗試對小型報的特點做出更為精準的描述，認為小型報是篇幅小、內容精、版面活、定價低的大眾化政治報紙。〔註18〕

　　此外，甘藝娜指出，小型報是界於小報和大報之間的既堅持嚴肅的時事報導的辦報態度，又不失生動活潑的編輯方法的一種新型報紙，是將大報的主要材料加以濃縮、精編，以質勝量，比大報更為精粹的報紙。〔註19〕再如唐志宏指出，小型報的產生主要是為了修正「大報」和「小報」之間的缺點，加上社會條件的需求和配合，在20世紀30年代達到了巔峰。〔註20〕

　　學界一般將1927年於南京創辦的《民生報》視為成舍我嘗試創辦小型大眾報刊的嘗試，而將1935年於上海創辦的《立報》視為這一嘗試的完成，並將《立報》評價為同時期小型報的代表與模板。〔註21〕吳廷俊在《中國新聞

〔註16〕前者如呂莎，成舍我「小型報」思想探究，新聞窗，2008，（2），第107～108頁。後者如彭壘，民國時期小型報的政治傳播意義探微（1927～1937），新聞界，2009，（5），第119～121頁。

〔註17〕丁淦林，20世紀30年代中國小型報淺議，丁淦林文集，上海：復旦大學出版社，2005，第50頁。

〔註18〕同上，第53頁。

〔註19〕甘藝娜，中西小型報溯源及比較——以《立報》與《每日鏡報》為例，新聞窗，2008，（2），第105頁。

〔註20〕唐志宏，成舍我的小型報廣告策略，廣告大觀（理論版），2008，（4），第67頁。

〔註21〕2007年至2011年有數篇碩士學位論文均以成舍我的辦報理念作為研究對象，它們分別是：①黃俊華，「小報」大世界——成舍我「小報大辦」思想研究，河南大學碩士學位論文，2007。②陳瓊珂，成舍我的小型報思想研究———以上海「立報」為個案，復旦大學碩士學位論文，2008。③陳貝貝，成舍我的報業經營管理思想研究，河北大學碩士學位論文，2010。④陳英程，成舍我辦報理念的核心價值觀及成因探析，暨南大學碩士學位論文，2011。⑤袁瑋，成舍我的辦報實踐與辦報思想研究，湘潭大學碩士學位論文，2011。

史新修》中指出，《民生報》內容豐富，新聞性強，完全不像前些時上海灘上的消閒小報；而《立報》在報紙業務上有頗多的獨創之處，是一張大報性的小型報。他同時強調與消閒小報不能參加報業公會不同，《立報》是報業公會的成員，取得了和大報平起平坐的地位。〔註22〕

儘管新聞史論研究者大多強調小型報與近代小報的區別，事實上，小型報在報紙形態、副刊內容方面同近代小報也存在著不少相似之處，這是造成不少學者將兩者混為一談的一個原因。另外，歷史更為悠久且在底層民眾中擁有社會基礎的近代小報，對小型報的編輯方針也起到了不可否認的示範作用。例如陳瓊珂的學位論文《成舍我的小型報思想研究──以上海「立報」為個案》以及陳建雲的論文《報人成舍我的成功之道》，均提及創刊於北京的近代小報《群強報》對成舍我創辦《民生報》具有借鑑與啟發作用。〔註23〕

在注意到近代小報對小型報提供了重要借鑑的同時，也有研究者注意到小型報異軍突起後對小報改革產生的影響。例如郭永在《小報的歷史沿革及對報業大眾化的意義──以上海的小報為例》中將 20 世紀 30 年代小報改革的主要體現歸納為以下五個點：第一，內容上，一改過去不問時政，偏重娛樂消遣的傾向，兼容政治、經濟、文化和社會新聞，向綜合性方向發展。第二，逐步改變過去那種用道聽途說的消息和聳人聽聞的標題吸引讀者的做法，開始用比較客觀、健康的筆調對社會名流、重大事件進行報導。第三，體裁上，開始採用特稿、專訪、報告文學等新穎的新聞體裁。第四，在刊期上，多由三日刊改為日刊。第五，在編排上，從原來的稿件粗糙、編排混亂、欄目隨意變更到注重版面編排，改變採、寫、編一人負責的做法，聘請專人分版編輯把關，朝精編的方向努力。〔註24〕此外，李時新在論文《「大報小辦」與「小報大辦」──近代上海報業發展的兩種取向》中也指出《立報》獲得發行成功後，一時間成為眾多上海小報模仿的對象。〔註25〕

〔註22〕吳廷俊，中國新聞史新修，上海：復旦大學出版社，2008，第 267～268 頁。

〔註23〕詳情參見陳建雲，報人成舍我的成功之道，新聞大學，2011，（2），第 45～46 頁。以及陳瓊珂，成舍我的小型報思想研究──以上海「立報」為個案，復旦大學碩士學位論文，2008，第 6 頁。

〔註24〕郭永，小報的歷史沿革及對報業大眾化的意義──以上海的小報為例，新聞窗，2007，（3），第 89 頁。

〔註25〕李時新，「大報小辦」與「小報大辦」──近代上海報業發展的兩種取向，湖北大學學報（哲學社會科學版），2010,7,37（3），第 88 頁。

綜合學界現有對小型報紙（包括近代小報和小型報）的研究成果，不難發現以下四點基本共識：

第一，從中國新聞事業自身發展的歷史脈絡來看，肇始於清末、盛行於民國的近代小報憑藉娛樂性和消閒性的特色獲得了市民階層的青睞，成為都市民眾日常生活的休閒讀物。

第二，近代小報在都市民眾之間的風行，在一定程度上為小型報的誕生提供了借鑒。事實上，一部分小型報在副刊與社會新聞方面呈現出「小報色彩」，甚至成為小報的競爭者。

第三，小型報在立場、規模和性質方面與近代小報有著可以辨識的區別，特別是報導更注重新聞性，言論更注重嚴肅性，使得小型報在政治時事新聞報導和言論方面並不遜於大報，呈現出「大報色彩」。

第四，20 世紀 20 年代末 30 年代初，在北平、南京、上海出現的小型報，在一定程度上撼動了此前「大報」與「小報」並立的報業格局，使得大報與小報分別參照小型報的成功經驗紛紛做出不同程度的改良。

可見，僅以小型報的副刊具有消閒性或近代小報也刊登時事新聞為據，忽視小型報與近代小報的區別，把兩個報刊品種混為一談，將妨礙我們對小型報的社會影響（尤其是對中國報業大眾化的促進作用）做出更清醒的認識與判斷。

需要注意的是，小型報作為 20 世紀 30 年代的新興事物，人們對它形成清晰的認識需要一個過程，在此過程中不可避免地出現概念的混用甚至混淆。民國時期的不少新聞學研究者也未能對近代小報與小型報進行明確區分，例如薩空了所撰《北平小報之研究》〔註 26〕和許邦興所撰《中國小型報紙》〔註 27〕兩篇文章，就將「小報」「小型報紙」「小型報」三者作為同義語，相互混用。

另外，部分小型報在創辦初期與小報的區別並不明顯也是造成概念混淆的一個事實基礎。學界一般認為 1935 年《立報》的出現才確定了小型報與近代小報的明確區分。

有鑒於此，本書中「小報」（近代小報）與「小型報」分別指稱不同的報

〔註 26〕薩空了，北平小報之研究，實報增刊，再版，1929 年 11 月，「論著」部分，第 37～46 頁。
〔註 27〕許邦興，中國小型報紙，報學，1941,7,1（1），第 145～158 頁。

刊品種，「小型報紙」則是泛指晚清、民國時期在開張上小於大報（或四開，或八開）的報紙。

三、小型報的特徵、性質與影響

在前引論文中，丁淦林認爲，「大眾化」的辦報方針無疑是小型報區別於同時期大報、小報和雜誌的一個突出特徵。他認爲所謂大眾化報紙，早在 19 世紀 30 年代就已在西方國家出現，那是一種以社會上廣大民眾爲讀者對象、以社會新聞爲主要內容的、售價低廉的小報；然而 20 世紀 30 年代中國小型報的「大眾化」辦報方針，是在中國特定的歷史條件下提出來的，並不完全照搬西方的經驗，而是具有獨特的歷史性。這種歷史性主要體現在以下三個方面：第一，它顯示了中國報紙讀者範圍的擴大；第二，它表明了報紙對讀者的重視；第三，它體現了中國報刊的服務精神。有關上述第二點，丁淦林特別強調，小型報有強烈的讀者觀念，努力使報紙成爲人民大眾日常生活的「必需品」。〔註28〕

與此同時，丁淦林還指出「精編」是小型報區別於同時期大報、小報和雜誌的另一個突出特徵，也是這一報刊品種賴以生存、在報業競爭中取勝的法寶。他強調，精編是數量和質量的統一。小型報「精編」的重點是新聞報導，但同時也涉及報紙工作的各個方面，從社論、文章到副刊，從版面、標題到廣告，都要著眼於精。〔註29〕

包括丁淦林在內的不少新聞學研究者，在分析小型報的性質時，多著眼於此報刊品種的政治性；或在分析小型報的影響時，多強調此報刊品種在政治傳播領域的意義。〔註30〕實際上，對小型報「政治性」或「政治傳播意義」的關注與強調，在一定程度上源於此報刊品種內在的大眾化性格。與此同時不能忽視的是，民營報刊的大眾化與商業化（以及企業化）是密不可分的。

李彬在《中國新聞社會史（1815～2005）》一書中將「民間報業」定義爲以盈利爲宗旨的商人報業。他同時強調，民間報業首先是企業而不是事業，

〔註28〕丁淦林，20 世紀 30 年代中國小型報淺議，丁淦林文集，上海：復旦大學出版社，2005，第 53～54 頁。

〔註29〕同上，第 54～55 頁。

〔註30〕參見彭壘，民國時期小型報的政治傳播意義探微（1927～1937），新聞界，2009，（5），第 119～121 頁。

事業是公共性的、公益性的，而企業是私利性的、盈利性的。總之，民間報業是為盈利而生存的。〔註31〕

　　在談及小型報的影響與意義時，李彬認為，小型報是典型的商業報刊，不論中國還是外國，小型報的出現和發展都推動了報刊的大眾化進程，在文人報刊與政黨報刊之外，開闢了報刊大眾化之路。〔註32〕這一觀點既揭示了小型報的社會影響，同時對民間報業的「大眾化」與「商業化」（以及「企業化」）之間密不可分的關係有著敏銳的把握。在透視商人報刊的辦報理念與實踐時，李彬也以成舍我為個案展開了分析與論述。值得細細尋味的是，他將成舍我冠以「新聞商人」的頭銜。〔註33〕

　　可以這樣說，小型報對「精編」思想和方法全面、靈活的運用，是與其「大眾化」辦報方針一脈相承的。這既代表著中國近代中文報業在採編理念、新聞實踐等方面的改良（當然也包括對歐美新聞經驗的模仿與借鑒），也是中國特定歷史條件下的產物。在肯定小型報「大眾化」方針各項優點的同時，應注意到 20 世紀 30 年代中國的小型報與西方 19 世紀 30 年代的「大眾化報紙」、以及中國同時期的報刊品種之間存在的模仿、借鑒和傳承關係。在關注小型報政治傳播功能的同時，還應注意到這一報刊品種對社會新聞和文藝副刊的注重，事實上後者是吸引大多數城市中下層民眾養成購報、讀報習慣的不可忽略的因素。這些被現有小型報研究忽視的方面，其實都與前述「營業化轉型」的思潮，或者說與小型報的商業化性質緊密相聯。

四、小型報在華北報界的誕生

　　在北洋政府統治末期，社會對報紙需求的增長以及民營報刊的商業化〔註34〕在上海已成為事實；進入國民政府時期，上述兩種趨勢在北平和天津兩地亦有顯現，並逐漸增強。據當時報人的觀察，自 1928 年南北統一至 1937 年七七事變爆發前，北平和天津有四五家民營報刊不僅在南京各有兩三名特派

〔註31〕李彬，中國新聞社會史（1815～2005），上海：上海交通大學出版社，2007，第 167 頁。
〔註32〕同上，第 172 頁。
〔註33〕同上，第 170 頁。
〔註34〕研究者李秀雲指出，20 世紀 20～30 年代的報人及新聞學研究者對新聞事業的「企業化」經營方式有多種稱呼，諸如「營業化」、「商品化」、「商業化」和「產業化」等。李秀雲，中國現代新聞思想史，北京：中國社會科學出版社，2007，第 99 頁。

員，在本埠及國內其他地區的新聞網也得到擴充。從更宏觀的角度來看，此時期平津的大部分民營報刊，新聞採寫和編輯的技術與水平有很大提高；報導和言論涉及的內容由政治領域拓展到社會領域，編輯方針上「以整個社會為服務對象」的民眾化或平民化傾向日益增強；銷路有所增長，設備得到更新，個別報紙甚至實現了盈餘。〔註35〕時人普遍認為 1928 年南北統一後的新聞事業（包括新聞實務、新聞學研究和新聞教育）相較北洋政府時期有顯著發展，可謂中國近代報業發展的一個新時期，趙君豪在著述中甚至將這一年視為中國近代報業的起點。〔註 36〕李彬也將國民政府定鼎南京的 1927 年到 1937 年抗戰全面爆發的十年，視為民間報業發展的「黃金十年」。〔註37〕

當然，此時期的報業也有不少尚待改進之處（很多或在北洋時期已有顯現，或是該時期的遺產），其中營業性不足和過度營業化是兩個為人矚目的問題。概言之，前者指報紙依附政治津貼生存，不能避免帶有機關團體宣傳工具的色彩，難以實現報導和言論之獨立；後者指報紙為求擴大銷路而迎合讀者需求，以煽情主義的社會新聞和小說充塞版面，未能盡增長民眾智識的職責。結合 20 世紀 20～30 年代北京（平）的報業狀況而言，前者常與「大報」相關，後者多同「小報」相聯。

「大報」與「小報」，是民國時期的報人依據形態、內容和文字等事實差異對報紙進行的一種簡單區分。「大報」指大量刊載時事政治新聞的報紙；小報自清朝後期就已出現，至 20 世紀 20 年代有了較大發展，此時期「小報」多指僅刊載文藝作品和社會新聞的報紙。〔註 38〕因後者多為四開，形態上是正常報紙規格的一半，故有「大」「小」之分。

針對「大報」和「小報」存在的問題，小型報作為一種與兩者既有區別又有聯繫的報刊品種應運而生，於 20 年代末期至 30 年代風行一時，如北平的《實報》、南京的《朝報》及上海的《立報》等。

成舍我於 1935 年在上海創辦的《立報》已被公認為當時小型報的傑出代

〔註35〕 對上述趨勢的詳細論述，參見劉豁軒，中國報業的演變及其問題，報學，1941,7,1（1），第 7～9 頁。

〔註36〕 趙君豪，中國近代之報業，香港：申報館，1938，第 11 頁。

〔註37〕 李彬，中國新聞社會史（1815～2005），上海：上海交通大學出版社，2007，第 167 頁。

〔註38〕 有關「大報」與「小報」的區別，詳情參見丁淦林，20 世紀 30 年代中國小型報淺議，丁淦林文集，上海：復旦大學出版社，2005，第 50～51 頁。

表。作爲北方小型報的先行者，《實報》的創刊時間早於《立報》，該報標榜的「小報大辦」和「精編主義」一定程度上爲小型報在平、津地區的發展積累了可貴的經驗。上述兩點從同時代報人的研究與回憶中即可獲得應證。比如，許邦興在《中國小型報紙》一文中認爲：「在中國小型報史中，以成舍我氏在上海所辦之立報最爲成功」。他同時提出：「在北方唯一可稱之小型報爲北平之實報。」〔註39〕再如，自《實報》誕生之日便參與報社事務，並擔任外勤記者的李誠毅在回憶錄中曾作如下論述：

> 這一個新風格的小型報，想不到在中國開了先河，以後南京的
> 朝報、人報，上海的立報、社會日報，都以實報爲藍本，其中以立
> 報辦得比較成功。〔註40〕

儘管李氏的憶述不免含有自我標榜的成分（特別是有關《實報》爲《立報》的創辦提供了藍本一點，有待更詳盡的史料和更有力的證據進行考察），但同時代的其他報人（如許邦興、趙君豪）對《實報》的評價，可在一定程度上爲該報在華北新聞界取得的良好成績提供佐證。

這份成績是歷史偶然性與必然性的產物——管翼賢、李誠毅等人選擇小型報這種報刊形態經營《實報》，實際上既受到當時中國報業「營業化」轉型思潮的吸引，也受制於當時北京的政治、經濟、社會、文化等諸多因素。《實報》在奉行「小報大辦」編輯方針與營業方針過程中面對的兩難困境（dilemma），也代表了當時多數民營商業報刊在自我標榜與經營實踐兩者間的矛盾。有關此問題，將在下一章給予詳細探討。

〔註39〕許邦興，中國小型報紙，報學，1941,7,1（1），第148頁。
〔註40〕李誠毅，三十年來家國，再版，香港：振華出版社，1962，第142頁。

第二章　「草創期」的困境與
「小報大辦」策略

　　愚嘗以爲中國報紙經營之方法，遲早須革命，蓋中國不產紙，社
會經濟，又極幼稚，人民有讀報力者復極少，故爲普及之計，利在張
幅少而取材精，俾任何社會人，得以極廉之價讀報，北平非商埠，廣
告事業，發達困難，故節縮報紙之生產費，尤爲必需……〔註1〕

　　《實報》創刊於 1928 年 10 月 4 日，與該報幾乎同時誕生的還有時聞通
訊社。《實報》與時聞通訊社的創立孰前孰後，目前有兩種說法。第一種爲「先
社後報」說，持此觀點者是李誠毅。李氏分別在 1929 年《實報增刊》的文章
和 1962 年出版的回憶錄中指出，《實報》在時聞通訊社的基礎打穩後創辦。〔註
2〕第二種爲「社報同時」說，持此觀點者是蘇雨田和夏鐵漢。蘇氏和夏氏亦
在 1929 年《實報增刊》著文指出，時聞通訊社與《實報》同時發行。〔註3〕
不過，李氏在紀念《實報》創辦八週年的文章中所述內容卻與「社報同時」
說相符，指出《實報》與時聞通訊社同時舉辦。雖然關於此細節兩方說法有
所出入，即便同一論者也存在前後矛盾的情況，但《實報》與時聞通訊社你
中有我、我中有你的關係是可以確定的事實，此點在下文中另有詳述。

〔註1〕 張季鸞，祝實報一周，實報增刊，再版，1929 年 11 月，「紀念文」部分，第
　　　　1 頁。
〔註2〕 李誠毅，週年的話，實報增刊，再版，1929 年 11 月，「紀錄」部分，第 3 頁。
　　　　以及李誠毅，三十年來家國，再版，香港：振華出版社，1962，第 141 頁。
〔註3〕 蘇雨田，夏鐵漢，實報之一年，實報增刊，再版，1929 年 11 月，「紀錄」部
　　　　分，第 1 頁。

　　《實報》創刊號上刊登了署名管翼賢的發刊辭，標題爲《實之第一聲》。當日頭版的版面自上至下共有 8 段，每段橫向用五號字可排下約 58～60 字，縱向可排下 13 字。這篇發刊辭載於要聞版左側 4～6 段的位置，篇幅不長，所佔面積呈長方形。﹝註4﹞據當時的讀者回憶，這篇發刊辭「首段辭嚴義正，標出實字之精神；中間雍容婉轉，剖析不實之癥結；煞尾本自立立人之旨，流露無限之熱望。」﹝註5﹞結合《實報》創辦初期曾用「The Truth Post」作爲英文報名的事實，可見確如社長管翼賢所述，「實」字揭示了該報的發行理想和目標。﹝註6﹞

一、《實報》草創期的基本情況

　　《實報》自創刊起日出一大張，分爲四版，頭版刊登時政要聞；二三版爲副刊，初期分別名爲「小實報」和「特別區」，專載各種小說、詩歌和雜文等內容，此後該報副刊的名稱幾經變更，內容也有所擴充；四版以刊登社會新聞爲主。

　　《實報》創刊的時間恰好在國民黨中央常務會議通過《訓政綱領》之翌日，這一巧合頗具戲劇性地暗示了該報所處的時代特徵，即國家由「軍政時期」轉入「訓政時期」的階段。在紀念《實報》創辦一週年的回憶文章中，蘇雨田和夏鐵漢曾有如下撰述：

> 　　實報創始於民國十七年十月四日……同人以彼時革命雖已告成，而思想尚未齊一，市面凋敝，民生艱困，欲求宣揚黨義效果普遍，更衡諸社會之經濟狀況，與群眾購閱能力，使徒重其質，難期收穫，報之篇幅乃決定發行一小報，以發揚黨義提倡民生爲宗旨，記載力求翔實，營業自不難發展，故命名曰實……﹝註7﹞

　　由此可知，《實報》宣稱的辦報宗旨同訓政時期國民政府對報刊的期望有所呼應（「以發揚黨義提倡民生爲宗旨」）。還可知，《實報》以小報形態發行報紙，是創辦人考慮到社會的經濟狀況和讀者的購閱能力後做出的決定。前

﹝註4﹞ 目前在國內尚未發現《實報》創刊號的原件，筆者在 1936 年 10 月 16 日出版的《實報半月刊》封底找了該報創刊號頭版縮影的照片，僅能辨認出發刊辭的標題爲《實之第一聲》，具體內容不詳。

﹝註5﹞ 李麟玉，吾與實報之淵源，實報半月刊，1936 年 10 月 16 日，第 163 頁。

﹝註6﹞ 管翼賢，新聞學集成，北京：（僞）中華新聞學院，1943，第一輯，第 148 頁。

﹝註7﹞ 蘇雨田，夏鐵漢，實報之一年，實報增刊，再版，1929 年 11 月，「紀錄」部分，第 1 頁。

引李誠毅的回憶錄對此也有所提及，可與上述引文互爲參照和補充，爲《實報》「小報大辦」的標榜做出具體解釋。李氏指出：

> 我們商量之下認爲辦一個大報，北京城裏的大報，已有了京報、晨報、世界日報、以及每日能由天津運到的大公報、益世報、庸報等，報紙供應，已經達到它的飽和量。我們只有別創一格，另出一種小型報，而又不落入一般所謂小報的窠臼，這樣就能別樹一幟，吸引讀者。北京已有的小型報如小小日報、實事白話報、群強報、這些都是四開小報，完全是迎合低級趣味的讀物。我們要辦的是小報的型式，大報的内容，高級的趣味，是一個麻雀雖小，五臟俱全的獨特報紙。於是我們決定創辦一個四開小型的實報，並確定「博采精編」主義，凡是大報有的消息，我們都有，而我們獨家的新聞，大報又沒有。〔註8〕

提及創辦《實報》的資本額，李氏認爲「那個數字就少得令人難以置信」，能夠依靠這個資本額辦成了報紙，「這眞是一個傳奇故事」。〔註9〕根據李氏回憶，管翼賢找鄂籍軍人徐源泉一次送給大洋五百元，從前陝西督辦寇霞處拿了四百元，從方振武處拿了二百元；他本人通過第四集團軍前敵總指揮部參謀長王澤民的關係，向白崇禧每月領到津貼三百元。七拼八湊，一共集到一二千大洋以資創辦《實報》。〔註10〕

有關《實報》創辦資本並不豐厚這一點，在文章《實報值得紀念的幾點——成功因素的分析》中也有所記述：「可是物質的力量，在實報的初期是很薄弱的，並沒有雄厚的基金，作他的後盾」。〔註11〕此外，僅就目前所收集到的紀念文章來看，涉及《實報》初期慘淡經營的內容也屢有出現。〔註12〕據此可推論，《實報》以「小報」形態出版的決定很可能也受限於辦報資金，不得不節省成本以降低經營風險。

〔註8〕李誠毅，三十年來家國，再版，香港：振華出版社，1962，第141～142頁。

〔註9〕同上，第143頁。

〔註10〕同上。

〔註11〕洪流，實報值得紀念的幾點——成功因素的分析，實報半月刊，1936年10月16日，第169頁。

〔註12〕例如實以銳在《管翼賢與〈實報〉》一文中有這樣的描述：「管翼賢辦《實報》的初期，無力籌集大量資金，報館設備，極爲簡陋。」詳見中國人民政治協商會議全國委員會文史資料研究委員會，文化史料（叢刊），北京：文史資料出版社，1983，第四輯，第125頁。

　　綜合目前所掌握的史料，可知《實報》在創辦初期，規模不大、設備簡陋、組織相對簡單：管翼賢任社長，負報社全責；其妻邵挹芬任經理，綜理全社事務；根據實際需要設置編輯、營業、工務三個部門。〔註13〕社內主要員工有蘇雨田、李誠毅、梁梓材、蔣天競、王柱宇、張醉丐、夏鐵漢等人。由常振春負責發行事務，通過派報社的報夫販賣和發送報紙。〔註14〕

　　《實報》的館址最初設在宣武門內嘎哩胡同十四號一間小房子內。據稱創刊時僅發行八百份，〔註15〕後增至二千份，1929 年 4 月銷量漲至七千份，同年年底接近一萬份，編輯部因而進行擴充改組。〔註16〕此處的數字因缺少直接史料難以證明其準確性，但結合以下事實，即實報社先於 1928 年 12 月移至和平門內路西新簾子胡同三十六號，此後於 1930 年春添加機器，實現自行印刷，遷往宣武門外大街路西五十六號，〔註17〕可推斷 1928 年～1929 年該報銷量增長的趨勢頗為可信。

〔註13〕　參見管翼賢，新聞學集成，北京：（僞）中華新聞學院，1943，第六輯，第 325
　　　　　頁。以及無賴子，管彤古，實報，1928 年 12 月 25 日。
　　　　　另外，王柱宇還曾就管氏在《實報》扮演的角色作過如下描述：「本報社長管
　　　　　翼賢，……每天天亮起床，……忙實報，忙時聞通信社，忙打探新聞，忙編
　　　　　稿，忙營業的發展，忙印刷的改良。」（實報，1931 年 10 月 25 日）結合社內
　　　　　組織情況，可發現管翼賢對《實報》的經營和編輯都有影響力。有關此問題
　　　　　將在第四章中將另作詳述。在此，僅就這一事實提醒人們注意，不應將該報
　　　　　「小報大辦」的兩難困境理解爲經營者與編輯者的簡單對立。
〔註14〕　有關此問題，可參見管翼賢，新聞學集成，北京：（僞）中華新聞學院，1943，
　　　　　第六輯，第 294、295 頁。以及實報，1928 年 12 月 1 日，1929 年 1 月 1 日。
　　　　　另外還可參見蘇雨田，夏鐵漢，實報之一年，實報增刊，再版，1929 年 11
　　　　　月，「紀錄」部分，第 2 頁。
〔註15〕　與國人共信共守，實報，社論，1932 年 10 月 4 日。
〔註16〕　蘇雨田，夏鐵漢，實報之一年，實報增刊，再版，1929 年 11 月，「紀錄」部
　　　　　分，第 2 頁。
〔註17〕　管翼賢，新聞學集成，北京：（僞）中華新聞學院，1943，第六輯，第 324～
　　　　　325 頁。
　　　　　根據管翼賢的記述，報社第一次遷址的時間爲 1929 年，第二次遷址的時間爲
　　　　　1930 年秋天。但 1928 年 12 月 24 日《實報》原件登載的啓事明確表示「本報
　　　　　與時聞通訊社已於十六日遷至和平門路西新簾子胡同三十六號」，同理對照
　　　　　《實報》現存 1930 年最早一期報紙原件（1930 年 4 月 2 日）的出版信息，可
　　　　　知截至同年 4 月 2 日館址已遷移至宣武門外大街路西五十六號。在沒有更具
　　　　　說服力的史料出現前，此處時間以報紙原件內容爲準。

二、兼顧營業與編輯的「小報大辦」方針

　　《實報》針對北平報業環境的特點和報社現有資源，採取小報形態經營報紙以謀求生存發展的方針，受到了報界同業的認可。《大公報》的張季鸞就將其「小報大辦」的做法喻之為「最新式合算」之經營方法。〔註18〕

　　張季鸞認為「小報大辦」有助於《實報》在同業競爭中發揮兩種優勢：第一，成本優勢。在紙張和油墨等關鍵原料均須依賴外國進口的條件制約下，用小報形態發行報紙可較之大報節省生產成本。第二，價格優勢。在生產成本降低的前提下，報紙定價亦能隨之下調，適應讀者的購買力，有利於實現銷量的增長。以上優勢主要源於報紙形態的「小報」特徵，「張幅少而取材精」則暗示了《實報》內容的「大報」特色，也就是其「大辦」方針的體現。可見，「小報大辦」兼顧了經濟和內容兩方面的考慮，既是《實報》的營業方針又是該報的編輯方針。

　　若聯繫北平當時報業的狀況，特別對北平報紙讀者的結構特徵，可以發現「小報大辦」是對如上社會現實作出的回應。根據薩空了對北平報紙閱讀狀況的經驗性觀察，可知當時讀者群體較為明顯地呈現出兩極分佈的特點，而且讀報類型與讀者階層兩者之間有較強的相關性：

> 　　北平人士對於報紙之閱讀，有甚明顯之階級的劃分，大報之讀者，多為知識階級及中等以上之資產者，小報之讀者，則大部為勞動者，此種劃分之背景，實基於經濟之關係，蓋一份大報之價值，最少亦可購小報兩份，另一緣因，則為對於政治之趣味，勞動者對政治趣味極薄弱，故不欲多出一倍之價格，購買多載彼所不欲閱讀之政治消息之報紙，如是大報與小報遂分道揚鑣，小報成為對勞動者有勢力之報紙，大報成為左右中產階級者之權威。〔註19〕

　　《實報》針對上述事實，為最大程度上迎合讀者需求，盡舍短取長之努力，融合大報的新聞性和小報的趣味性於一報之內，在進行自我宣傳時強調有「精確的政治新聞和富於趣味的社會新聞」，〔註20〕以期能將各界讀者網羅。這種定位與方針確實有助於該報獲得以城市平民階層為主體的廣大讀者的好評，促

〔註18〕張季鸞，祝實報一周，實報增刊，再版，1929 年 11 月，「紀念文」部分，第 1 頁。

〔註19〕薩空了，北平小報之研究，實報增刊，再版，1929 年 11 月，「論著」部分，第 38 頁。

〔註20〕實報合訂本，實報，1928 年 11 月 19 日。

進銷量增長。密切關注中國言論界動向的日本外務省情報部在 1929 年編纂的對北平報紙的調查中對《實報》的評語是：「記者能夠掌握政治新聞和社會新聞兩方面的報導要領，因此（《實報》）受到各階級讀者歡迎」。〔註21〕

　　《實報》與同時期北平白話小報（如《實事白話報》、《群強報》）最明顯的不同之處是，其「要聞版」因刊載了大量具有「大報」色彩的時政新聞，成為該報標誌性的版面。原因在於，一般小報雖也登載時政新聞，但內容多剪自前一日的大報或晚報，〔註22〕不僅少有自行採寫的新聞，對轉載的內容也多不核實。與此對照，《實報》對新聞時效性和準確性有著明確追求，這種追求從報紙和通訊社的命名可以窺見。同時又因為《實報》與時聞通訊社雖分工有別，實則一體，客觀上為該報新聞追求的實現提供了條件與保障。《實報》與時聞通訊社的這種依存關係，從蘇雨田和夏鐵漢的如下敘述便可管窺一二：

　　　　實報之實，與時聞社之時，音同而字異，似有別而無別，有別者，報與通信社性質之差異也，無別者，實報即時聞社，時聞社即實報也，且實報與時聞社各職員，原在一個團體下分工合作，當工作時，幾無分畛域，實報有今日之繁榮者，謂得時聞社同志援助之力為多，殆不為過。〔註23〕

　　日本外務省情報部在1929年的調查報告中這樣寫道，時聞通訊社雖然「創立後時日尚短，由於管翼賢的努力，每天收集發佈大量消息，該社在北平的影響力僅次於國聞通訊社和復旦通訊社」。〔註24〕足見時聞通訊社和《實報》所載時政新聞的質量很早就受到各界（乃至包括外國駐華情報調查部門）的關注。

　　創刊後一段時期內《實報》每一版從上至下共有八欄，用五號字排版，每欄橫排約 55 字，豎排 11 字，除去報頭所佔位置，一版能排 4500 字左右。

〔註21〕日本外務省外交史料館檔案，外國に於ける新聞，昭和四年版，1929，上卷，亞細亞の部，第 34 頁。
〔註22〕黃天鵬，中國新聞界之鳥瞰，見北京新聞學會，新聞學刊，1927,12,1（4），第 138 頁。
〔註23〕蘇雨田，夏鐵漢，實報之一年，實報增刊，再版，1929 年 11 月，「紀錄」部分，第 1 頁。
〔註24〕日本外務省外交史料館檔案，支那に於ける內外通信社の組織及活動，1929年 4 月，第 44 頁。

由於草創時期的廣告不多，要聞版內容一般能排滿整版。報導內容的豐富翔實，也是《實報》進行自我宣傳的一個重點：

> 本報爲供給閱報諸君子充分新聞起見，自十一月一十日起，每行增加一字，改用線皮，每版約有六千字，又減去廣告合計四版約有二萬字左右，較之普通大報一切內容並不少……〔註25〕

爲在有限的版面刊登「充分新聞」，《實報》有效運用了「精編」手法。新聞「精編主義」的提倡大致流行於 20 世紀 30 年代，一方面是回應當時報界所共同面對的難題：消息來源多而版面有限；同時也是對以往「有聞必錄」、「來者不拒」的編輯方法進行反思，主張以新聞價值爲依據，在不影響事實表述的前提下，對刊載內容進行選擇、改寫、濃縮和歸納。〔註26〕可見，「精編主義」是一種強調「新聞本位」的編輯方法。從世界報業發展史的角度來看，對「新聞本位」的強調，恰恰是從 19 世紀 30 年代大眾化報紙逐漸成爲主流開始的。

《實報》的「精編」主要體現在以下三個方面：第一，根據新聞價值安排消息的版面位置及內容詳簡。第二，重要消息採用通欄多行標題（一般兩三行），主題用大字加黑，強調消息的核心內容，副題對關鍵細節進行說明。第三，對重要性相對不高的消息用「簡報」方法，即以一短句概括每條消息的要點，將多條消息並置一處，冠以「要聞簡報」之總題。

「精編」方法的運用，不僅使要聞版的版面清楚簡潔、方便閱讀，還保障其編輯方針得以良好實踐：憑藉小報形態刊載不遜於大報的時政消息，價格卻比大報低廉。

三、《實報》的自我標榜與經營實踐

儘管《實報》以「小報大辦」爲標榜，也確實比其他白話小報更具「新聞性」，但從該報社會新聞的報導特點、副刊材料的取材角度和廣告版面的處理方式，可以發現以小型報爲自我定位的《實報》與「小報」的眾多相似之處。這種相似性源於《實報》的「營業本位」，它既如實反映了管翼賢的應對

〔註25〕實報，1928 年 12 月 1 日。
〔註26〕周孝庵，新聞學上之精編主義，見黃天鵬，新聞學刊全集，上海：光新書局，1930，第 25～27 頁。趙君豪，中國近代之報業，香港：申報館，1938，第 41～42 頁。

政策與辦報方針，也揭示了該報在自我標榜和經營實踐兩者之間存在的矛盾。

《實報》的社會新聞多刊登搶劫、兇殺、自縊、吞毒等犯罪新聞或與風月場所有關的里巷新聞，例如《調戲少女被咬》（1928.11.19）、《票匪慘無人道》（1928.11.19）、《唐寶和吃人心下酒》（1928.12.1）、《族兄賣妹爲娼》（1928.12.1）、《情人悔婚／遊客掣刀傷妓女》（1928.12.24）、《「強姦」、「殺人」、「強盜」／任長林被告判處兩個死刑》（1928.12.25）、《聽弟言王子清殺妻》（1928.12.25），從標題到內容均以離奇、驚悚引人眼球。

《實報》一定程度上依靠此類新聞刺激了讀者讀報、購報的欲望，並將此欲望化爲持續閱讀、購買報紙的動力，打開報紙銷路。這一點在時任社會版編輯蔣天競的如下撰述中表露無疑：「舉凡平市社會所發生之離奇新聞，差盡應有盡有之能事，而實報之銷路，賴同事諸公之力，竟得普及於一般社會。」〔註27〕

然而並非所有讀者都能接受《實報》社會新聞的這種取材角度和報導手法，事實上讀者對此類新聞的評價也是毀譽參半。蔣天競不僅坦言有讀者認爲「實報者，一奸盜淫邪之印刷品也」，〔註28〕他個人也承認《實報》的「社會新聞及一二小說，文字稍涉淫亂」。〔註29〕

可能意識到這種煽情手法招致了部分讀者的負面評價，爲減小這種評價給報社經營帶來的風險，管翼賢需要爲此找到一個合理的解釋。他曾表達過這樣一種觀點，即「使人快意」的新聞可以保持公共興趣（public intersest），避免報紙淪爲特定階級的專屬讀物。

> 新聞又可以分作兩類、一類是使人快意的新聞、一類是供給消息的新聞。這種分類、難能使其有絕對性……而在爲一般讀物之報紙──大多數的報紙是這樣──這兩種性質、是必須兼而有之的。因爲不能使人快意的消息、無論怎樣的好、怎樣的有價值、一般說來、一定缺乏保持公共興趣與公共援助的引透（按：應爲「誘」）的力量。誠然有一些報紙、專門的刊登新聞、而其價值也不容疑問。不過、這類報紙、往往是階級的刊物、用以向某特殊利益方面供給新聞、而對於不在這個利益方面的讀者、沒有引誘的力量。假如這

〔註27〕蔣天競，社會新聞與社會，實報增刊，再版，1929 年 11 月，「紀錄」部分，第 5 頁。
〔註28〕同上。
〔註29〕蔣天競，與日俱進，實報，1937 年 11 月 25 日。

類報紙不是階級的報紙、則其銷路、必定限於很少數、由此、也便
成為一個階級的報紙了。〔註30〕

這段論述的邏輯耐人尋味。首先，論者設定了兩類報紙的存在，即「一
般讀物」和「階級的刊物」，在暗含著的「一般」對「特殊」、「大眾」對「少
數」、「平民」對「特權」的對立關係中，表達了對後者的否定評價。所謂「階
級的刊物」又可分為兩種，一種是志願成為某一特殊階層的專屬讀物，一種
是因為銷路不暢，事實上被動成為了少數人的讀物。於是銷量的多寡成為區
別一般讀物和階級刊物的標準。同時，論者設定了兩類新聞的存在，即「使
人快意的新聞」（趣味性）和「供給消息的新聞」（新聞性），並指出一般讀物
刊載的新聞必須兼有這兩種性質。但論者暗示了這兩種屬性的地位並非平
等。只有新聞性而缺少趣味性的新聞，因不能保持公共興趣，必然銷量不暢，
成為「階級的刊物」。

論者通過將「公共興趣」（public interest）與「人類興趣」（human interest），
「一般讀物」與「大眾（民眾）讀物」進行同義互換，依據上述邏輯推導出
「使人快意的新聞」是「一般讀物」的必要條件，由此便在「趣味性」與「民
眾化」／「平民化」兩者間構建了一種看似合理的相關性。

將新聞的「趣味性」與報紙的「民眾化」／「平民化」聯繫起來，不是
管翼賢的一家之言，也並非中國報人所首創。其中的邏輯關係是否禁得起推
敲，不是這裡討論的重點，重點在於類似的論述，顯然為商業報刊以營利為
前提所採取的編輯方針進行合理化辯護。從另一個角度看，這段論述所借用
的原理或原則，不能不說是報紙經營者敏銳又巧妙地抓住了當時社會思潮中
頗具吸引力的關鍵詞，作為其自圓其說的論據。這既迎合了當時的社會風潮，
即「民眾」作為兼具社會性與政治性的一個階層登上舞臺，也可以說是充分
利用了社會各領域內日漸明顯的「民眾化」／「平民化」傾向，為《實報》「快
意的新聞」找到落點。

民國報人喻血輪評價《實報》時，曾提及該報「以社會新聞見長，其副
刊採綜合性編輯法，凡小品、掌故、小說、文藝，包羅萬象，尤饒趣味，以
是風行一時，膾炙人口，在北平小型報中，幾占首要位置」。〔註31〕

〔註30〕 管翼賢，新聞學集成，北京：（偽）中華新聞學院，1943，第一輯，第41頁。
〔註31〕 喻血輪，綺情樓雜記——一位辛亥報人的民國記憶，眉婕整理，北京：中國
    長安出版社，2010，第243頁。

　　《實報》的副刊「小實報」主要登載由文人墨客撰寫的與戲劇劇本、演員相關的休閒小品，以及與北平、清末之軼事有關的記述文字，內容貼近中下層市民的日常生活和娛樂活動。另一副刊「特別區」主要刊載小說和雜文，同時連載多位人氣作家的長篇通俗小說，因其內容常常爲下層民眾抱打不平、宣揚懲惡揚善，非常容易引起讀者共鳴。此外《實報》副刊刊登的各類雜文，篇幅不長，語言通俗，雖然也存在某些針砭時弊的內容，但基本停留在迎合民眾情緒的層面，很少能夠提供具備建設性或革命性的觀點。

　　不論是以趣味性爲核心的報導手法，還是以平民立場爲原則的取材角度，均源於《實報》投合城市中下層民眾之閱讀興趣與心理的營業動機，此點與同時代小報如出一轍。根據薩空了的觀察，當時北平的白話小報基本都是「迎合社會心理之讀物」，依靠「多登強盜、戀愛、奸殺之社會新聞，及無聊之小說以互爲競爭」，《實報》作爲後起之秀，其銷數之多令大報望其項背。〔註32〕

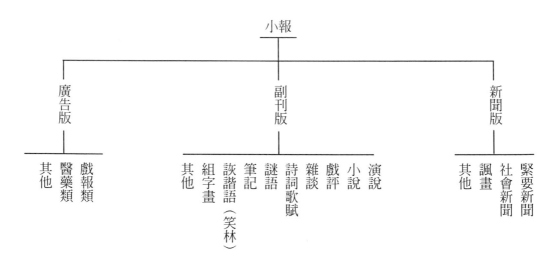

圖 2-1：小報版面構成示意

資料來源《實報增刊》（再版），1929 年 11 月。

〔註32〕薩空了，北平小報之研究，實報增刊，再版，1929 年 11 月，「論著」部分，第 44 頁。

　　小報的新聞、副刊和廣告版面分配情況大致如下：新聞占一版（其中緊要新聞與社會新聞占位之比例爲 1：3），副刊占一版半，廣告占一版半。〔註33〕可見小報重營業、輕報導的明顯傾向。

　　根據現存的五份原件可知，《實報》在創辦初期的廣告數量十分有限。若以 1930 年報館遷址爲界，對比新聞版面和廣告版面的變化，也可找出該報視「營業本位」高於「新聞本位」的蛛絲馬蹟。其中一個明顯的證據，就是隨著廣告數量的增長，在保持版面數量不變的情況下，《實報》壓縮了新聞報導的版面，以騰出更多的空間刊登廣告。

　　《實報》這種存廣告而捨新聞的做法並非特例。根據當時的製版流程，多數營業性報紙都是先安排登廣告的位置，再通知編輯可用的新聞版面。〔註34〕趙君豪對此現象曾做出如下分析：

> 　　報社恃廣告爲生命線，欲捨廣告而存新聞，編者無此權力也。
> 　或謂報社編者對廣告莫不通融，新聞則任情宰割，此語似可引起讀者之惡感，然此爲報社營業之整個政策，尤非一二家報紙所可任意拒登……〔註35〕

　　可見，《實報》在自我標榜與經營實踐中出現的矛盾，在當時的營業性報刊中頗具代表性。這種矛盾可視爲營業性報紙在認識、處理「報紙」與「民眾」的關係時面臨的兩難困境。

　　「報紙」與「民眾」的關係，是當時許多報人在從事新聞實踐、闡述新聞思想時不可迴避的一個問題。其中強調報紙的教育功能和著眼報紙的營業需要是兩種頗具代表性的新聞觀。前者如顧紅葉在平民大學新聞學系的演講中，從平民教育的角度，認爲新聞紙負有教育使命，並倡導「新聞紙的平民教育化」和「平民教育的新聞紙化」。〔註36〕後者如胡政之在探討中國新聞事業不發達之原因與改進之方向時指出，新聞事業要謀發達，首在經濟獨立；其次「須引起一般人閱讀之興趣」，通過「增加興趣之材料，喚起閱讀之需要」。〔註37〕

〔註33〕薩空了，北平小報之研究，實報增刊，再版，1929 年 11 月，「論著」部分，第 41 頁。

〔註34〕管翼賢，新聞學集成，北京：（僞）中華新聞學院，1943，第二輯，第 170 頁。

〔註35〕趙君豪，中國近代之報業，香港：申報館，1938，第 56 頁。

〔註36〕顧紅葉，新聞紙與平民教育，見黃天鵬，新聞學刊全集，上海：光新書局，1930，第 263～269 頁。

〔註37〕胡政之，中國新聞事業，見黃天鵬，新聞學刊全集，上海：光新書局，1930，第 243 頁。

「教育功能觀」對報紙應盡的社會職責提出了原則性要求,「營業需要觀」為報業的生存發展和經濟獨立提供了實踐性指導。雖然此兩者之間不存在必然對立,但綜觀中外大眾化報紙的新聞選擇與報導,「興趣」往往成為「娛樂」和「煽情主義」的同義語。中國民營報刊在 20 世紀 30 年代由「津貼本位」轉向「營業本位」的過程中,「教育功能」與「娛樂功能」之間的衝突愈加明顯。廣告與新聞之間的衝突也預示著為謀求新聞事業發達而提倡的營業本位,有可能成為束縛、妨礙其良性發展的一個因素。

遺憾的是,當時的新聞學研究尚處於稚嫩時期,未能發展出一套系統的理論調和這種衝突,指導新聞事業的良性發展。除非報界能夠對此問題達成共識,採取集體行動,扭轉這種不良風氣,否則迫於生存壓力,追求營業本位的民營報紙很難不遵從同業競爭的遊戲規則。

四、20 世紀 20～30 年代小型報的生存空間

為了更好理解《實報》經營、編輯方針與兩難困境的成因,有必要對此時期北方小型報生存空間的特徵進行一番梳理。現實主義的認識論認為,理論上的實踐和經驗性的／解釋性的實踐彼此影響,並受到它們所處的社會實踐大環境的制約。〔註38〕這一觀點對探討《實報》「小報大辦」的策略與小型報生存空間的動態關係頗具借鏡價值。

1928 年 6 月國民黨和平接收北京後,即宣告全國統一基本完成,國家進入「訓政時期」。但同年 10 月 3 日,國民黨中央常務會議才通過胡漢民提案的《訓政綱領》,作為在「訓政時期訓練國民使用政權」的指導性文件;直到翌年 3 月國民黨第三次全國代表大會正式宣佈軍政時期結束,訓政時期開始。〔註39〕由此 1928～1929 年可視為國民政府由「軍政時期」轉入「訓政時期」的準備階段。

國民政府明確意識到在「訓政時期」既要召喚民眾又要控制民眾的計劃中,新聞界的作用十分重要,因此提出「以黨治報」的口號,希望整個新聞界都「黨化」起來,尋求言論一律。但這時新聞統制政策未能形成系統,尚處在完備過程之中。在 1930 年 12 月《出版法》出臺前,國民政府主要依靠

〔註38〕 莫斯可,傳播政治經濟學,胡正榮等譯,北京:華夏出版社,2000,第 2～3 頁。

〔註39〕 張憲文等,中華民國史,南京:南京大學出版社,2006,第二卷,第 35、75、79 頁。

一些單行條例進行輿論「指導」，這些條例包括：《指導普通刊物條例》（1928年）、《審查刊物條例》（1928年）、《宣傳品審查條例》（1929年）、《取締銷售共產書籍辦法》（1929年）、《出版條例原則》（1929年）。〔註40〕

中國當時多元化的報業結構也在一定程度上影響著新聞政策的制訂與實施。由於占報業主體的民營報刊數量繁多、分佈廣泛、有重要的輿論影響力，在政權尚不穩定的時期，國民政府不得不對這些報紙採取「恩威並施」的政策。〔註41〕對民營報刊而言，在擁護「三民主義」和國民黨領導的前提下，此時期言論報導的環境相對寬鬆。

這時期的報人大多目睹且體驗過北洋軍閥對新聞事業的各種收買和鉗制手段，紛紛對政治和報紙的關係及報業改革的方向進行了反思。儘管民國以來報業漸呈繁盛，且不乏批評政府的報導和言論，但戈公振指出北洋政府時期的報紙雖「前仆後繼，時有增益，然或仰給於軍閥之津貼，或爲戒嚴法所劫持，其言論非偏於一端，即模棱兩可，毫無生氣。」〔註42〕

基於這種報界環境，管翼賢也曾發出如下感慨：「試思在此等政府之下能有眞正之輿論乎、報紙雖爲潮流之前去、誰敢攖虎鬚自蹈危險耶、以故報紙雖多、各有作用」，其中不少民營報紙「但求津貼豐厚、不問其他、甚者、用他報之文字、換自己之報名、僅印一二百張、送給關係人閱看而已」。〔註43〕李誠毅也指出，一些報紙和通訊社用上述改頭換面的方法，同時可與若干機構發生關係。〔註44〕

1928年10月19日至24日，也就是《實報》創刊後不久，天津《庸報》的一篇連載文章將這些報紙定位爲「投機的報紙」，並將上述現象稱爲「國內新聞界的病態」，坦言北平新聞界的這種病態雖然不敢說和北洋政府時期一樣，但進入國民政府時期後還是不曾消減。〔註45〕該文著者還對今後新聞業的發展趨勢做出了如下預測：

〔註40〕有關此時期國民政府頒佈一系列旨在管理出版印刷品的條例，可參見吳廷俊，中國新聞史新修，上海：復旦大學出版社，2008，第246～247頁。江沛，南京政府時期輿論管理評析，近代史研究，1995年3月，第95頁。

〔註41〕蔡銘澤，三十年代國民黨新聞政策的演變，新聞與傳播研究，1996，（2），第73～74頁。

〔註42〕戈公振，中國報學史，北京：生活・讀書・新知三聯書店，1955，第180頁。

〔註43〕管翼賢，新聞學集成，北京：（僞）中華新聞學院，1943，第六輯，第289頁。

〔註44〕李誠毅，三十年來家國，再版，香港：振華出版社，1962，第134頁。

〔註45〕參見憶山，國內新聞界的病態（一），庸報，1928年10月19日以及憶山，國內新聞界的病態（二），庸報，1928年10月20日。

我們不能夠專就報販手上所拿的報紙憑牠的種類的多寡、來斷定新聞事業是否發達、因爲現代所需要的、是健全的報紙、處處都能夠適合新聞學原則的報紙、只求其精、不求其多、只要是營業的報紙多似一天、那投機的報紙自然就歸天然淘汰、新聞界畸形的發達,自然會因大家的公同的努力、得到相當的糾正、那時新聞界的發達才配得上說是眞正的發達。〔註46〕

無獨有偶,蔣國珍在評價北洋政府時期的報業時,指責袁世凱窺竊帝位後「使報紙個性墮落」,隨後由各派軍閥組建的政府沒有一個不是「妨礙著報紙正當的發達的」。究其原因,蔣氏認爲在報紙「未成營業化」,並做出「凡報紙如仍爲政治上的機關報,而少營業上的傾向,則其報紙仍必在幼稚時代」的論斷。〔註47〕

痛心於政治對報業的過度介入,痛感於報業對政治的過分依賴,並且受到英美各國大眾化報紙經營模式的啓發,以及《世界日報》、新記《大公報》成功經驗的鼓舞,此時期的民國報人多傾向將報紙的「營業化」或「營業本位」視爲今後報業改革之方向。這個觀點從《庸報》的文章和蔣國珍的論斷中即可獲知。此外,如王小隱號召:「爲報紙生命計,必以商業組織爲基本,超越政治範圍」。〔註48〕黃天鵬指出:「新聞事業之將來,果何如乎?……以今日趨勢而言,由政論本位而爲新聞本位,由津貼本位而爲營業本位,證以英美各國報社現狀,以型成商品說之理想」。〔註49〕胡政之強調新聞事業「要謀發達,首在經濟獨立……報社營業若能獨立,始有發展之機」。〔註50〕上述觀點均發表於1928年前後由北京新聞學會編輯出版的《新聞學刊》上,在當時報界頗具代表性,並漸爲廣大報業同人所擁護。〔註51〕

〔註46〕憶山,國內新聞界的病態(二),庸報,1928年10月20日。

〔註47〕蔣國珍,中國新聞發達史,上海:世界書局,1927,第46、61、71頁。

〔註48〕王小隱,新聞事業淺論,見黃天鵬,新聞學刊全集,上海:光新書局,1930,第57頁。

〔註49〕黃天鵬,蘇俄新聞事業,見黃天鵬,新聞學刊全集,上海:光新書局,1930,第129頁。

〔註50〕胡政之,中國新聞事業,見黃天鵬,新聞學刊全集,上海:光新書局,1930,第246頁。

〔註51〕20世紀20～30年代報人對新聞事業朝「營業化」方向邁進之必要性的思考與論述,可另參見李秀雲,中國現代新聞思想史,北京:中國社會科學出版社,2007,第99～112頁。

　　《實報》社長管翼賢在該報創刊一週年之際，也表達了對營業志向的追求：

> 余則以爲新聞雖不可離開政治而生存，然新聞萬不可依附政治
> 機關而生存，新聞營業化，新聞營業社會化，樹立鞏固的經濟基礎，
> 各國新聞之發達，恃其直接經營之發達，其例固自不鮮。〔註52〕

　　儘管「營業本位」成爲當時民營報刊所追求的改革方向，但北平多數報刊所處的現實環境並不樂觀，導致支撐報紙營業化的兩個因素，即廣告和銷量都難以達到理想水平。

　　從廣告方面來看，其時北平「各報廣告收入少者數百，多者亦不過數千」。〔註53〕北平非商埠，廣告事業不及天津發達，更不用說與上海相比；加之20年代末期適逢市面凋敝，民生艱困，使得本來就不多的廣告收入更是雪上加霜。這種經濟的脆弱性引發了北平民營報紙出現高死亡率與高出生率並存的狀況。〔註54〕

　　從銷量方面來看，1928年前後北平約有30多家報社，其中「銷路逾萬者大報二三，小報二三，餘則數千數百」。〔註55〕首都南遷後北平失去了原有的政治重要性，隨著城市中產階級讀者的流失，原有報紙的數量和銷量都有顯著下降。日本駐華公使館在其調查報告中指出，自1928年6月北平劃歸河北省後截止當年年底，北平約有25份報紙，除《順天時報》、《益世報》、《世界日報》、《ㄌ字日日新聞》、《鐵道時報》、《世界晚報》等8份報紙外，其餘17份均爲當年新創之報紙。〔註56〕

　　與上述情況相對應，廣大中下層民眾，或因教育程度不高未形成閱報習慣，或因消費能力低下無力購買報紙，導致報紙銷量難以提高。根據1927

〔註52〕管翼賢，新聞與宣傳，實報增刊，再版，1929年11月，「論著」部分，第72頁。

〔註53〕黃天鵬，中國新聞界之鳥瞰，北京新聞學會，新聞學刊，1927,12,1（4），第136頁。

〔註54〕Dr. Rudolf Lowenthal, The Peiping Press: A Technical Survey, Peking Chronicle, August 14th, 1934。原文剪報收錄於日本外務省外交史料館檔案，北平新聞／專門的總覽，訳報ノ件公第五五五號，昭和九年八月二十八日（1934年8月28日）。

〔註55〕黃天鵬，中國新聞界之鳥瞰，北京新聞學會，新聞學刊，1927,12,1（4），第136頁。

〔註56〕日本外務省外交史料館檔案，新聞調查報告二關スル件，外國新聞、雜誌二關スル調查雜件／新聞調查報告（定期調查關係），第三卷。

年的社會調查，當時占北平住戶最大比例的城市貧民階層的收入僅能維持
最低生活水平，有時要依靠救濟才能過活。他們生活總支出的 97％用於生
活必需品的消費（其中 70％用於食品消費一項），基本不會有餘資購買報
紙。〔註57〕

另外，北平的民營報刊大多通過位於南柳巷永興寺的派報社代爲販賣報
紙，報社不直接受理讀者訂閱申請。〔註58〕因此，零售份數多於訂閱份數也
是當時北平報業的一個特點，報紙內容是否有趣和天氣好壞亦成爲影響報紙
日銷量浮動的重要因素。〔註59〕

20 世紀 20 年代末期至 30 年代初期，包括小型報在內的北方民營商業報
刊所處的社會環境具有如下三個特徵：第一，在政策管理方面，國民政府重
視報刊的社會動員功能，計劃逐步將其納入國家控制的範疇，儘管「訓政」
初期對民營報刊的新聞統制相對寬鬆，但擁護「三民主義」和國民黨領導是
不容挑戰的前提；第二，在新聞思想方面，由「津貼本位」轉向「營業本位」、
由「政論本位」轉向「新聞本位」成爲民營報刊改革的主流方向；第三，在
報業經營方面，廣告來源有限和銷量增長困難對民營報刊「營業化」的實現
提出了挑戰。

《實報》的編輯方針及其呈現出的營業志向，與上述三個特徵均有所呼
應。政策管理方面的特徵提供了解讀《實報》「發揚黨義提倡民生」之辦報宗
旨的歷史語境；新聞思想方面的特徵提示了管翼賢表述該報營業志向使借用
的修辭資源；報業經營方面的特徵有助於理解《實報》「小報大辦」的策略與
營業性基礎薄弱的社會環境之間的動態關係。

《實報》的困境也是當時北平報界乃至全中國民營商業報紙面臨的困
境。雖然當時的報人將「營業本位」的改革方向視爲中國新聞事業發展的出
路，希望以此擺脫政治對報界的干擾，克服北洋政府時期新聞界的種種「病

〔註57〕謝文耀：《陶孟和與〈北平生活費之分析〉》，《中國社會工作》，1998 年第一期，
　　　　第 43～44 頁。

〔註58〕例如《實報》創刊後不久即在頭版登出「緊要啟示」，聲明「要訂閱本報請直
　　　　接向各賣報人訂購，凡賣報人皆代派本報且能按時送到決無耽誤」（引文內標
　　　　點係筆者所加）。實報，1928 年 12 月 1 日。

〔註59〕十時柾秀，北京の新聞總本山：北京における新聞販売と永興寺のギルト組
　　　　織に就て，北根豊，新聞總覧，昭和十八年版，東京：大空社，1995，第 48、
　　　　54、58 頁。

態」，但實現「營業化」與新聞事業走上質量提高的正軌未必能劃上等號。應此種潮流誕生、標榜「小報大辦」的小型報《實報》在追求「營業化」目標時，依靠販賣「使人快意的新聞」和滿足「人類興趣」的材料擴大銷路，甚至爲存廣告而捨新聞的做法，便充分暴露了這個矛盾。

第三章 「遞嬗期」的政治立場與報紙的「指導性」

　　它（按：《實報》）的內容和大報一樣，政治性很強，選擇和編排稿件方面，也採用大報的辦法。每天都以大量篇幅刊登國內外新聞，並且每天都有社論。在四開的篇幅裏，容納許多的內容，實報是很有辦法的。它的辦法，我看可以叫「精編主義」。任何重要消息，實報都有，但編得短小精悍，消息重要而所佔篇幅不大。我國和外國通訊社報導的重要消息，它都採用，但經過重新編寫，保留各通訊社消息各自的特點，集中編成一條，使讀者對重要新聞的全貌和不同的報導能夠一目了然。消息既多而不重複，細心人還能從中看到消息之外的消息。〔註1〕

　　1937 年 3 月 16 日出版的《實報半月刊》登載了一篇題爲《對於實報的評價》的文章，對《實報》創刊八年來的變化和特長進行了總結，並圍繞其新聞、言論、副刊、廣告的優點與不足做出了評價。〔註2〕

　　該文認爲可將《實報》的發展劃爲三個時期：「第一個時期，從民國十七年十月四日創刊起，到民國十九年上半年止」；「第二時期，從民國十九年到民國二十一年這個階段裏」；「第三時期，從民國二十二年直到現在」。〔註3〕並將上述三個時期分別命名爲「草創期」（1928 年～1930 年上半年）、「遞嬗期」（1930 年～1932 年）、「發揚期」（1933 年～1937 年），認爲《實報》在第

〔註1〕張友漁，我和實報，新聞研究資料，1981，（4），第 14 頁。
〔註2〕李進之，對於實報的評價，實報半月刊，1937 年 3 月 16 日，第 3～10 頁。
〔註3〕同上，第 4～5 頁。

一時期,「已經顯著有些特殊的地方,到處充滿了嘗試的態度……不僅內容格局時常變遷,即分類之名目也極光怪陸離」;進入第二時期,「一切從不安的嘗試,漸趨於安定的表現,社會也認識實報了」。〔註4〕

一、《實報》在 1930 年的發展狀況

從現存《實報》版面風格的變化考察,能夠發現 1928 至 1929 年與 1930 年有明顯不同:前一時期《實報》每版可供登載內容的空間為八欄,一版至四版的報眉未出現廣告;1930 年時每版可供登載內容的空間縮為七欄,報眉占位擴至一欄,一版至四版的報眉均有廣告登載。此外,縱覽 1930 年的《實報》,可發現該報上半年與下半年在報導手法、排版風格、欄目設置、副刊內容、廣告登載等方面均未呈現顯著差異。因此上文將 1930 年上半年劃入「草創期」的觀點尚待商議。

但該文對《實報》在「草創期」與「遞嬗期」特點的概括,不乏恰切之處。《實報》最初的社址為宣武門嘎哩胡同十四號管翼賢家。創刊時僅發行八百份,「嗣後報紙銷路,逐漸開展,社址不敷辦公」,〔註5〕遂於 1928 年 12 月 16 日移至和平門內路西新簾子胡同三十六號。報紙印刷起初「由三星印刷局代印,未三月(按:推測為 1928 年底至 1929 年初),移至擷華印書局,代印一年」。〔註6〕此外,據編輯蘇雨田的回憶,隨著報紙銷量增長,編輯部於 1929 年下半年進行了擴充改組。〔註7〕上述事實均能反映出《實報》在草創期的摸索與嘗試。

1930 年春,為擴充營業起見,《實報》遷至宣武門外大街路西五十六號,在此地發行報紙直到 1944 年 4 月 30 日畢刊。與此同時,報社籌款購買了一架十六頁平板印刷機,實現了自行印刷,據稱每小時印一千二三百份。〔註8〕

〔註4〕李進之,對於實報的評價,實報半月刊,1937 年 3 月 16 日,第 4 頁。
〔註5〕張醉丐,協力同心,實報半月刊,1936 年 10 月 16 日,第 70 頁。
〔註6〕同上,70 頁。另外也可參見馬家聲,印刷與發行,實報半月刊,1936 年 10 月 16 日,第 69 頁。
〔註7〕蘇雨田,夏鐵漢,實報之一年,實報增刊,再版,1929 年 11 月,「紀錄」,第 2 頁。
〔註8〕馬家聲,印刷與發行,實報半月刊,1936 年 10 月 16 日,第 69 頁。
有關《實報》添置機器,實現自行印刷一事,可同時參考管翼賢,新聞學集成,北京:(偽)中華新聞學院,1943,第六輯,第 324～325 頁。以及北根豐,新聞總覽,昭和十八年版,東京:大空社,1995,還可參考張醉丐,協力同心,實報半月刊,1936 年 10 月 16 日,第 70 頁。

將企業經營的鞏固與日益呈現的擴張趨勢，與此時期報紙版面安排和內容編輯相對穩定的表現相結合，可見《實報》自 1930 年確有「漸趨於安穩的表現」。

　　廣告業務的增加、企業規模的擴大、機器設備的更新，既離不開報紙銷路打開的實際成績，也反應了銷量上漲的潛在需求。有關《實報》1930 年的銷量，《實報半月刊》給出的數據是 11360 份，〔註9〕日本外務省情報部調查資料的記載則是「發行部數九千」。〔註10〕兩方的記錄雖均不精確，但可互為參照對該報的銷量做出推斷。此外，參考《實報》登在要聞版（頭版）的下述消息，亦能夠對該報銷量在當時北平報界所處的位置進行大致判斷：

　　　　本報特訊 北平年米小報。甚為暢銷。已出版者。有群強實事白話平報北平白話小小日報生活日報及本報共七家。每日總銷數。共約五萬左右。較之各大報之銷數。超過一萬份左右。〔註11〕

　　若同時對照表 3－1 中日本外務省情報部的資料，會發現上述消息或存在相當水分。但同北京主要大報的銷量相比，小型報紙確實更為暢銷並呈現出趕超的趨勢。此時期《實報》的銷量不僅超過了多數大報，和其他小型報紙相比亦屬名列前茅。

表 3－1：1930 年北平主要大報與小報的銷量統計〔註12〕

大 報		小 報	
報紙名稱	銷量	報紙名稱	銷量
新晨報	九千	群強報	一萬
益世報	七千	實事白話報	九千
全民報	六千	實報	九千
世界日報	五千	小小日報	六千
民言日報	五千	平報	三千
京報	三千	北平白話報	二千
總銷量	三萬五千	總銷量	三萬九千

〔註9〕 實報半月刊，1936 年 10 月 16 日。
〔註10〕 日本外務省外交史料館檔案，外國に於ける新聞，昭和五年版，1930，上卷，支那各地並大連及香港の部，第39頁。
〔註11〕 新聞界的新聞／春花怒放之小報，實報，1930 年 4 月 20 日。
〔註12〕 本表係參考以下資料整理而成：日本外務省外交史料館檔案，外國に於ける新聞，昭和五年版，上卷，1930，支那各地並大連及香港の部，第36～40頁。

　　《實報》創辦不到三年，其銷量便與兩份擁有十餘年歷史的小報（《群強報》與《實事白話報》）比肩，更領先於多數先於其成立的小報，〔註13〕可見其經營有方、編輯得當。前一章已提及，密切關注中國言論界動向的日本外務省情報部在 1930 年曾對《實報》做出如下評價：「由於深諳政治新聞和社會新聞兩個領域的報導要領，爲各階級人士所愛讀，發行部數也因此急速增加」。〔註14〕可見對政治新聞和社會新聞報導的擅長是《實報》「小報大辦」方針的一個重要體現。

　　基於如上背景，本章將主要考察《實報》由「草創期」進入「遞嬗期」後，報導政治新聞的要領和傾向；下一章將著重考察《實報》在此時期，報導社會新聞的動機與策略，同時對該報「小報大辦」方針得以成功的前提與保障進行綜合的分析。對政治新聞和社會新聞報導要領的分析，既是瞭解《實報》「小報大辦」具體實踐的重要切口，也是揭示《實報》營業本位性格特徵和管翼賢新聞理念（即與營業報紙的編輯、經營方針相匹配的新聞觀）的途徑，同時還是管窺同時代北平民營商業報刊發展模式之特徵的線索。

二、對「中原大戰」報導的分期與特徵

　　1930 年爆發的「中原大戰」是當年牽涉範圍最大、影響最爲深遠的政治事件之一，也是《實報》在「遞嬗期」政治新聞報導的一個焦點。

　　1928 年 6 月，南京國民政府和平接收北平、天津，宣告了北洋政府的結束，同年 12 月 29 日張學良在東北改旗易幟，標誌著南京國民政府名義上成爲全國性政權。然而，「北伐」實際上依靠軍事聯合完成，名義統一的背後是各軍事實力派首領仍擁兵自重，各地仍處於分裂割據狀態的現實：各集團軍不僅控制著所駐地區的軍事，當地財政、政治亦爲其把持。〔註15〕也有日本學者指出，1928 年北伐完成時，南京國民政府的實際支配範圍僅限於以南京和上海爲中心的長江下游地區。

　　在「北伐」成功後，以蔣介石爲首領的南京國民政府繼續摸索和尋求完

〔註13〕　《群強報》創刊於 1912 年創刊，《實事白話報》創刊於 1918 年，《北平白話報》創刊於 1919 年，《平報》創刊於 1921 年，《小小日報》創刊於 1925 年。
〔註14〕　日本外務省外交史料館檔案，外國に於ける新聞，昭和五年版，上卷，1930，支那各地並大連及香港の部，第 39 頁。
〔註15〕　張憲文，中華民國史，南京：南京大學出版社，2006，第二卷，第 52～53 頁。

成國家實質統一的道路。〔註 16〕國民政府希望通過裁軍完成軍事統一，最終達成政治統一。為此，1928 年 7 月 11 日，蔣介石、馮玉祥、閻錫山、李宗仁經商討後，決定成立編遣會議解決裁軍問題。〔註 17〕編遣並非單純的裁軍問題，它既與各軍事實力派的利益直接相關，還對自 1895 年便已經在地方上形成的「軍──紳政權」結構有所撼動。〔註 18〕1929 年接連不斷的新一輪大規模內戰，〔註 19〕便可視為國家與地方、蔣介石與各軍事實力派之矛盾和衝突的爆發，1930 年「中原大戰」的爆發也應放在此延長線上加以認識。

還需注意的是，與以往的反蔣行動不同，「中原大戰」期間國民黨內的反蔣政治派別與軍事實力派進行聯合，還試圖在政治上有所作為。〔註 20〕因此，《實報》對此事件的報導也就不僅限於軍事部署和戰事進程，還涉及召開擴大會議和組織新政府的動向。

1. 「中原大戰」報導重點的階段性變化

《實報》圍繞「中原大戰」的報導可分為三個階段：

〔註 16〕 光田剛，中國國民政府期の華北政治──1928～37 年，東京：御茶の水書房，2007，第 4 頁。

〔註 17〕 張憲文，中華民國史，南京：南京大學出版社，2006，第二卷，第 53 頁。

〔註 18〕 學者陳志讓認為，中國在邁向現代化發展的過程中存在諸多荊棘，在前半期的荊棘是於 1860～1895 年間存在的「紳──軍政權」，在後半期的經濟是於 1895～1949 年存在的「軍──紳政權」。「軍」即軍隊，「紳」即「縉紳、士紳」。「紳──軍政權」和「軍──紳政權」的差別之一在於政權結構中主導者不同（前者為「紳」，後者為「軍」），共同點在於派閥的存在及由派閥引發的鬥爭。國民黨雖號稱反對「軍──紳政權」並討劃將之打倒，但其反對存在局限性和不徹底性。以北伐為例，其目標僅限於推翻「北洋軍閥」，並未包含東北地方的軍閥；北伐後，中國大部分地區仍和以前一樣處於軍閥割據的分裂狀態；在省以上單位，形成的是軍人──士紳──資產階級的聯合政權，在省及省以下的單位，舊有的「軍──紳政權」仍舊存續。參見陳志讓，軍紳政權──近代中國的軍閥時期，桂林：廣西師範大學出版社，2008，序言、第 174～180 頁。

〔註 19〕 1929 年 3 月，第一次蔣（介石）桂（系）戰爭爆發。1929 年 5 月，第一次蔣（介石）馮（玉祥）。1929 年 11 月，第二次蔣（介石）桂（系）戰爭爆發。1930 年 2 月 28 日，閻錫山、馮玉祥及反蔣各派代表 30 餘人在太原開軍事會議，決定結成反蔣聯盟，共同討蔣；4 月 1 日，各派決定所有部隊編為「中華民國軍」，閻錫山任總司令，馮玉祥、李宗仁、張學良分別任副總司令（按：張學良實際並未就任）；5 月 11 日，蔣介石下達總攻擊令，中原大戰爆發，直至當年 11 月中旬才宣告結束。張憲文，中華民國史，南京：南京大學出版社，2006，第二卷，第 62～74 頁。

〔註 20〕 同上，第 73 頁。

　　第一階段：4月至5月11日，此時期的報導重點是：（一）北方軍事實力派（閻錫山和馮玉祥）的軍事部署；（二）國民黨改組派等反蔣政治派別（陳公博、汪精衛等）的主張；間或報導蔣介石中央軍的動向和桂系反蔣勢力（李宗仁）的動態。

　　第二階段：5月12日至8月中旬，即蔣介石下達總攻擊令，「中原大戰」全面爆發後，此時期的報導重點在（一）各路戰事的狀況；（二）北方反蔣聯盟（即以閻錫山和馮玉祥爲首的軍事實力派和以陳公博、鄒魯等人爲主的各政治派別）對召開中央擴大會議和組織新政府的籌備工作；此外間或報導桂軍的戰況以及其他趁勢舉起「反蔣」旗幟之「舊軍閥」（如吳佩孚）的動向。

　　第三階段：8月中旬至9月，此時期報導的關注點逐漸轉移至東北方面（張學良）的態度和立場，雖然依舊報導各路戰事和新政府的組織情況，但力度已明顯弱於第二時期，特別是在於學忠所部東北軍接替閻錫山之部隊進駐平、津後，報導重點完全轉至東北軍和南京國民政府派往北平之中央專員的動向上。

　　《實報》報導的三個階段與「中原大戰」期間軍事進展和政治工作的三個階段基本吻合。值得注意的是，9月初，戰場優勢逐漸由馮玉祥領導的西北軍轉向蔣介石領導的中央軍；9月18日張學良通電全國表示支持蔣介石，戰局由此急轉直下。此事實是引發《實報》第三階段報導變化的一個主要原因。由上述變化可窺見《實報》主辦者對時局變化的敏感性。

2.「中原大戰」報導的總體特徵

　　《實報》對「中原大戰」的報導，有以下三個突出特點：第一，新聞時效性強；第二，由報社和時聞社自行採訪的稿件數量眾多，轉載稿件中以日本通信社的消息爲多；第三，前兩個階段的報導明顯偏向北方軍事實力派。

（1）新聞時效性強

　　追求新聞的時效性，既是《實報》的自我標榜，也是該報區別於北平其他小型報紙而呈現「大報」風格的一個顯著特徵，即「小報大辦」方針的一個體現。此時期《實報》對新聞時效性的追求，可從該報的如下編輯方法得以窺見，如將重要新聞冠以「上版後」、「後上版」、「臨刊補誌」等標題，趕在報紙出版前填補進要聞版。〔註21〕此外，也可從該報重要消息發佈的時間

〔註21〕實報，1930年4月4日、4月9日、4月16日、5月14日、8月19日、9月19日。

獲得直觀認識，如 1930 年 7 月 5 日，在關於擴大會議籌備工作的新聞中，〔註22〕有一條注明「本報今晨三時特訊」的消息；〔註23〕同年 9 月 18 日，在關於張學良通電全國的新聞中，有一條注明「本報今晨一時瀋陽急電」的消息；〔註24〕9 月 21 日，在關於東北軍進駐天津的新聞中，有一條注明「本報今晨三時天津電話」的消息和一條注明「本報今晨一時天津電話」的消息。〔註25〕此外，「軍事新聞靈通」也是該報此時期自我推銷的一個賣點。〔註26〕

（2）自採稿件眾多，轉載消息依賴日方

《實報》與時聞通信社的孿生關係，是該報保障報導時效性的一個有力支撐。根據《實報》所載消息的主要來源，可將此時期與「中原大戰」相關的軍事消息和政治消息分為四類：第一類，由《實報》和時聞通信社自行採編的消息；第二類，轉載日本通信社（日本電報通信社、新聞聯合社）的消息；第三類，轉載地方通訊社（亞洲社、燕京社等）的消息；第四類，轉載國內知名通訊社（復旦社、國聞社）的消息。據統計，第一類消息在數量上約為第二類消息的 3 倍，為第三類消息的 7 倍，為第四類消息的 10.5 倍。

根據如上統計，可發現在各類轉載消息中，《實報》對日本通信社最為依賴。這和我國當時缺乏發展全國性通信社的社會和經濟現實不無關係。據日本外務省情報部的觀察，即便是較為知名的國聞社和復旦社，其勢力也只連亘中國若干地域，因此各民營報紙依賴日本通信社獲取外埠消息是當時的常見現象。〔註27〕

然而，任白濤在 1930 年便覺察到中國報界依賴日本通信社之弊端。他指出，這是「一種飲鴆止渴的危險的取材方法」。〔註28〕因為這會導致各報在報

〔註22〕 由於採取「精編」的方法，《實報》的一條新聞往往由數條相關的消息組成，並冠以多行標題概括新聞的核心內容。本書對《實報》報導進行分析時，「新聞」與「消息」非同義語。

〔註23〕 黨務解決在即／雙方□步歸結在擴大會議／準備推舉代表赴瀋陽接洽，實報，1930 年 7 月 5 日。

〔註24〕 東北將呼和平／韓復榘馬鴻逵可首先響應／值得注意的袁金鎧之演說，實報，1930 年 9 月 18 日。

〔註25〕 東北代表抵津／奉軍迄今晨只到唐山／於學忠始終迴避戰爭，實報，1930 年 9 月 21 日。

〔註26〕 報癡二郎，增加報價談，實報，1930 年 8 月 1 日。

〔註27〕 日本外務省外交史料館檔案，支那に於ける內外通信社の組織及活動，1929。

〔註28〕 任白濤，日本對華的宣傳政策，〔出版地不詳〕：商務印書館，1930，第 1 頁。

導時有意無意地成為日方的傳聲筒，這個問題在《實報》轉載的消息中也有所表現。如《實報》一條轉載自新聯社的消息稱：「馮玉祥歸潼關以來。高唱東亞人之東亞」；〔註29〕再如該報一條轉載自電通社的消息稱：「新政府當以採取財政自給策為第一重要政策。並須在外交方面。使中國與鄰邦之親善關係。益臻密切。」〔註30〕

（3）報導偏向北方軍事實力派

還應注意的是，《實報》轉載自地方通信社的消息，在數量上超過轉自國聞社和復旦社（這兩家通信社被報界認為更具業務能力和公信力）的消息；而這些地方通信社大多是接受軍閥津貼、為之進行宣傳的「言論機關」。例如亞洲社接受閻錫山的資金支持，燕京社是馮玉祥的宣傳機關；〔註31〕閻、馮失勢後，華聯社、燕京社等紛紛閉社的事實，〔註32〕也有力揭示了上述通信社與軍閥間的「共生關係」。自清末便開始有意識地搜集中國新聞界信息的日本外務省情報部對此現象的解讀頗有啟發性：由於中國各地仍處割據狀態，地方上的軍事、政治、財政多為當地勢力把持，地方實力派為維護各自存在之合理性，認為有設立宣傳機關的必要，於是替軍閥「代辯」的大小通信社順勢產生。〔註33〕

從《實報》大量轉載與北方軍閥有密切關係之地方通信社消息的行為，可以料想該報新聞報導難以避免的傾向性。事實上，《實報》和時聞社自採的大量消息也並非自我標榜的那樣「實在」，而或明或暗地偏向北方軍事實力派。有關此點，通過下文對《實報》政治新聞之採編手法和社論的分析便可明瞭。

三、報紙的指導性及其表現形式

張友漁在 1931 年曾為《實報》供應多篇有關日本社會和新聞事業的特約通訊，與《實報》有過一段較為頻繁的聯繫，對該報的特徵也頗有觀察。他

〔註29〕 鄂北大戰發動／馮玉祥已下總攻擊令／寧軍亦□均縣前進中，實報，1930 年 4 月 13 日。

〔註30〕 閻昨由津南下／沿途擬慰勞軍隊略有耽擱／在石莊宴請記者團之談話，實報，1930 年 7 月 22 日。

〔註31〕 日本外務省外交史料館檔案，支那に於ける內外通信社の組織及活動，1929。

〔註32〕 日本外務省外交史料館檔案，北平ニ於ケル新聞調查報告ノ件，外國新聞、雜誌ニ關スル調查雜件／新聞調查報告（定期調查關係），1931，第六卷。

〔註33〕 日本外務省外交史料館檔案，支那に於ける內外通信社の組織及活動，1929。

認爲《實報》和當時「不登或少登政治新聞，只搞低級趣味的一般小報」相比，「小報大辦」是一個具有創造性的特點，並對該報不遜於大報的政治性和「精編主義」的編輯手法給予肯定。〔註34〕

從新聞業務的角度看，《實報》的「精編主義」既是一種強調「新聞本位」的編輯方法，也是能克服報社可投入採訪之人力和物力不足的精明策略。但大量轉載日本通信社和與軍閥有密切關聯之地方通信社的消息所存在的弊端，也是《實報》「精編主義」的局限和隱患。雖然此時期《實報》的多數消息會注明出處，若細讀其內容，便會發現某些消息源頗爲曖昧，如「據軍界要人談」〔註35〕、「據熟悉時局者談稱」、〔註36〕「據某方消息」〔註37〕等。這樣的消息源，只具有形式意義，並不具備證明消息可靠的權威性。

儘管張友漁認爲，細心的讀者能從並置的消息中讀出弦外之音，但當時的下層民眾，大多文化水平不高，且普遍對報紙的報導機制、作用與影響尚未擁有足夠知識儲備，他們是否具備這種能力，不能不讓人懷疑。

《實報》社長管翼賢曾對報紙報導與讀者認知之間的關係發表過如下觀點：

> 因爲報有定期性、所以常有一定觀念的反覆報導、這種反覆性、不但能夠刺激讀者、還能強化暗示、報紙常對一種事實、一而再再而三、反覆主張數次，便可變成讀者的論證。〔註38〕

管氏的上述觀點明顯帶有早期傳播學「皮下注射論」的印記。在以報紙爲代表性媒體的大眾傳播發展的早期階段，類似「魔彈論」或「皮下注射論」的諸多觀點，作爲當時學界和業界對報紙影響力的主流認知在世界範圍內流傳。雖然這類觀點在當下已經過時，但不失爲瞭解當時報人新聞理念與實踐的一個參照。

被喻爲日本新聞學之父的小野秀雄（Hideo Ono）曾指出，應對報紙、雜誌報導的內容價值和形式價值進行區別。所謂內容價值，是指對新聞報導是

〔註34〕 張友漁，我和實報，新聞研究資料，1981，（4），第 14 頁。

〔註35〕 全線大戰開始／馮居鄭指揮／楊耀芳部由鄭轉車東開／任應歧南展獎仍駐許昌，實報，1930 年 5 月 18 日。

〔註36〕 今後之蔣介石／退守粵桂閩是爲上策／若再作戰恐難挽頹勢，實報，1930 年 6 月 9 日。

〔註37〕 閻馮汪會晤期／約在下月十日左右／地點或在新鄉邯鄲，實報，1930 年 8 月 1 日。

〔註38〕 管翼賢，新聞學集成，北京：（僞）中華新聞學院，1943，第六輯，第 137 頁。

否以正確的消息源為基礎的判斷。消息源不明的新聞報導雖缺乏內容價值，仍存在形式價值——報紙的媒體性產生於記者之報導意圖和讀者之閱讀欲望所構成的相互關係中，經報紙、雜誌報導出來的「事實」因這種媒體性而具備了形式價值。〔註39〕

　　管翼賢畢業於東京法政大學、深受日本新聞事業影響，更是屢次對《大阪朝日新聞》的表現給予高度評價。從管氏所撰寫的《新聞學集成》，也可發現他的諸多新聞觀念也受到日本新聞學的「啟發」。基於新聞報導的這種形式價值和深諳讀者的閱讀心理，管氏深信報紙具有的「指導」作用：

> 　　因為根據人人心中皆有一種迷信信賴新聞權威的心理。一般人在理性方面雖然知道新聞的報導、誤傳失真的記事、常占大部分、可是人們依然是很信賴、假令捏造一件虛偽的事、一經新聞登載、世人便都信以為真、……新聞是一種權威、權威是「指導」……虛偽的事實經報揭載後、會變成真正的事實、報紙就是利用這個媒介作用、使事實的性質發生化學的變化。……報紙是利用讀者對報紙的這種無批評和盲目的信賴來維持的指導權威。〔註40〕

　　管氏認為，與「指導性」最有關係的是一般報紙，即不屬於某一黨派機關的報紙。他指出，「報紙的指導性、須用它的批評的方法、樣式、態度來表現。報紙的批評表現方法可分為兩種、一是記事編輯整理的樣式、一是社說直接評論。」後者是指導性的直接表現形式，前者是間接表現形式，又具體分為以下三種方法：（一）記事材料的搜集選擇，即消息的選擇標準；（二）表現的敘述法，即文章的表現方法與樣式；（三）紙面的編輯整理法，即題目大小或標題重心的安置、記事安排的順序。管氏分別將之稱為選擇記事的「主觀的取捨」、記事寫法的「主觀的改變」和安排紙面的「主觀的構成」。〔註41〕

　　按照管氏提供的這個框架，下文分別從選擇標準、版面安排和敘事方式三方面對此時期《實報》要聞版新聞報導的手法進行了考察，發現到該報的報導具有明顯的傾向性和隱蔽的「指導性」。

〔註39〕吉見俊哉，メディアと語る言説——両大戦間期における新聞學の誕生，見栗原彬、小森陽一、佐藤學、吉見俊哉，内破する知：身体・言葉・権力を編みなおす，東京：東京大學出版會，2000，第191頁。

〔註40〕管翼賢，新聞學集成，北京：（偽）中華新聞學院，1943，第六輯，第139～141頁。

〔註41〕有關管翼賢對報紙指導性表現方式的論述，參見同上，第134頁。

1. 指導性的間接表現形式

（1）選擇記事的「主觀的取捨」

《實報》對消息選擇的「主觀的取捨」，有以下四個顯著特點：第一，有關北方反蔣聯盟的消息在數量上遠多於有關蔣介石方面的消息。第二，消息來源多與北方反蔣聯盟有所牽連。如前文所述，《實報》所載與反蔣聯盟相關之消息多轉自充當軍閥「代辯」機關的地方通信社；即便是報社和時聞社自採的消息，受訪者大都是反蔣聯盟成員，如閻錫山、馮玉祥本人及其所部將領或文職人員、改組派的政治人物等。

第三，與閻、馮兩軍相關的消息均屬正面，與蔣軍相關的消息以負面為多。此特點在「中原大戰」報導的第二階段尤為突出。凡涉及閻、馮兩軍的消息，或強調進展順利，或強調作戰英勇，或強調軍備優良，或強調軍紀嚴正；涉及蔣軍的消息，或報導將領逃亡，或報導顧問辭職，或報導傷兵暴動，或報導使用違禁軍品。在「中原大戰」報導的第二階段，僅在標題中強調蔣軍「退卻」、「撤退」的新聞就接近 20 條，可見此種負面消息出現頻率之高。

第四，隨著戰事和時局的發展，各類消息所佔比重有微妙變化。在「中原大戰」報導的第一階段和第二階段前半期，《實報》積極跟進反蔣聯盟中李宗仁領導之桂軍的作戰情況，報導多以正面消息構成。7 月 1 日桂軍與粵軍決戰失利，被迫南撤之後，自 7 月中旬起，《實報》再未出現有關桂軍的報導，與此同時關於反蔣聯盟在北平召開中央黨部擴大會議的消息與前期相比數量增多。8 月底 9 月初，隨著戰場優勢逐漸轉向蔣介石的中央軍，有關閻、馮兩軍作戰情況的報導在數量上開始呈現下滑趨勢，與此同時有關反蔣聯盟在北平組建新政府的報導大量增加。9 月中旬，有關東北方面張學良對時局的態度以及「和平空氣濃厚」的新聞突然增多，9 月下旬東北軍接管平、津後，有關反蔣聯盟的消息只是偶而出現，取而代之的是對東北軍將領於學忠和接收平津之中央專員的行蹤與講話的大量報導。

（2）安排紙面的「主觀的構成」

《實報》對紙面安排的「主觀的構成」，有以下三個顯著特點：

第一，從版面位置看，與反蔣聯盟相關的新聞多出現在頭條。綜觀《實報》「中原大戰」報導的三個階段，作為頭條刊登的反蔣聯盟之新聞（包括軍事動態和政治活動）在總量上是與蔣介石相關新聞的 7 倍多。

第二，從標題設計看，即使不出現頭條位置，反蔣聯盟的重要新聞常採

用大字標題，以吸引讀者注意，其總量約為其他採用大字標題新聞（即與蔣介石、桂系反蔣軍、其他各方反蔣勢力及東北方面立場相關的新聞）的 1.7 倍，其中比採用大字標題之蔣介石方面的新聞多出 2.5 倍。

第三，從登載順序看，各個時期的重點新聞會佔據版面的優勢位置，或安排在版面前四段的位置，或較其他新聞佔據更大空間。同時需要注意的是，如前文分析一般，《實報》於不同階段給予重點報導的新聞在數量上也有顯著差異。

（3）記事寫法的「主觀的改變」

通過如上分析，可知《實報》在選擇消息和安排版面時有明顯的傾向性。若細讀該報和時聞社自採消息的內容，便能發現在文本表現方式的差異中隱藏著的「指導性」。

首先，從報導樣式看，這些冠以「本報特訊」、「時聞社」、「本報 xx 專電」的消息可分為以下四類，即普通消息稿、電文原稿、講話整理稿和對談採訪稿。

普通消息稿即由報社或通訊社依據採訪或電報的內容，按照「5W」的要素編寫而成的消息，從第三者的角度向讀者陳述事實。但由於此時期消息和觀點尚未完全分離，即使在貌似客觀的普通消息稿中，也常出現對局勢的解說或對趨勢的預測。如下面節錄的《實報》根據「交通方面」之情報撰寫的消息所示：

> 反蔣軍形勢甚佳。據軍事專家談。馮玉祥之軍事策劃。若有四師以上兵力。彼決定可收最後之勝利。現在前方軍事。必待最後之一戰。始可決定占絕。目前當有幾次之拉鋸式之戰事發現。而戰事最後之優勢。仍屬北方云。（按：著重號係筆者所加，以示意此處原文為用大號字體強調之內容，下同。）〔註42〕

此處所引的大部分內容並非對客觀事實的陳述，而是提供給讀者如何解讀時局的觀點。雖然這種觀點未必會影響所有讀者的認知，但在一個對現代新聞事業的認知與理解尚未普及的文化環境中，對文化程度不高的讀者群體的能動性很難給予過高的期待。

電文原稿即消息主體為某方拍發的電報原稿，編輯在導語中對其出處進

〔註42〕隴海路主力戰／歸德自十九日其兩軍肉搏／閻錫山駐石傳作義赴津浦，實報，1930 年 5 月 22 日。

行簡介。這種樣式除省時省力節約採訪成本外，還能保證引用內容的準確度。這裡隱藏的兩個問題是：第一，報紙喪失了報導的主動權和主體性，僅淪爲「傳聲筒」。第二，《實報》轉發的「原稿」多出自反蔣聯盟或其各類「響應者」，自然不會出現對反蔣聯盟不利的內容。例如 4 月 3 日《實報》刊載了由時聞社採編的閻錫山發給各外國使團的通告，其部分內容如下：

> 黨國不幸。中樞爲一人所竊據。營私溺職。政治失其中心。中國之和平統一。爲其破壞。民眾之秩序生活。爲其摧殘。錫山迭受黨員之催促。軍民之請求。迫不獲已。已於四月一日就中華民國陸海空軍總司令之職。誓師聲討。〔註43〕

《實報》當天還同時刊載了馮玉祥和李宗仁就職通電的原文，其開頭便強調「蔣中正篡黨禍國。弄權逞兵。各方袍澤。同聲共討。」〔註44〕由此可知，所謂「蔣氏篡黨禍國」是各方舉兵聲討的關鍵原因，也是北方軍閥爲實際上出於保護各自利益才暫時合作發起的「反蔣」行動所構建的「大義名分」。不論其內容是眞是假，觀點是否禁得起推敲，此種情況下新聞報導的形式價值將高於其內容價值。因爲，在北方軍閥控制的華北地區，不難推測這個「大義名分」將成爲被眾多報紙登載的主流論調；在這樣一種傳播環境中，這可能是大多數讀者能夠閱讀到的唯一論調。

講話整理稿和電文原稿有相似之處，即消息主體爲要人講話內容，報紙看似扮演的還是「傳聲筒」角色。但講話整理稿是經過加工後的「再現品」，在此過程中採編者的「主觀性」和「主動性」都較單純轉發電文原稿有所增加。但是這種「再現」講話的樣式一定程度上會淡化報紙作爲傳播媒體的中介角色，從而增強講話者與讀報者之間想像的關聯。而且講話整理稿能以更口語化的表述、更具體的例子將觀點傳達給讀者。如下面這條 4 月 24 日刊登的由時聞社採訪馮玉祥所率西北軍某要人的消息所示：

> 閻總司令因前方各將領總數在六十萬人以上。指揮系統。應歸一致。特往返電商決定由馮副司令負統馭指揮全責。各將領一致服從。……前方軍事之指揮。經此命令後。完全一致。前途有充分把握。馮常謂本人制軍。略有心得。而百川（閻錫山）對於政治有卓

〔註43〕閻錫山通告使團／聲明保護外僑生命財產／並願勿與破壞者以援助，實報，1930 年 4 月 3 日。
〔註44〕李已就副司令職／通電之原文，實報，1930 年 4 月 3 日。

絕見解。……若令本人與百川共同合作。則在軍政兩方面。爲整個
的人才。〔註45〕

再如下面這條4月26日刊登的由時聞社採訪閻錫山所率晉軍某將領的消
息所示：

> 太原自總司令就陸海空軍總司令後。氣象煥然一新。……至於
> 軍事。黨務。均抱樂觀。現已表明誓死倒蔣之軍隊確有一百萬以上。
> 未表示態度暗中運用者甚多。……至黨務方面。則整個團結的工作。
> 已經成功。……社會上一般人都以爲倒蔣方面。財政困難。是其缺
> 點。……惟到晉以後。見財政當局反甚樂觀。〔註46〕

上述兩條消息，因受訪者所屬部隊不同，其代表的主體亦有所差別，前
者以馮玉祥爲重點，後者以閻錫山爲重點。但兩者在強調「反蔣軍」對「前
途有充分把握」方面有異曲同工之妙。在5月11日蔣介石下達總攻擊令之前，
通過這種報導樣式，既可造「正義之師」的宏大聲勢，又可穩定當地民心，
兼具游說潛在「盟友」之功，可謂一石多鳥。其實，在報導的後兩個階段，
這種報導樣式也頻現於報端。由此或可窺見此種「指導性」之間接表現方式
受到《實報》主辦者的青睞程度。

對談採訪稿最強調記者的存在，可視爲最能體現採編者「主觀的改變」
的一種報導樣式。同講話整理稿相對冗長鬆散、但要求內在邏輯性的敘述結
構比較，「一問一答」的對談結構通過將內容片段化，不僅使得採訪話題可視
化，還擴展了談話可涵蓋的範圍。如5月4日刊登的由時聞社採編的消息中，
記者與受訪者通過此形式先後提及了九個問題，具體包括「閻總司令馮副總
司令在彰德會見情形如何；總司令部組織內容如何；閻總司令是否駐節石家
莊；政府組織情形如何；閻總司令對汪先生之觀察如何；趙次榆在太原近況
如何；閻總司令對於軍費上籌措如何；先生來平任務如何；張閬村先生在並
（按：「並」爲山西太原的別稱。）近況」。〔註47〕

其次，從敘述手法看，此時期《實報》最經常使用的是直接說明、間接渲

〔註45〕西北軍某要人重要談話／馮玉祥願負軍事全責／政治一唯閻意旨是從，實
報，1930年4月24日。
〔註46〕警備司令李服膺昨日返平／黨務問題將發表聯合宣言／財政一經整理後決無
問題，實報，1930年4月26日。
〔註47〕孔庚昨日由並抵平談話／閻錫山晤馮後返太原坐鎮／政府組織各方有兩種主
張，實報，1930年5月4日。

染和細節強調三種。運用直接說明的手法就是明確指出事物的性質或者時局發展的方向，將觀點提供給讀者。在報導的前兩個階段，常出現在《實報》上的一種論調是北方「反蔣軍」必勝或蔣介石方面前途堪憂。前者如下述「本報特訊」所示：「據軍界要人談。全線戰事已至總開始時期。馮玉祥對於戰略之運用。素有經驗。注重在最後一戰。必可操勝利之把握。」〔註48〕後者可以下引「本報特訊」為例：「東交民巷各國武官對蔣之戰局前途。亦多抱悲觀。」〔註49〕

運用間接渲染的手法基本不直接透露觀點，而是通過對場景或狀態的說明，從側面反映反蔣聯盟之深得民心，驍勇善戰，或蔣介石方面之「禍國殃民」，無力對抗。如以下兩條「本報特訊」所示「十六日至十九日歸德城內落下炮彈飛機炸彈不下數萬發。歸德城垣。完全毀於炮火。民房亦毀去十之七八。死者不可勝計。皆暴骨未殮。」〔註50〕「寧軍負刀傷而死之士兵頗多。其狀極慘云。」〔註51〕

運用細節強調的手法則通過例舉細節，或對隱蔽的觀點進行暗示，或對給出的觀點進行強化。前者如用「數日來鄭汴已不見寧軍飛機」〔註52〕這一細節證明西北軍架設的高射炮的威力，暗示「反蔣軍」的優勢。後者如下述「本報特訊」先提及「最近派黃埔生九百餘人開赴歸德。增加戰線」的細節，然後作出「其後方再無軍隊增加」的判斷，通過內在的邏輯關係，以細節對觀點進行佐證。〔註53〕值得注意的是，《實報》還通過加大字體的版面處理方法，對「其後方再無軍隊增加」的判斷進行強調，編者的主觀傾向性由此暴露無遺。

最後，還需注意《實報》撰寫消息時調用的修辭技巧。表 3 從言及對象的稱呼、對象行為的定義、對象狀態的描述三個方面，對《實報》在報導北方反蔣聯盟和蔣介石方面時所用詞彙的不完全歸納。據此可發現與反蔣聯盟相關的詞彙多為褒義詞，與蔣介石方面相關的詞彙多為貶義詞。

〔註48〕 全線大戰開始／馮居鄭指揮／楊耀芳部由鄭轉車東開／任應岐南展樊仍駐許昌，實報，1930 年 5 月 18 日。

〔註49〕 寧軍退守徐州／德國尖刃式陣型完全失敗／外國武官對蔣戰局抱悲觀，實報，1930 年 7 月 5 日。

〔註50〕 二三方面軍均加入前線作戰／萬選才部兩團長陣亡／楊勝治全師潰不成軍／第六路少將參軍徐希賢談話，實報，1930 年 5 月 24 日。

〔註51〕 寧軍反攻失敗回顧／吉鴻昌之戰捷聲，實報，1930 年 7 月 18 日。

〔註52〕 鄭汴架設高射炮／寧飛不再投彈，實報，1930 年 5 月 14 日。

〔註53〕 今後之蔣介石／退守粵桂閩是為上策／若再作戰恐難挽頹勢，實報，1930 年 6 月 9 日。

　　採編者通過使用不同的命名方式以及感情色彩相異的詞彙，使得其所言及的對象在性質上呈現出差異。這種主觀的構建的差異或是採編者自身立場的折射，或是採編者希望讀者獲得的印象，即管氏所認為的報紙「指導性」的表現方式。

表3-2《實報》報導「中原大戰」作戰雙方所用詞彙的不完全歸納

	北方反蔣聯盟方面	蔣介石方面
稱呼	反蔣軍、討蔣軍、中華民國陸海空軍	寧軍、蔣軍、逆方
行為	同聲共討、完成統一、忠實謀國、革命精神	禍國、篡黨、背叛、賣國、殃民
狀態	充分把握、樂觀、積極攻勢、進展	完全失敗、悲觀、絕對守勢、潰退

　　反蔣聯盟對蔣介石的控訴或許不乏事實依據，但其本身並非自詡的「正義之師」。這場持續半年的內戰，不僅對社會基礎設施建設造成了破壞，加重了國民經濟負擔，而且對此後日本利用軍閥間矛盾將勢力滲透進華北埋下了隱患。《實報》在此時期的報導與上述史實的出入，為思考該報的性格與局限提供了空間。管翼賢曾提出「不論什麼時代的報紙，都具有報導和指導兩種要素」。〔註54〕但不論是管氏的新聞理念，還是他以《實報》為平臺的新聞實踐，特別是《實報》對「中原大戰」的報導，可以發現「報導」和「指導」往往沒有涇渭分明的區別，甚至「報導」往往成為了「指導」的一種手段。〔註55〕

2. 指導性的直接表現形式

　　此時期《實報》的論說主要由張闉村執筆的「社論」（要聞版）和王柱宇主持的「談話」（二版）兩個欄目組成。讀者投稿提及的愛讀《實報》之原因，多集中於新聞的敏捷、張闉村〔註56〕的社論、王柱宇的談話、小說文藝等幾

〔註54〕管翼賢，新聞學集成，北京：（偽）中華新聞學院，1943，第六輯，第136頁。

〔註55〕可見除「真實」與「客觀」的標準外，考察報紙在特定時空「說了什麼」「沒說什麼」「對誰說的」「怎樣說」和「為什麼」，亦是發掘報紙性格及其與各方關係的一種途徑與方法。

〔註56〕張闉村，本名張榮楣，闉村是字。湖北恩施人。早年留學日本。1904年加入華興會，受黃興派遣，與會員周維楨同赴四川，聯絡當地會黨，謀響應華興會的反清起義。民初北京政府時期，先後任湖南政務廳長，湖北公產清理處長。參見張憲文等，中華民國史大辭典，南京：江蘇古籍出版社，2002，第1050頁。

項。〔註57〕結合前引張友漁對《實報》的評價，不難發現除要聞版的報導外，重視論說也是《實報》區別於其他小報，呈現大報特色的一點，即其「小報大辦」方針的又一重要體現。

1930 年 4 月至 9 月間《實報》共刊登張闓村的署名社論 59 篇，其中討論政治問題（對政黨、政策、政見的評論或主張）的社論計 24 篇，涉及社會問題（對社會現象、社會事件、社會風氣的評析）的社論計 14 篇，關心民生問題（與百姓生計、生活相關的呼籲）的社論計 11 篇。從各階段社論的刊登頻率看，第一階段刊登署名社論計 23 篇，頻率最高；第三階段只有 2 篇，頻率最低。〔註 58〕

綜觀《實報》的 59 篇社論，該報的立場和傾向呈現出下述三個明顯特徵。

第一，反對蔣介石和南京政府的執政

對蔣介石個人的抨擊基本集中於「獨裁」或「專權」的問題上。如在談到中國當時的政治空氣時，《實報》略帶諷刺地寫道：「曠觀全國號稱各方面的材智人物。大都是屈於一尊之下。唯唯諾諾。奉命惟謹。」〔註 59〕再如論及「北方聯盟」出兵原因時，該報聲明「此次用兵為的是黨權被人盜竊。」〔註 60〕與閻、馮等人通電的論調保持了高度一致。

此外《實報》對蔣氏「獨裁」、「專權」的抨擊還帶有濃厚的地域色彩。談及「遷都」問題時，該報指出「自南北統一以來。人民對於建設都城的意見。就交通上說。財政上說。以及外交國防文化上說。大半都是贊成北京的。而一般地域主義者。偏要主持改建南京。」〔註 61〕

另據賀孝貴在《尋訪張闓村故居》一文所述，張氏曾擔任馮玉祥國民革命軍參議與秘書。賀孝貴，尋訪張闓村故居，http://blog.hbenshi.gov.cn/u/lqh0415/4715.html，2009 年 2 月 1 日。

〔註57〕 參見詹嘯圓，我對於柱宇君言論的欽佩，實報，1930 年 4 月 18 日。王會隆，我的報癮，實報，1930 年 6 月 11 日。侯國彥，實報害我，實報，1930 年 7 月 2 日。報癡二郎，增加報價談，實報，1930 年 8 月 1 日。盧其姚，歡迎，實報，1930 年 9 月 16 日。

〔註58〕 此變化是否與時局變動有關，尚待考證。

〔註59〕 政治必本民意，實報，社論，1930 年 4 月 5 日。

〔註60〕 祝擴大會議的成功，實報，社論，1930 年 7 月 18 日。

〔註61〕 從民意到民議，實報，社論，1930 年 5 月 6 日。
　　　　另外，部分國民黨員對北京保守氛圍的批判及蔣介石對遷都南京的態度，可參見 David Stand, *Rickshaw Beijing: City People and Politics in the 1920s*, University of California Press, 1989, pp, 10～11。

對南京政府的指責主要集中在其「無視民意」或「統制言論」的執政風格上。關於前者，《實報》認為「南京由成立國民政府以來。對於全國人民的公意。毫不採納。一意孤行。」〔註62〕關於後者，該報批評道：「選政中的選舉創制復決罷免各權。憲政中的保障生命財產以及言論自由集會結社自由各權。全都犧牲殆盡。」〔註63〕此外該報還提醒讀者注意南京政府「最近則有實力內潰、利權外溢」的傾向。〔註64〕

對南京政府的批評無疑有其事實依據，同時也可在對蔣介石抨擊的延長線進行解讀。一部分國民黨黨員認為，蔣介石實施的「訓政制度」有違孫中山「革命程序論」的原本設計與構想，借「訓政」名義對民眾的各種權利加以限制，最終導致「個人獨裁」情況的出現。〔註65〕再者，國民黨成立時以「反帝」為號召，顯示出革命性和進步性。但蔣介石領導的南京政府不明確的反帝政策和不堅決的反帝行動，引起了黨內外人士的不滿。僅基於上述兩點，很多自詡為三民主義「忠實信徒」的「反蔣派」人士就足以將蔣氏視為總理「遺訓」的背叛者。

第二，擁護三民主義和國民黨的統治

《實報》雖然「反蔣」，但並不反對國民黨，通過該報社論轉述汪精衛的如下論述便可清楚其態度。汪氏強調「肩著訓政的招牌。背著共信的名義。鉗制一切言論出版的自由。那是南京政府背叛孫先生主義政策所幹出來的勾當。不應該把他寫在孫先生賬上。也是和憲法及約法問題一樣。那是現政府的罪惡。不應該寫在國民黨賬上。」〔註66〕同時該報對孫中山倡導的三民主義給予高度評價，稱讚「孫總理三民主義。在我國革命史上。確有相當的價值。」〔註67〕

針對有人提出「黨國不滅民國不興」的口號，《實報》以「倘根本上既不反對民國。則民國主持政權者的產生方法。除卻運用政黨外。更有何術以選出」為由，認為「黨國」與「民國」並不對立，強調「然而並黨而無。適違反民國成立的根本。」〔註68〕在另一篇社論中，《實報》更加清楚地表達了不

〔註62〕政治必本民意，實報，社論，1930 年 4 月 5 日。
〔註63〕我再來談一談黨務，實報，社論，1930 年 4 月 21 日。
〔註64〕中華民國存亡的問題，實報，社論，1930 年 4 月 9 日。
〔註65〕張憲文，中華民國史，南京：南京大學出版社，2006，第二卷，第 82 頁。
〔註66〕寫在誰的賬上，實報，社論，1930 年 4 月 22 日。
〔註67〕誰是總理信徒，實報，社論，1930 年 4 月 18 日。
〔註68〕黨國與民國，實報，社論，1930 年 4 月 12 日。

贊成無黨制和多黨制的立場，因爲「欲救中國目前的危急。是除卻了一黨專治而外。我覺得是別無他法。」〔註 69〕足見該報對國民黨領導地位的擁護態度。

第三，同情民眾困苦，但不信任工農運動

《實報》不少社論對百姓生計給予關注，對民眾的困苦表示同情，認爲「無論在上者實行何種政治。總以取得民意爲依歸。因爲民意一服。民議自可於無形之中。」〔註 70〕此點與副刊所載小說與雜文的「平民立場」有所呼應，這種立場自然能博取以城市平民階層爲主體的讀者的好感。這種編輯和言論上的「民眾化」傾向，與該報投合讀者閱讀興趣與心理的營業動機之間的關聯不能被忽視。

雖然《實報》對中下層民眾貧苦的境況持同情姿態，但該報傾向維護現有政治體制和階級秩序，寄望執政者「尊重」、「順應」民意。如論及「全民政治」時，該報指出「（全民政治）就是善於爲政者。能夠順從全民的慣性。教他們能夠各謀其生。各逐其欲。不必強迫著人人各棄其所業。」〔註 71〕此處一方面暗示了該報不主張通過激烈的改革或革命方式進行社會變革的態度，另一方面也流露出該報對民眾參與政治的不信感——很明顯在該報的構想中，「爲政者」與「民眾」的權力和地位並不對等。

在一篇題爲《革命前途的障礙》的社論中，《實報》較明確地表達了對無產階級革命事業的否定態度，以及對工農民眾參與社會變革之能力的質疑。對於第一點，該報認爲所謂的資產階級，大多數「靠著祖傳的世業和自己的能力。得以衣食無虞。但是他手下所養活的無產階級。確是不在少數」。基於這種邏輯，若資產階級被打倒，被劃爲無產階級的廣大民眾「就是沒有活路的人了。」對於第二點，該報認爲將全國工農的力量集中「來做革命事業。這也是一種錯誤的觀察。因爲全國農民。多半未受過相當的教育。愚笨實在到了極處。」〔註 72〕

《實報》社論論調的這三個特徵（反對蔣介石及南京政府；擁護三民主義及國民黨；否定無產階級革命運動）在思想脈絡上其實可互爲參照、相互

〔註 69〕祝擴大會議的成功，實報，社論，1930 年 7 月 18 日。
〔註 70〕從民意到民議，實報，社論，1930 年 5 月 6 日。
〔註 71〕人的慣性，實報，社論，1930 年 7 月 23 日。
〔註 72〕革命前途的障礙，實報，社論，1930 年 6 月 11 日。

補充。上述立場與傾向在一定程度上投合了「北方聯盟」及以陳公博為首的改組派人士的政治主張。而且，此時期與蔣介石相關的報導多為負面消息，無疑可與社論中的「反蔣」論調相互映像。

從論述方式來看，《實報》的社論多圍繞某一熱點話題或從某一社會現象出發，夾敘夾議，即便是著重探討政治主張的論說，也常與社會、民生問題相結合，給讀者親切感。關於這種將政治問題社會化的寫作方法，管翼賢曾作出如下分析：

> 昔時高瞻遠矚那一類的論文、已失效力、但現時的論說，是抓著一種社會相、而妥善解說批評。昔時的論說都對讀者判斷或指導其直接活動的方向、現時的論說、已經不是這樣，只將考察事件內容的資料、提供讀者、使讀者自行判斷、同時並以敬盡忠告的意義、給讀者可以形成其判斷批評的種種暗示、現今的論說、在這點極有力……〔註73〕（按：著重號係筆者所加）

管翼賢曾表示，論說的存在源於讀者需要「難解的記事的啟蒙」、「追溯記事的根源、而得到前後的運絡」、「求得對於事件的性質與將來發展性的正確預測」。〔註74〕由昔日政論報紙直接喊話、高瞻遠矚的論說方式，改為向讀者提供「形成其判斷批評的種種暗示」，在管翼賢看來，正是報紙指導性的一種有力體現。對此，管氏還有所補充道：「報紙由每天社論中所表示的思想、對於讀者的意見、有一種不斷的影響；這種影響、他們也許知道、也許不知道。」〔註75〕這種寫作方式受到管氏的肯定與推崇，一定程度上反映了論說在他新聞理念與新聞實踐中的位置。從高瞻遠矚轉為著眼於現實當下，從指導讀者的活動方向轉為提供自行判斷的材料，以求妥善，或許是在錯綜複雜的局勢中自我保護的一種策略，其背後的邏輯卻和最大限度地保障營業效果的志向緊密相連。有關這個問題將在下一章另作討論。

四、反思營業化轉型的二重性

《實報》新聞的時效性、數量眾多的自採稿件、「精編主義」的運用、社論的「平民立場」和夾敘夾議的寫作方式，這些吸引各界讀者並為報界同人

〔註73〕管翼賢，新聞學集成，北京：（偽）中華新聞學院，1943，第六輯，第135頁。
〔註74〕同上，第75頁。
〔註75〕同上，第162頁。

所樂道的閃光點，正是該報「小報大辦」的具體表現。「小報大辦」既是管翼賢辦報方針的精華所在，也是《實報》「營業本位」性格的如實呈現。

如前一章所述，20 世紀 20 年代末 30 年代初，許多報人為了擺脫政治對報業的干涉，尋求報導和言論之獨立，紛紛倡導以「營業化」為報業改革之方向，黃天鵬將此轉型趨勢概括為「由政論本位而為新聞本位，由津貼本位而為營業本位」。小型報《實報》正是乘著這股思想風潮應運而生，在報導和編輯上呈現出優於其他白話小報、堪比大報的「新聞性」。

《實報》自創刊之日起就有視「營業本位」高於「新聞本位」的傾向，這種傾向在該報進入「遞嬗期」後依舊存在。《實報》在 1930 年「中原大戰」的前期與中期，利用報導的「形式價值」，透過管氏定義之「報紙的指導性」，以期誘導讀者的認知與判斷，為馮玉祥、閻錫山等地方實力派的軍事行動和政治行為建構合法性，不論政治新聞的報導還是社論表現出的立場，都明顯偏向北方軍事實力派。但是，在馮、閻失勢，軍事優勢明顯轉移到蔣介石一方，尤其是平津被東北軍接管之後，該報又迅速將報導的焦點轉移到東北軍和中央專員的動向上，並在論說方面呈現出自我克制的傾向。這種實踐與轉變揭示了《實報》為保障報紙的經營，對政治權力採取妥協、迎合的姿態，甚至形成了「共謀」關係。

當然，上述姿態或關係也是對北平大多數民營報刊所持立場的反映與寫照。1930 年 8 月 13 日《實報》要聞版刊登了《新聞界致擴大會議一封書》，該新聞寫有「時聞社云」的電頭，全文一千餘字，面積占當日新聞版面的 1／3。這封聯名書首先簡單回顧了自 7 月中旬擴大會議成立以來新聞界所謂「努力宣傳黨務工作」的經過：

> 同人自擴大會議成立。迄今為本其天職。無時不思得盡宣傳之義務。以期完成整個的黨。使真正民主精神完全實現。但自擴大會議成立以來。同人採訪一切新聞。無時不感受種種痛苦。且顯有不平等待遇。……〔註76〕

隨後用近千字對數項「探訪新聞之痛苦」做了描述，期望擴大會議全體委員能夠瞭解和體諒。最後詳列了包括時聞通信社、《實報》、《大公報》、《益

〔註76〕新聞界致擴大會議一封書／瀝述努力宣傳黨務工作經過／並陳述探訪新聞之種種痛苦，實報，1930 年 8 月 13 日。

世報》、《世界日報》等在內的三十家在平或駐平新聞機構記者的姓名。〔註77〕在記者姓名之前添加了所屬報社、通信社名稱，並且採用「新聞界」、「同人」等集合名詞自稱，由此可知這並非記者的個人行爲或群體行爲，在一定程度上應視爲民營報刊及通信社的集體行爲與行業行爲。

8月14日，《實報》在「普遍宣傳」四個字爲大標題的新聞中，登出了汪精衛、楚溪春（時任北平警察局憲兵司令）的表態和署名「中央黨部擴大會議常務委員會」的正式覆函。這條新聞仍寫有「時聞社云」的電頭，全文四百餘字，面積約占當日新聞版面的 1／6。該函對新聞界所陳「探訪新聞之痛苦」表示遺憾，委婉地將「招待設備難免不周，消息供給或至遲緩」的原因歸爲擴大會議尚處草創期，並對今後「招待新聞界」的舉措與期待作如下表示：

> ……現在組織漸已就緒。嗣後發表消息定必公開。以期普遍。
> 並派定專員竭誠招待。已訂定招待新聞記者規則。不日發表。以求
> 雙方便利。尚望諸位同志。本平昔愛護黨國之熱忱。繼續努力。共
> 同奮鬥。主持正義。發揮議論。以求剷除專制獨裁之惡魔。實現民
> 主集權之善政。……〔註78〕

上述兩則引文中一方所謂「本其天職」「盡宣傳之義務」，另一方期求「普遍宣傳」「雙方便利」，這固然可以視爲兩者使用的話語策略或外交辭令，但其中的涵義卻不止於此，從中也可瞭解新聞界對自身的定位以及政治權力方面對新聞界的期望——在兩者的互動與博弈中，妥協、合作與對立、衝突並存。這在「中原大戰」後期，南京國民政府的北平宣傳特派員董霖下述的一席話中表露無遺。

1930 年 9 月下旬，馮玉祥、閻錫山敗局已定，東北軍於學忠的部隊進駐北平取代閻錫山的部隊。與此同時，南京國民政府派遣董霖前往北平整頓宣

〔註77〕這三十家報社、通信社分別是（按原文登載順序）：時聞通信社、大公報、天津益世報、國聞通信社、世界日報、民言日報、社會晚報、亞洲社、實報、新天津報、北京晚報、燕京通信社、上海新聞報、上海時報、天津中華新聞、華報、天津庸報、經濟新聞社、新晨報、開封民報、黑龍江民報、東三省民報、民生社、多聞通訊社、商學電聞社、北平商報、京報、每日通信社、世界晚報、鐵道時報。

〔註78〕普遍宣傳／汪精衛答覆新聞界／常務委員會一封書，實報，1930 年 8 月 14 日。

傳工作。據 9 月 24 日《實報》報導，9 月 23 日上午十點時聞通信社的記者對董氏進行了採訪。值得注意的是，《實報》未用前述「寧方」「逆方」之類的詞語，而改用「中央」來稱呼南京國民政府，並且用了「晉謁」這樣一個有上下級之分、頗具尊敬意味的書面語來描述採訪行爲。《實報》此時態度和立場的改變在這一細節中暴露無遺。董氏強調了「以救民救國之三民主義爲宣傳原則」的基本前提，並對北平新聞界表達了如下期許：

> ……新聞界各同志，甚盼其完成其應負之使命，關於過去情形，同人亦深諒解其環境，今後願執博大與合作兩大精神，一致的爲黨國奮鬥，以達到訓政建設之偉業……〔註79〕

這條冠以「盼新聞界一致合作」標題的新聞頗有幾分「安民告示」的色彩。結合《實報》9 月 23 日（也就是採訪董特派員的當日）的一條新聞《新晨民言北平／三報自明日起停刊》，以及 9 月 25 日的另外兩條新聞，即《中央平津宣傳機關／由周雲先等負責接收》和《華北日報準備復刊／今日起先發特刊》，便可推斷出整頓宣傳工作的要旨爲何。再參照日本外務省情報部分別於 1930 年和 1931 年對北平報業概況的調查報告，也可此有所瞭解和應證。

日方在 1930 年的報告中指出：北平近年來政局變動頻繁，1928 年 6 月張作霖的勢力退出後，曾暫時爲南京國民政府領導；但 1930 年 2 月因北平實際統治者閻錫山的乖離，又脫離了南京國民政府的支配。〔註80〕這份報告的調查完成於 1930 年 8 月，對於此後的政局發展未有提及。在 1931 年的報告中日方對此進行了補充，指出：閻錫山等人於 1930 年 9 月成立了所謂的「北京政府」，由於張學良支持南京國民政府，「北京政府」遂告破產，張氏成爲北平的實際統治者。〔註81〕這兩份報告同時強調「北平新聞界的情勢也常隨著政情的推移發生改變」。如 1930 年，國民黨機關紙《華北日報》等與南京國民黨有關的報紙紛紛停刊，由地方實力派或「反蔣」政治派系支持的報紙，如汪精衛系的《民主日報》、馮玉祥系的《華報》等報創刊；1930 年 9 月之後，這種情況發生了大逆轉，閻錫山系的《新晨報》和《民言日報》、以及前述的

〔註79〕董霖昨日談話／盼新聞界一致合作，實報，1930 年 9 月 24 日。

〔註80〕日本外務省外交史料館檔案，外國に於ける新聞，昭和五年版，1930，上卷，支那各地並大連及香港の部，第 36 頁。

〔註81〕日本外務省外交史料館檔案，外國に於ける新聞，昭和六年版，1931，上卷，支那各地並大連及香港の部，第 41 頁。

《華報》、《民主日報》等報停刊,《華北日報》等報復刊。〔註82〕

可見,「中原大戰」前後,北平報業的格局隨著地方實力派的此消彼長發生著變化,這和北洋政府時期的情況有著驚人的相似。當然在這一次次的「洗牌」中,也有不少民營報刊屹立未倒,《實報》就是其中之一。這也為董特派員對北平新聞界發出的「安民告示」中提到的「今後願執博大與合作兩大精神」的對象與寓意做出了間接的注解。儘管董氏諒解「環境」對北平新聞界的限制,但從「中原大戰」的性質、它對國家建設的破壞和為日後埋下的諸多隱患來看,北平的報界不能算是一個政治鬥爭的犧牲品或者說純粹的受害者,因為不論被迫還是主動,當時的民營報刊都或多或少地充當了軍閥發動內戰的協力者。結合戈公振在《中國報學史》中對北洋政府時期報業精神衰落的批評(參見緒論),可以發現北平報界在「中原大戰」期間呈現出的妥協性,甚至依附性,在某種程度上是北洋政府時期報界弊端的延長。

以「中原大戰」期間的政治新聞報導為例,從中可以管窺《實報》對政治權力採取的妥協、迎合姿態,和某種程度的共謀關係,這顯然同「由政論本位而為新聞本位,由津貼本位而為營業本位」的轉型初衷相悖,進一步顯示出該報自我標榜與經營實踐之間的差距。這一差距也提醒人們在對北方民營報刊所處困境給予理解與同情的同時,需要對內在於營業化轉型過程中的二重性給予注意與反思。這種內在的二重性說明,高舉「新聞本位」和「營業本位」兩面大旗的「營業化轉型」與新聞事業步入正軌之間未必能畫上等號。有關此點,本書以下各章還會從不同方面給予剖析。

〔註82〕 日本外務省外交史料館檔案,外國に於ける新聞,昭和五年版,上卷,支那各地並大連及香港の部,1930,第36~40頁。以及日本外務省外交史料館檔案,外國に於ける新聞,昭和六年版,1931,上卷,支那各地並大連及香港の部,第41頁。

第四章　「營業本位」的報紙性格與「新聞紙的」新聞論

一個有價值的報紙必須要有讀者、並且要永遠的有讀者。願取得讀者和保持這些讀者於不失、則報紙必須有引人入勝的要素和值得購閱、繼續訂閱的價值。(中略)報紙必須是一種可以賣出的商品。若願報紙爲一種可以賣出的產品、則其中必須有民衆、或者說一些民衆所願意購買的東西。(中略)此外、報紙應當登載一些民衆所不希望、而需要並應當有的東西、但是惟有藉他們所希望有的東西、才能夠請允他們訂閱。〔註1〕

在本章將視線轉移至《實報》社會新聞報導的動機與策略之前,有必要對管翼賢與《實報》的關係進行一番更爲細緻的梳理,以便瞭解管氏的新聞理念與新聞實踐對《實報》的指導和影響。

一、創辦人管翼賢的角色與能力

1928 年 12 月 25 日,《實報》第三版(即副刊「特別區」)右下方登載了一篇署名「無賴子」的短篇小說《管彤古》。全文連同標點在內不過 500 字,卻透露出不少報社內部的情況。

小說開篇通過對動態場景的描寫,勾勒出編輯室內的日常工作狀態:

編輯室裏。接連橫排著兩面大餐棹。一些辦事的職員。都伏在桌上手不停揮的忙亂著（按：應從此處斷句。）從屋子外邊聽去好

〔註1〕管翼賢,新聞學集成,北京:(僞)中華新聞學院,1943,第一輯,第 111 頁。

像是一間打字房。此時。社長管翼賢。尤其是忙得耳不聞雷霆之聲。目不見泰山之形。他那夫人邵挹芬經理。抱出他們那愛的結晶管彤古。擱在他的脖項上抓頭髮。他也不理會咧。〔註2〕

　　隨後的衝突圍繞管社長與邵經理夫婦二人的「矛盾」展開：前者正爲編稿忙得不可開交，後者抱著兒子管彤古希望閒話家常。這種衝突通過兩者的對話表現出來並得到推進：

　　　　（管）：我編稿的時間。什麼也不管。新聞便是我的寶貝。便是我的性命。什麼也不顧。

　　　　（邵）：我抱著小彤。什麼也不管。小彤便是我的寶貝。便是我的性命。什麼也不顧。

　　　　「明年二月一日關稅實行自主。（下略）」管社長繼續編稿。

　　　　「今天耶穌降生。明天我的兒子降生。（中略）小彤。打他。打他。（中略）哈哈哈（下略）」

　　　　管社長急了。〔註3〕

　　就在爭吵即將噴發之時，故事因爲管彤古的一個行爲發生了戲劇性的轉折：

　　　　只見管彤古一隻手抓了一份時聞通信社的稿。一隻手抓了一張實報。恰恰把他們三人的腦袋蒙著。他們三人在這稠人廣眾之中。緊緊吻在一起。〔註4〕

　　透過這篇爲管彤古生日獻禮的小說，除了可窺見立志成爲「社會公器」的《實報》呈現出的私人色彩外，還能推斷出以下兩點重要信息：

　　第一，《實報》既是管翼賢的事業，也是他的家業。介紹《實報》草創期的基本情況時曾提及，在報社的組織架構中，管翼賢任社長，負報社全責；其妻邵挹芬任經理，綜理全社事務。有意思的是，小說借助「社長——丈夫——男性——事業」和「經理——妻子——女性——家庭」兩組相互對應的社會性別關係，巧妙地揭示出「社」與「家」之間的重疊關係，以及「公」與「私」之間的模糊界線。管彤古既是故事發展的關鍵存在（製造衝突——推動情節——解決矛盾），也是對《實報》和時聞通信社與管、邵二人關係的

〔註2〕無賴子，管彤古，實報，1928年12月25日。
〔註3〕同上。
〔註4〕同上。

暗喻——同樣是他們心血的結晶，同樣處於幼年時期。這種關係在小說結尾精心設計的意象中表露得十分清楚：管彤古一手抓著時聞通信社的稿，一手抓著《實報》，一家人吻在一起。

第二，管翼賢不只主管報社的經營，也參與新聞稿件的編輯工作。實際上管氏的工作範圍並不限於此。負責為「談話」欄目撰稿的王柱宇曾在文章中指出，管社長每天天亮就起床，「忙裏邊，忙外邊，忙實報，忙時聞通訊社，忙打探新聞，忙編稿，忙營業的發展，忙印刷的改良」。〔註5〕另據李誠毅回憶，《實報》草創時期北平的新聞從業者可分為兩派：一派是「坐治派」，顧名思義就是社長不與外界接觸，坐鎮治理社務，一切新聞全靠外勤記者供給；一派是「苦幹派」，連社長都要親自出來跑新聞，回來自寫自編。《實報》自然屬於後者。李氏認為也正因此，《實報》每天都有獨家新聞和讀者見面。〔註6〕

上述各點既暗示出管翼賢對新聞事業的熱情，也清楚展示了他（以及他的家庭）與《實報》和時聞通信社的緊密關係。關於管氏對報社的影響，有人曾做出過如下描述：「實報，是他獨力經營的報紙，所以一切都靠他一人獨裁」。〔註7〕此話當然不免有誇張之嫌，但不能不承認，管翼賢確實是支撐《實報》和時聞通信社各項業務的靈魂人物。

管翼賢（1899～1950）湖北省蘄春人，畢業於東京法政大學政治經濟科。20世紀20年代步入新聞界，曾任北京神州通訊社外勤記者、天津《益世報》記者、天津《京津泰晤士報》主筆。由於他常能獲得北洋政府尚未公佈的國會議事等消息，供稿給各報作頭條新聞發表，很快便以善「抓消息」聞名於平津新聞界。

據知情者回憶，管氏主要通過兩種手段獲取北洋政府不對外發佈的新聞，其一是利用政府內部的派系鬥爭，通過與各派人物周旋，從他們的轉述中獲得中央政潮起伏與地方人事更迭的情況，據此寫成消息。其二是依靠私人關係，買通國會負責守衛的警員，進入戒備森嚴的會場，發表透露國會議事實況的報導。〔註8〕

〔註5〕王柱宇，新五號字（一），實報，1931年10月25日。

〔註6〕李誠毅，三十年來家國，再版，香港：振華出版社，1962，第142頁。

〔註7〕洪流，實報值得紀念的幾點：成功因素的分析，實報半月刊，1936年10月16日，第169頁。

〔註8〕賓以銳，管翼賢與《實報》，見中國人民政治協商會議全國委員會文史資料研究委員會，文化史料（叢刊），北京：文史資料出版社，1983，第四輯，第124頁。

長期參與《實報》編輯工作的張醉丐曾形容管翼賢「擅長交際，做事八面玲瓏」，將他喻為「新聞界的尚小雲」。〔註9〕管翼賢的老搭檔李誠毅則將他與當時兩位知名的報人邵飄萍、林白水進行比較，認為「他的學識能力，不下於邵飄萍、林白水，而品德勝於林，交際與組織能力又勝於邵。儀表風度，談吐應付，具有一種攝人的力量。」〔註10〕

關於管翼賢與神州通訊社的淵源，李誠毅還提供了一段頗為有趣的敘述。據他回憶，管氏的同鄉陳定遠（班侯）想以新聞事業作為政治的敲門磚，因此創辦了神州通訊社，聘請管氏當記者和編輯。由於管氏「辦法多，交際廣，肯用腦筋，擅鑽門路，加上文筆敏捷，別具新聞眼光」，逐漸將神州通訊社的重心轉移到了自己身上。〔註11〕據說管氏與北京城內的機關和社團都建立了聯繫，耳目很長，李誠毅因此形容他為「兜得轉的地頭鬼」。〔註12〕

由此可對管翼賢出色的人際交往能力和全面的新聞業務能力略有瞭解。綜觀民國時期民營報刊或者民間報刊的發展狀況，可以發現報人的個人能力與魅力對報紙的發展有著不可忽視的影響。有如邵飄萍之於《京報》、成舍我之於「世界報系」、《民生報》和《立報》，管翼賢是推動《實報》發展的一個靈魂人物。作為《實報》的經營者和主要編輯者之一，管氏「辦法多，交際廣，肯用腦筋，擅鑽門路」的個人魅力，加上「文筆敏捷，別具新聞眼光」的專業能力，無疑為該報「小報大辦」方針的成功提供了十分重要的渠道與保障。

二、《實報》與北平各方面之關係

其實，號稱在管翼賢「獨力經營」下的《實報》和時聞通信社同北平各機構之間的關係如何，從該報登載的部分內容和相關人員的回憶文章中，也可覓得蛛絲馬跡。

1930年「中原大戰」期間，為配合軍事「倒蔣」，反蔣各派在北平組織了「中國國民黨中央黨部擴大會議」（又稱「北平擴大會議」。在《實報》的報導中多數時候直接稱「擴大會議」或使用簡稱「擴會」），並產生與南京國民

〔註9〕張醉丐，打油詩／新聞界之尚小雲，實報，1938年3月23日。
〔註10〕李誠毅，三十年來家國，再版，香港：振華出版社，1962，第139頁。
〔註11〕同上。
〔註12〕同上。

政府相對壘的北平國民政府。會議於 7 月 13 日舉行預備會，8 月 7 日在中南海正式召開。〔註 13〕其間，擴會委員覃振曾作為「中央黨部慰勞將士代表」赴前線慰勞各軍將士。值得一提的是，與覃振同行的還有由十五位中外記者組成的「中外新聞記者戰地視察團」。《實報》對這個「中外記者團」的組成情況和大致行程有如下介紹：

> 中外新聞記者十五人。記英美記者三人。日本記者為電通社。橫田。新聯社龜谷。大阪朝日新聞千原。大阪每日新聞田之花。松本六人。中國記者為天津庸報金達志。天津益世報。趙漠埜。北平時聞社蘇雨田。北平民言日報趙效沂。北平日報溫利時。黑龍江民報虞復光等七人隨車往太原。鄭州。開封。許昌。〔註 14〕

這篇報導的結尾還特別提到上述「中外新聞記者戰地視察團」的記者們「各人亦佩帶中外新聞記者戰地視察團之徽章。並由中央黨部電告戰地各統兵長官。請妥為接待。」〔註 15〕從行程安排和接待辦法來看，擴大會議之所以安排記者團隨行很大程度是出自為「北方反蔣軍事聯盟」做正面宣傳的考量。由此也可略為掌握《實報》在「中原大戰」期間為何能夠突顯新聞時效性強和自採新聞多兩項優勢，以及報導偏向北方軍事實力派的線索。

同時值得注意的是，這個記者團中北平的新聞機構只有時聞社、《民言日報》和《北平日報》三家，沒有為人們所熟悉的大報，其中的《民言日報》和《北平日報》則被認為是和閻錫山系有較深瓜葛的報紙。〔註 16〕通過這兩個細節，很難不令人產生如下質疑：為何管翼賢的時聞通信社能夠成為記者團中的一員？《實報》和時聞社與華北地區的大小軍閥、各個派系之間有怎樣的關係？

〔註 13〕張憲文等，中華民國史大辭典，南京：江蘇古籍出版社，2002，第 533 頁。
　　　　同時，據此也可印證第三章引用的日本外務省情報部 1930 年、1931 年對北平報界所做的調查中對北平政局變遷的描述基本符合實情。
〔註 14〕覃振昨晚離平／代表擴會慰勞各將士／中外記者十五人同行，實報，1930 年7 月 19 日。
〔註 15〕同上。
〔註 16〕日本外務省外交史料館檔案，外國に於ける新聞，昭和五年版，1930，上卷，支那各地並大連及香港の部，第 38～39 頁。
　　　　另，有關《民言日報》與閻錫山方面的關係，《實報》外勤記者李誠毅在其回憶錄中也略有提及，參見李誠毅，三十年來家國，再版，香港：振華出版社，1962，第 47 頁。

　　李誠毅在回憶錄中記述的幾處細節為解答這個問題提供了重要線索。李氏頗有自信地坦誠，《實報》和時聞通訊社同北方的軍政方面都能建立起關係。有關這一點，他是這樣敘述的：

> 北方的軍政方面，不用談是近水樓臺，我們一定能建立起來報紙和他們的關係，就是十七年首先進入北京的國民革命軍以及二十一年北上抗日的國軍，沒有那一個部隊，不和實報、時聞通訊社發生關係的。而我們私人間與部隊長都交流著至誠的友誼，因之，隨軍採訪，就沒人能和我們爭一日之短長了。〔註17〕

　　最後一句「隨軍採訪，就沒人能和我們爭一日之短長了」無疑暗示了時聞通信社能夠成為少數加入「中外新聞記者戰地視察團」的新聞機構的原因。在下面一段引文中，李誠毅更清楚地點破了 1928 年閻錫山接管平津後，《實報》與晉軍方面建立起來的關係：

> 中央除正式明令宣佈將北京改為北平外，並發表閻錫山為平津衛戍總司令，我因新聞採訪及工作與閻氏有關新興之民言日報，社會晚報之關係，漸與晉軍將領王靖國、李服膺、趙承綬、李生達、楊耀芳、周玳、榮鴻儒、傅作義、馮鵬翥等酬酢往來，更以北方人人情敦厚，我對人對事又忠勇負責，因此大家處得十分融洽。（中略）當時，我和亡友管翼賢創辦北平實報，是憑兩隻赤手，把握了機會，短短的時間，便將那張報紙做得有聲有色，僅晉綏兩省地區就暢銷六七萬份之多，這就是上述諸先生能不遺餘力的協助，獲得之結果。〔註18〕

　　管翼賢和李誠毅當時到底把握了怎樣的機會才在這個時期創立起時聞通信社和《實報》，根據現有的資料尚不足以給出定論。但據上述引文已可在很大程度上做出如下推斷：《實報》和時聞通信社同閻錫山方面保持著不尋常的關係。時聞通信社能夠與北平另外兩家閻錫山系的報紙，作為北平僅有的三家新聞機構參加「中外新聞記者戰地視察團」，赴前線採訪新聞，並非偶然和僥倖。

　　根據以上兩段引文，還可知同軍政各界進行社交應酬，也是《實報》和時聞通信社獲得一手消息、拓展新聞業務的重要渠道、手段和保障。根據對

〔註17〕李誠毅，三十年來家國，再版，香港：振華出版社，1962，第 144 頁。
〔註18〕同上，第 47 頁。

此時期現存《實報》原件的統計可知，1930 年 4 月至 9 月，該報刊登的含有
「招待新聞界」關鍵詞的消息共有 14 條；從分佈頻率看，每月少則 1 條，多
達 4 條。

按照消息刊登的先後順序，涉及招待新聞界的各軍政當局以及軍政要員
分別如下：平漢鐵路局局長、哈東鐵督辦公署、謝持、汪精衛、擴大會議、
北平印刷局局長趙甲榮、比利時前外長、北平警備司令楚溪春、北平公安局
長王靖國、陝災急賑會、北平郵務工會。

可見「招待新聞界」這一行為，在當時的北平政府機關即便沒有成為一
項常規的和正式的制度，也已經是各個機關、各方要人與整個報界共同參與
的一種旨在聯絡感情、溝通信息、幫助宣傳的常用方式。在這樣的環境中，
能從報界同人那裡獲得「擅長交際」的交口稱讚，也可料想管氏當時在北平
報界的風光。李誠毅曾說：「無論政府機關招待記者，或新聞界發生任何事件，
都得先問管翼賢，他在古城中，可以說紅得發了紫了。」〔註 19〕

其實擁有超群的交際能力並非管氏一人獨有的特長，早在管氏之前便活
躍於京城新聞界的黃遠生、邵飄萍等人，無一不是善於交際，通過周旋於政
要之間，獲得第一手的新聞。若回到當時的歷史語境中，便會發現「善於交
際」之類讚譽的光環，遮蔽著報界與政治權力之間曖昧不清的關係。

儘管《實報》在很多場合都號稱獨力經營，從未收受津貼，但從該報創
刊時的資金情況來看，這種自我標榜難免具有水分。參照日本外務省情報部
在 20 世紀 30 年代進行的各種調查報告，也可發現《實報》收受津貼的蛛絲
馬蹟。〔註 20〕事實上，民國時期的絕大多數報紙都有一定的政治背景，或接
受軍閥政客的饋贈、津貼，或領取各個機關團體以諮議員、職員名義發放給

〔註 19〕 李誠毅，三十年來家國，再版，香港：振華出版社，1962，第 145 頁。
〔註 20〕 日本外務省情報部自清朝末年以來，每年都會對中國各地的報紙和新聞社做
例行調查。根據目前掌握到的八年間的資料(1929 年～1934 年、1936 年～1937
年)，自 1930 年起，每一年對《實報》的調查中都會出現「若說該報存在從
馮玉祥等其他諸方面接收小額補助之事也無不可」之類的描述。參見日本外
務省外交史料館檔案，外國に於ける新聞，昭和五年版，1930，上卷，支那
各地並大連及香港の部，第 39 頁。
　　此外，由日本駐華公使館參事官於 1931 年作為機密文件呈送給時任外務大臣
幣原喜重郎的報告中，稱時聞通信社「以前從山西派張蔭梧處領津貼，現在
據說從何成及於學忠處領津貼」。參見日本外務省外交史料館檔案，北平二於
ケル新聞調查報告ノ件，1931。

記者的車馬費。〔註 21〕除去純經濟的因素，接受饋贈、津貼或車馬費這種行為，在某種情況下也是政治權力與新聞機構相互之間在「招待」與「應酬」的名目下，發展和維護關係的一種方式與表現。結合此前的梳理與分析，可知管翼賢、李誠毅等人對這套與軍政當局打交道的「遊戲規則」十分熟悉並且運用熟練。

李氏曾對他和社長管翼賢在各處奔波應酬的情境做過如下描述：

> 那時我們在北平，不要說業務忙，社交應酬更是忙得不可開交，平均來說，每天總有三處五處的宴會，每到一處，只吃一兩道菜敷衍一下，就得告辭去趕往另一處約會。〔註22〕

或許正是通過這種忙得不可開交的社交應酬，《實報》與時聞通信社的主要負責人才得以同北方軍政當局相處融洽，以至同各部隊長們「交流著至誠的友誼」。更重要的是，這種融洽的關係和至誠的友誼不僅是《實報》和時聞通信社實現報導及時，常有獨家新聞的重要保障之一，也有助於該報在華北地區拓展銷量。有關前者，李誠毅曾舉過如下的例子，來說明與北平原警備司令李服膺的私交如何幫助《實報》獲得讓同業為之眼紅的社會新聞的：

> 當時城防是由晉軍擔任，警備司令李服膺，和我的私交至厚，所以，這些懲辦匪類的消息，我可以優先獲得。每逢槍斃匪犯，我們頭一天就有匪犯的照片與全部案情準備著，第二天執行時，我們的報上就有詳細消息及各匪照片刊出，這使同業中都為之眼紅的。
> 〔註23〕

有關後者，李氏也曾有如下記述，說明他和管翼賢如何利用與各方面之關係推廣《實報》的：

> 我們和山西、陝西、東北、西北、南洋，以及中央個方面都建立了關係，這關係並不是普通的敷衍，乃是密切深厚的友誼，因此，我們就運用這一有利形勢，把實報做輻射性的推廣。〔註24〕

可見報界與政治權力之間這種曖昧不清的關係（或複雜的張力），是此時

〔註21〕竇以銳，管翼賢與《實報》，見中國人民政治協商會議全國委員會文史資料研究委員會，文化史料（叢刊），北京：文史資料出版社，1983，第四輯，第 127 頁。

〔註22〕李誠毅，三十年來家國，再版，香港：振華出版社，1962，第 145 頁。

〔註23〕同上，第 144 頁。

〔註24〕同上。

期一定程度上支撐新聞界存活與變革的結構性因素，同時也是中國新聞事業在演變發展過程中的一個階段性特徵。因此，與其迴避或簡單否認這種關係，不如正視它的存在並加以討論和分析，以便獲得更爲豐富的認知與理解。

除了與北方軍政當局保持融洽的關係之外，《實報》和時聞通信社同其他有助於獲取第一手新聞、擴展報紙銷路的各方也保持了良好關係。例如李誠毅曾明示《實報》和時聞通信社能夠做到消息靈通，部分原因在於和電話局、電報局打通了關係。因爲這層關係，甚至能及時獲得尚在封鎖中的新聞。對於此事，李氏曾這樣敘述道：

> 電報局和電話局，我們一年四季買了人情，上上下下都是通的，什麼消息都會及時通知我們，有些社會新聞，公安局還在封鎖中，我們都已經老早得到很詳盡正確的消息了。

> 因爲我們有了電話局作耳報神，可是，公安局卻莫名其妙，不知道我們的消息從何處得來，反轉求我們報社和通訊社幫忙，因爲我們的消息靈通，使他們不得不買賬。〔註25〕

再如，根據實報員工回憶，管翼賢每天都會去永興寺的派報處瞭解《實報》的發行情況，並且善於以平易近人的態度和報販們拉近關係：

> 他每晨起床很早，在六七點鐘那時候，必須循例到永興寺廟裏（中略）爲了要明瞭本報的發行情況，以及和其他報紙不同之點，以及發行上改進的參考（中略）他在這時，竭力造成平民化，預備和每個報販接近，所以穿上一件藍布大褂，免得那些報販，自慚形穢，不敢和他直接交談。〔註26〕

管社長這種既可與達官貴人交往應酬，又可與平民百姓打成一片的處事風格，無疑也是《實報》短時間內得以在北平報界嶄露頭角、銷量大漲的一個原因。這也或多或少對《實報》的辦報風格產生了影響，無怪乎當時有人評價該報是一份充滿祥和精神、秉持虛懷態度以及不曾得罪過人的報紙。〔註27〕

然而事實上，「不得罪人」的《實報》在 1930 年曾先後兩次因王柱宇主持的「談話」欄目「失言」，分別得罪了梨園界和郵政界。有關得罪梨園界一

〔註25〕李誠毅，三十年來家國，再版，香港：振華出版社，1962，第 143 頁。
〔註26〕洪流，實報值得紀念的幾點：成功因素的分析，實報半月刊，1936 年 10 月 16 日，第 169 頁。
〔註27〕李進之，對於實報的評價，實報半月刊，1937 年 3 月 16 日，第 5 頁。

事的前因後果可從 7 月 22 日在《實報》二版副刊同時刊登的三則啓事中瞭解一二。

本報緊要啓事

本月十五日本報所登談話欄打扮一則其中措詞失檢深爲抱歉特此聲明

梨園公會敬告同人啓事

本會前見十五日實報所登打扮一則、言辭頗與梨園界名譽有礙、當由本會派代表前往質問、茲該報業已更正、極表歉意、本會同人以該報既已更正、無再事苛求之必要、應請同人一致恢復好感是爲至要（按：文中標點係筆者所加）

王柱宇緊要申明

本月十五日鄙人在實報打扮一則、措詞未能審慎、出之致招梨園界諸君之不滿、當有梨園公會代表至實報社質問、鄙人聞之實深抱歉、今特鄭重聲明、務乞梨園諸君格外鑒諒爲感（按：文中標點係筆者所加）

據此可知，7 月 15 日王柱宇在《實報》副刊「談話」欄目發表的文章《打扮》因「措詞失檢」，被梨園界認爲於其名譽有損。在梨園公會代表的登門質問下，7 月 22 日《實報》和王柱宇分別發表啓事致歉。與這兩則啓事同時刊登的《梨園公會敬告同人啓事》頗爲引人注意，尤其是最後一句，即「應請同人一致恢復好感是爲至要」，由此反推，此次「失言」可能或已經對《實報》的經營產生了不良的影響。不論是爲了挽回已經發生的損失，還是保障未來營業的順利，《實報》在副刊內容上和販賣銷售上都需要與中下層百姓娛樂生活息息相關的梨園界的大力支持。由此亦可理解爲何在刊登報社和撰稿人致歉之啓事的同時，還要刊登梨園公會的啓事了。

此事發生不久的 7 月 25 日，《實報》的「談話」欄目發表了王柱宇撰寫的《郵務工人怠工》一文，對北平郵務公會爲要求增加工資議決於 7 月 22 日起一致怠工一事發表了議論。雖然王柱宇辯稱，文章的核心思想是對勞苦百姓表示同情和支持，但行文中列舉了郵務怠工可能對整個社會帶來的不良影響還是引起了北平郵務公會的不滿和抗議。爲平息風波，7 月 30 日的「談話」欄目刊登了 7 月 25 日由「北平郵務公會怠工委員會」寄來的《致王柱宇先生一封公開的信》，對王柱宇文章中幾處被認爲「不實」之處進行了反駁，以此

形式澄清郵務公會此次有名無實的怠工行動並未對社會造成任何不良影響。在此文之後，編者加了一條「柱宇謹按」，這條按語由王柱宇寫於 7 月 27 日晚，全文不到三百字，以這種形式表達了歉意，但同時也對誤會何以發生之原因進行了辯解。因王氏文章涉及當時報紙副刊排版的一些流程與細節，故將全文照錄如下：

> 鄙人從來做稿的目的。完全在與勞動界表示同情。希望對於勞動同人。加以援助。當為一般閱者所公諒。此次拙作《郵務工人怠工》一稿。與怠工實況。頗有出入。其原因。係該稿作成於二十三日。當日報章所載。僅有「怠工」一語。至於怠工辦法。則尚未披露。故鄙人有誤會之處。及閱二十四日報紙。始知拙稿多所誤會。然該稿已經本報製成鉛板。無法改正。該稿於二十五日見報後。貴工會多所詰難。鄙人惟有引咎自責。向貴工會道歉。好在拙稿云云。其用意全在援助貴工會。貴工會當能加以原諒。至於二十五日報紙。須二十三排版一節。此為各小報通例。貴工會曾向任何小報一詢便知。絕非鄙人巧言文過。諒之為荷。七月二十七日晚。王柱宇簽字。

〔註28〕

按照上文的信息，這篇刊登於 30 日的文章應該是在 28 日排版的，王柱宇撰寫按語的日期是 27 日，從時間上來看倒也符合邏輯。此外，這篇按語寫於郵務工會致函的第三天，若將郵寄時間考慮在內，反應也還算迅速。但行文的風格和與人的印象則同此前給梨園公會的緊急申明存在明顯差異。這種差異，或許與兩件事情對《實報》營業影響的程度不同有關，或許與兩方同《實報》的關係深淺有關，由於缺乏有力的史料作為論據，不便進行推斷。但從《實報》處理對該報可能造成不良影響的關係時採取的謹慎態度與迅速行動，足見該報對營業之重視。

三、報紙生產原理與新聞價值

除盡量同各方機構保持融洽關係，以有利於新聞報導與報紙推廣之外，《實報》對「營業本位」的關注，還表現在社長管翼賢所推崇的新聞理論上。管氏推崇的新聞理論以及他在新聞實踐中獲得的經驗與心得，對《實報》和時聞通信社的新聞實踐具有不容忽視的指導力與影響力。

〔註28〕實報，1930 年 7 月 30 日。

　　管翼賢在談及報紙的生產原理時，用不同的詞句和描述來強調發行量對報紙的重要性。比如他在《新聞學集成》中專門圍繞此點進行了多次解釋。管氏認為：「報紙的第一個要件是可以賣出。報業的第一個要件是出產一個可以賣出的報紙。」〔註 29〕「無銷路、無讀者；無勢力。無論報紙的動機如何的高尚、若無銷路、無讀者、定歸於失敗。」〔註 30〕「一個報紙在社會上的力量、和對社會的價值、每與其商業的管理能力、有直接的關係。（中略）往往最有勢力的報紙是最興盛的報紙、就是在合法的限度以內、發行最獲利的報紙。」〔註 31〕

　　究竟如何才能使報紙可以賣出並保持銷路呢？管氏認為報紙必須登載民眾所希望的東西，才能成為一種「可以賣出的產品」。〔註 32〕他這樣主張道：「欲其報紙成為可賣品、則在某種限度以內、必須是應合民眾的希望」。〔註 33〕在《實報》三週年創刊紀念日的社論中，管翼賢大呼「現在，是民眾的時代了；眞需要著民眾的報紙。」〔註 34〕明裏暗裏將《實報》標榜為「民眾的報紙」。

　　「民眾」這個詞所指示的群體實際上存在諸多曖昧與混亂之處，並非一個清晰可辨的社會階層。從這個角度來看，「民眾」與「大眾」有著相似或者重合的屬性。對於以城市中下層平民階層為主要受眾，同時希望吸引中上層階級閱購者的《實報》而言，這樣一個含混的詞語不僅能滿足不同場合的修辭需要，如追隨時代的潮流，喚起讀者的共鳴，賦予報紙作為代言者的合法性等；還可以通過將「民眾」作為「讀者」（或者「潛在讀者」）的同義語進行概念置換，以「民眾」之名構建符合民營報刊新聞實踐特徵的新聞理論。

　　例如，管翼賢在論及什麼是「民眾的報紙」以及報紙該如何「應合民眾的希望」時指出：「報紙除了為少數知識分子閱讀之外、并要以廣大的民眾為對象。充分的注意於人類興趣。」〔註 35〕管氏認為讀者對新聞的需要起源於

〔註 29〕管翼賢，新聞學集成，北京：（偽）中華新聞學院，1943，第一輯，第 111 頁。
〔註 30〕同上，第 111 頁。
〔註 31〕同上，第 114 頁。
〔註 32〕同上，第 111 頁。
〔註 33〕同上，第 112 頁。
〔註 34〕獻給同情本報的讀者，實報，1931 年 10 月 4 日。
〔註 35〕管翼賢，新聞學集成，北京：（偽）中華新聞學院，1943，第一輯，第 121 頁。

人類與生俱來的好奇心，因此新聞的價值，主要是由讀者的興趣而決定的，任何能使讀者發生興趣的事，都是有新聞價值的。〔註36〕

管氏曾對這種新聞成立的心理學解釋做過不同的描述，例如，「人類的本能、就是愛好新奇」，〔註37〕「人類對於奇怪的本能的欲求」，〔註38〕「原來人們是極富於愛好新奇、想要知道新事物的本能的」，〔註39〕讀者之所以買報讀報是「被那人類所不能缺少的本能的好奇心的驅使」，〔註40〕「新聞的起源、是出於人類新奇性的要求」。〔註41〕

在這種心理學的「本能論」的基礎上，結合報紙作為企業商品的生產原理，管氏對挑選新聞的原則，即新聞價值之所在做出了如下解釋：

> 新聞挑選之第一個原則是公共興趣的程度。（中略）因為興趣、惟有興趣本身，才能使報紙有引誘力、才可以賣出。（中略）報紙除非賣了出去、則沒有人看、若沒有人看、則無論發行這個報紙的目的如何高超、是沒有用處的。（中略）每段新聞的價值、將以其所能激起興趣的程度來衡量。〔註42〕

通過將「公共興趣」（public interest）與「人類興趣」（human interest），進行同義互換，在「趣味性」與「民眾化」／「平民化」兩者間發展出一種看似合理的相關性，從而巧妙利用社會各領域內日漸明顯的「民眾化」／「平民化」傾向，為《實報》刊載煽情聳動的社會新聞（即管氏所謂的「快意的新聞」）找到落腳點。如此前所指出的，《實報》的社會新聞自該報創刊以來就屢屢為人詬病，專門負責社會新聞的編輯蔣天競也有所承認。此外，同時代的報人李進之對這個問題進行了更為詳盡的論述。對於此點李氏認為：

> 「黃色新聞」是現代報紙所切忌的，不幸實報有時還犯這種毛病，如遇有一件較為人注目的事項，並且多半是罪惡新聞，實報總

〔註36〕如管氏曾主張：「任何事情能給讀者快樂和滿意、就能使他們發生興趣。凡是以使讀者發生興趣的材料、都有新聞價值、所以新聞價值的基礎、完全在於什麼以物能給一般讀者快樂與滿意。」（同上，第43頁。）他還曾強調：「新聞底價值、主要是由於讀者底興趣而決定的。」（同上，第55頁。）

〔註37〕同上，第62頁。

〔註38〕同上，第65頁。

〔註39〕同上，第70頁。

〔註40〕同上，第41頁。

〔註41〕同上，第25頁。

〔註42〕同上，第133頁。

> 是盡量渲染，佔滿第四版的全面篇幅，有時且侵入第一版的範圍。
> 這種富於衝動性的新聞，固然能夠迎合一部份的人心，尤其中國社
> 會太沉悶了，大部分人的習性又有些散漫，喜歡讀一些帶「味」的
> 刺激品（下略）〔註43〕

　　若結合前述管氏推崇的報紙生產之原理和新聞價值之基礎，不難發現，與其說這種煽情聳動的社會新聞是《實報》在某一階段的美中不足，或者說是該報「小報色彩」或「小報性」的體現，不如說這是該報自創刊起就具有的一個性格特徵，即該報「小報大辦」營業方針和編輯方針中的重要一環。正是這種被認為能夠「激起讀者興趣」的新聞使該報成為暢銷的報紙，並且有效地留住讀者。

　　1930年8月5日至9月23日《實報》針對當時被喻為「轟動平津」的某外資醫院「剖屍案」進行了為時兩個半月的追蹤報導，便是一個能夠說明該報社會新聞報導手法與特徵的佳例。

　　1930年8月5日，《實報》四版刊登了一則題為《駭人聽聞／宋明惠屍腦被剖／協和醫院醫士涉重大嫌疑／死者家屬在法院提起訴訟》的新聞。平日該報四版自上至下共有7段，每段橫向用五號字可排下58～60字，縱向可排下11字。其中4段刊載新聞，3段登載廣告。這條新聞標有「本報特訊」的電頭，所佔面積近2.5段，全文約1500字，使用通欄大標題，其中「駭人聽聞」為橫題，「宋明惠屍腦被剖」為主題，另外兩個標題為副題。標題本身已用大字排版，其中主題的字號比橫題與副題還要大，並加黑突出以吸引讀者眼球。電頭、版面和標題處理清楚顯示出《實報》對此條新聞的重視程度。

　　據《實報》報導，事情經過大略如下：宋明惠患有寒腿症，屢經醫治未見效。賈萬林有一偏方，稱包可治癒，未料致宋氏雙腿俱被烤爛。宋氏7月31日入住協和醫院診治。8月2日醫院派人至宋家告知宋氏病逝，令家屬前往領屍。3日下午地方法院和內一區署人員隨宋氏家屬驗屍，確定死因。但下午6時，在裝殮時，宋家發現宋氏後腦有劈開又縫合的痕跡。院方解釋此係為參考病症。家屬不依，由宋月山訴至法院，一告賈萬林擅自行醫，二告協和醫院假借參考病症為名，將宋氏腦部劈開。法院傳當事人宋月山於5日早8時候訊。

　　按照上述報導裏提及的時間，宋家訴至法院的時間應為8月4日，《實報》

〔註43〕李進之，對於實報的評價，實報半月刊，1937年3月16日，第7頁。

於 8 月 5 日（即法院傳訊宋月山的當日）以「協和醫院醫士涉重大嫌疑」爲
關注點，對此事做了大篇幅報導，不僅派記者對宋月山和宋明惠遺孀崔氏進
行了採訪，對事發經過進行了細緻的整理，還將宋月山等呈控協和醫院的訴
狀原文附錄於報導之後。暫且不按當代新聞倫理的標準，討論此種行爲是否
干預和影響司法公正，由此細節足見該報消息之靈通，反應之迅速，採訪之
詳盡，新聞感覺之敏銳。

按照此後的審判程序和《實報》對此事的關注程度，可將自 8 月 5 日至 9
月 23 日間的報導分爲三個階段。

第一階段爲 8 月 5 日至 8 月 10 日，此期間爲法院傳訊環節，《實報》的
報導也基本圍繞傳訊內容和驗屍報告展開。8 月 5 日首次披露此事後，8 月 7
日至 8 月 10 日，《實報》連續四天對此事進行了追蹤報導。該報在標題中或
使用「剖腦案」，或使用「協和醫院私剖屍腦案」，或使用「協和醫院剖屍案」，
以此爲噱頭來吸引讀者的持續注意。這四天的新聞都標有「本報特訊」的電
頭，且均出現在四版的醒目位置，除 8 月 10 日的報導篇幅略長，全文約 900
餘字外，另外 3 天的報導篇幅不大，約在 400 字上下，平均字數約在 500 左
右。

第二階段爲 8 月 12 日至 8 月 26 日，此期間爲法院複審和判決環節，《實
報》的報導基本圍繞庭審紀實和原告被告所爭執的疑點展開。除四版的新聞
報導外，還在副刊出現了針對此事的評論與讀者來信。另外，8 月 11 日《實
報》又曝出了協和醫院院長駕車撞人一事，因該院的外資背景，類似「『洋勢
力』欺負中國人」的論調在平津報紙上紛紛冒頭，協和醫院一時間成爲眾矢
之的。這一階段圍繞「剖屍案」，《實報》所刊的新聞與言論總計 16 篇，其中
新聞計 5 篇，平均字數約在 700～800 之間，仍佔據四版的醒目位置；評論（由
王柱宇主持的「談話」欄目以及未署名論說）計 6 篇，讀者來稿（署名文章）
計 5 篇，篇幅短小的約有 200 餘字，較長的也只有 600 餘字。這些新聞與言
論有時同時登載，相互呼應；有時則單獨出現，相互補充；總體上形成了一
種集中報導的態勢，把對協和醫院的負面評價推至高潮。

第三階段爲 9 月 3 日至 9 月 23 日，此期間爲地方法院作出不予起訴的判
決後，宋氏家屬不服判決，提出了再議的要求，《實報》的報導主要圍繞宋氏
家屬追加的理由、法院對復議的態度以及復議的進展進行。與「剖屍案」直
接相關的新聞共計 5 條，最短一條不足百字，最長一條爲千餘字，平均字數

約在 500 餘字。除報導出現的頻率降低外，有部分新聞不再刊登在四版 1～2 段的醒目位置。9 月 6 日與 9 月 9 日，《實報》在「剖屍案」的延長線上，對協和醫院突發爆炸聲，疑似被人報復一事進行了報導。這兩條新聞均佔據四版的醒目位置。這一階段除王柱宇在「談話」欄目發表一篇針對「剖屍案聲請再議」的評論外，未見其他評論或讀者來稿出現。可見在這一階段，《實報》對此案的關注熱度已逐漸降溫。

根據《實報》在上述三個階段對「剖屍案」的報導，可以發現以下三個鮮明的特徵：

第一，報導時間長。《實報》對此案的報導前後持續了約兩個半月，絕大部分報導佔據了四版 1～2 段的醒目位置，且不吝嗇篇幅。可見《實報》對這一符合人類「本能之好奇心」、能夠激發人類興趣的案件的重視與熱衷。

第二，報導不平衡。《實報》的報導中較多刊載宋氏家屬的描述，或者照原文附上宋家的訴狀，但很少刊載醫院方面的解釋。在第一階段，法院尚未開審，就先給醫院定下了「私自剖屍」的罪名。在第二階段，更是新聞與言論相結合，不時使用「屠人坊」、「慘無人道」等詞彙烘托恐怖氣氛，著力構建醫院依仗「洋勢力」欺負國人的印象。在第三階段，仍舊以宋家追加的復議理由為關注點進行大篇幅報導。此外還有以下兩處細節值得注意。

第一個細節是 8 月 16 日《實報》刊載了協和醫院對此案作出回應的致函。但是在這封信函的末尾，編輯特意加上了如下聲明：「本社對於協和醫院解剖宋明惠屍體新聞迭有報告純持客觀態度紀載事實茲接協和醫院送來聲明一件函請披露爰為志之如上稿。」[註 44] 似乎刻意同院方劃清界限，暗示登載此函並非對院方持同情或支持的態度。從結果而言，這種做法保持並延續了《實報》在報導此事件（包括類似事件）時一貫呈現出的「民眾的傾向」。

第二個細節是在地方法院對此案予以不起訴處分後，雖然《實報》沒有對此進行報導，但是王柱宇在「談話」欄目發表了《輿論的制裁》一文，間接地代該報發出了聲音。王氏首先提出，法律雖然是主張公道的，「然而法律有時因為環境的關係」不能達到主張公道的目的。他進而強調此案作出不予起訴的處分，僅因為證據存在問題。王氏在文末暗示此事的內幕「不得以檢

[註44] 宋明惠屍體被剖之慘狀／第二次復驗時始得真相／屍格為死後經醫院解剖／協和醫院之聲明一封書，實報，1930 年 8 月 16 日。

察官之一紙裁決書爲準衡」，並表示此案「尙待輿論之公證制裁耳」。〔註 45〕
整篇文字暗示法院判決之不公正。可見《實報》的「民眾傾向」不僅在報導
中貫徹始終，並滲透在言論當中。

　　第三，報導逐漸顯露出政治色彩。《實報》通過報紙言論和讀者來稿形成
的合力，頗爲有效地製造了「『洋勢力』欺負中國人」的印象。在半殖民主義
語境中，不難想見這樣的一種輿論氛圍將有力地誘導讀者形成類似「院方是
帝國主義之幫兇」的印象。結合這一背景，宋家呈請「陸海空軍總司令部外
交處」，要求其向美國公使抗議的行爲，就在一定程度上具備了成爲「反帝反
封建」象徵的可能。時值「中原大戰」進行正酣之際，《實報》在新聞與言論
中，示意一個地方性組織或機構，而非中央政權，爲受帝國主義勢力欺壓的
國人做主，這一做法無疑富有深意。從潛在的效果來看，《實報》通過暗示或
期待反蔣聯盟採取不同於南京國民政府軟弱妥協的外交態度，可以達到進一
步建構反蔣聯盟政治合法性的效果，與這一時期該報的政治新聞報導及社論
相呼應。與此同時，暗中擡高了地方性組織或機構的行政級別，爲籌劃中的
「北京政府」的誕生造勢。

　　可見《實報》在報導社會新聞時並非一味追求煽情和新奇，而是能與城
市中下層民眾的情緒、政治權力的立場（或者僅是對新聞媒體的某種期待）
形成共鳴、進行呼應。這種對新聞處理拿捏得當的分寸感，既是《實報》「營
業本位」性格特徵的體現，同時在很大程度上也是社長管翼賢新聞實踐的心
得與巧妙經營的「成果」。管翼賢曾主張：

　　　　報紙若全爲營利的希望所左右、必定受一些損害。報業的生產
　不僅是一個商業的企業而已、通常一個報紙的創設、主要的是在宣
　揚某種理論、讚助某種立場、爲社會服務或者供給社會需要。〔註46〕

　　由此可見，管翼賢提倡的是一種自我克制、可持續發展的營業方式，不
贊成只盯著眼前利益，致使報紙的長期利益蒙受損失的非再生性的營業方
式。他認爲，假如報紙因其主辦者與管理之性質，使讀者懷疑其終極的動機，
那麼那份報紙便不能生存，遑論興盛了。〔註47〕

　　根據現有掌握的資料，能夠發現有日本留學經歷的管翼賢在新聞理論、
報紙經營等方面均受到了日本新聞學和新聞事業的影響。最明顯的一個證據

〔註45〕 王柱宇，輿論的制裁，實報，1930 年 8 月 26 日。
〔註46〕 管翼賢，新聞學集成，北京：（僞）中華新聞學院，1943，第一輯，第 114 頁。
〔註47〕 同上，第 116 頁。

就是他撰寫《新聞學集成》時的主要參考資料都是日文著作。〔註 48〕那麼，管氏創辦《實報》時，提出「小報大辦」這一營業與編輯方針，是否也在一定程度上參考或借鑒了日本新聞事業的某些經驗或模式？有關這個問題，從李誠毅和徐劍膽的憶述中可尋得蛛絲馬蹟。

1929 年，在紀念《實報》創刊一週年的文章中，李誠毅曾回憶了與管翼賢籌商創辦報紙時的情景。他說道：

> 還記得那一天他（按：管翼賢）手上捧著一本大阪朝日新聞的合訂本，口裏嚷嚷的說「呵呵！我們一定照這樣辦，你看多麼美呵，一定能有人歡迎的，沒過幾天，我們這個小小的實報便生產出來了。」
>
> （按：原文缺失後引號）〔註49〕

1936 年，在紀念《實報》創刊八週年的文章中，徐劍膽先後兩次提及《朝日新聞》。第一次是引用管社長不久前對報社員工的講話。管氏曾對大家這樣說道：「我們希望日後實報，也像日本之朝日新聞，有幾架飛機，傳遞新聞稿件」。〔註50〕第二次是說到鑒於讀者的文化程度，認為「對於低級趣味的文字，仍有一部分之必要」。徐氏接著以《朝日新聞》為例，指出「即如日本之朝日新聞，亦有低級趣味之文字，足可借鏡。」〔註51〕

由上述兩例，或可管窺《實報》與《朝日新聞》之間若隱若現的聯繫。《實報》的版式和排版風格，與《朝日新聞》十分接近，除去印刷機器的限制，這是否是管翼賢刻意為之的結果？有關這個問題，根據現有資料雖不能做出判斷，但根據管氏在《新聞學集成》中對日本新聞事業史的介紹，可從他對日本報業的關注點及認同點中找到些許線索。

比如，管氏在介紹德富蘇峰的《國民新聞》時，強調該報是「一種融合以營利為目的之小報，及以指導為原則之大報，二者為特徵而成之報紙」。〔註52〕在介紹《大阪朝日新聞》時，管氏進行了了如下描述：

〔註48〕《新聞學集成》參考書中，中文資料、日文資料、英文資料的比例為 6：14：7。可見日文資料所佔比重之大。其中列於日文參考資料之首的，是小山榮三的《新聞學》。此外有關新聞理論和日本新聞史的比較重要的日文參考資料還有小野秀雄的《現代新聞論》、《日本新聞發達史》和《新聞發生史論》以及棟尾松治的《新聞學概論》。

〔註49〕李誠毅，週年的話，實報增刊，再版，1929 年 11 月，「紀錄」部分，第 2 頁。

〔註50〕徐劍膽，將來的實報，實報半月刊，1936 年 10 月 16 日，第 63 頁。

〔註51〕同上。

〔註52〕管翼賢，新聞學集成，北京：（偽）中華新聞學院，1943，第七輯，第 87 頁。

> 《大阪朝日新聞》爲以報導爲本位而著名之報紙、該報係認清
> 報紙重要任務之報導、專注此點而發展者，故亦可謂之爲另闢一途。
> 〔註53〕

同時管氏十分肯定村山龍平在《大阪朝日新聞》所推行的營業主義，並且將村山聘用名人做主筆，提升了該報在民眾心目中的位置及社會知名度的做法，定位爲「營業主義的包容力」。〔註54〕

根據以上資料，不難推斷《實報》以小報形式兼顧大報內容的編輯方針和營業方針，以及對新聞報導的重視、聘請名家撰寫社論和文章的做法，極有可能是在傚仿《國民新聞》、《朝日新聞》等日本報紙的成功經驗。如果略微考察《朝日新聞》的發展史以及該報的報導風格和營業策略，便可更加確信日本新聞事業對《實報》「小報大辦」方針的影響，甚至是某種程度的「示範」作用。

四、日本新聞事業的示範作用

土屋禮子（Reiko Tsuchiya）在《大眾報紙的源流——明治時期小報研究》一書中，曾借用歐美國家存在的高級報紙（quality paper）與大眾報紙（popular paper／mass paper）的區分，說明日本報業發展史上也曾出現過與此相似的「大新聞」（大報）與「小新聞」（小報）的二元報業結構。〔註55〕

小野秀雄（Hideo Ono）在《日本新聞發達史》一書中將明治初期（19世紀60～70年代）的這種二元報業結構定義爲「政論本位的大新聞與娛樂本位的小新聞的對立」，並且指出二者在報紙大小、報導內容、記者組成、讀者構成、使用片假名和插圖等方面皆存在區別。〔註56〕土屋認爲這種「大新聞」與「小新聞」的對立，到明治中期（19世紀90年代前後）就消失了，取而代之的是汲取兩者精華於一身的「中新聞」化的國民大眾報紙。及至20世紀20年代，《大阪每日新聞》和《大阪朝日新聞》宣佈發行量突破百萬時，則是這種「中新聞」化的報紙定型的時刻。〔註57〕

〔註53〕 管翼賢，新聞學集成，北京：（僞）中華新聞學院，1943，第七輯，第87頁。
〔註54〕 同上，第97～98頁。
〔註55〕 土屋禮子，大眾紙の源流——明治期小新聞の研究，京都：世界思想社，2002，第5頁。
〔註56〕 小野秀雄，日本新聞發達史，見土屋禮子，大眾紙の源流——明治期小新聞の研究，京都：世界思想社，2002，第6頁。
〔註57〕 同上，第6頁。

　　土屋對日本報紙系譜演變的考察，很大程度上借鑒了山本武利（Taketoshi Yamamoto）在《報紙與民眾──日本型報紙的形成過程》中的研究成果。山本在該書最終章《日本型報紙的歷史背景》中指出，在英國既有以《泰晤士報》（The Times）爲代表的高級報紙，同時也有以《每日快報》（Daily Express）、《每日鏡報》（Daily Mirror）爲代表的大眾報紙，這種兩極分化的報業結構自 19 世紀末的工業革命以來，存在至今。但是現代的日本報紙，特別是全國性報紙，在以報導活動爲中心的同時，也進行言論和娛樂等新聞活動。因此，在報紙內容方面，就好像是英國的高級報紙與大眾報紙的「雜居」一般。〔註 58〕山本認爲，「大新聞」與「小新聞」的區別在現代日本新聞界已不存在，新聞活動與報紙內容的雜居性和多樣性並存被認爲是日本報紙的一個重要特徵。此特徵在讀者層方面也有所體現。一般而言，高級報紙的讀者多爲精英階層和知識分子階層，而大眾報紙的讀者多爲平民階層。但是日本的報紙在社會各階層都保有廣泛的讀者群。〔註 59〕最後，山本將不持有明確的政治立場，以「不偏不黨」爲標榜，通過內容的雜居與多樣，吸引各階層讀者閱讀，以求獲得巨大的發行數量等數點歸納爲「日本型報紙」的典型特徵。〔註 60〕

　　山本進而分析道，若回顧明治時期報紙的「不偏不黨」性，可以此將日本的報紙分爲御用報紙、政黨機關報、獨立報紙和「小新聞」（即小報）四種類型。這四種報紙當中最能體現「日本型報紙」特徵的，當數以《朝日新聞》爲代表的「小新聞」。〔註 61〕之所以這樣說，是因爲在報界，特別是在販賣領域的角逐中，《朝日新聞》這樣的「小新聞」通過報導活動，抑制了其他的御用報紙、政黨機關報和獨立報紙，逐漸佔據了支配性地位。《東京朝日新聞》、《大阪朝日新聞》和《大阪每日新聞》等報紙對報界的支配從大正中期（按：約指 20 世紀 10 年代末期）以降就已確立。與此同時的一個動向是，明治末期（20 世紀 10 年代初期）的以「不偏不黨」爲標榜、注重報導活動的報紙進

〔註 58〕山本武利，新聞と民眾──日本型新聞の形成過程，再版，東京：紀伊國屋書店，2005，第 183～184 頁。
〔註 59〕同上，第 185 頁。
〔註 60〕同上，第 185～187 頁，同參見土屋禮子，大眾紙の源流──明治期小新聞の研究，京都：世界思想社，2002，第 4 頁。
〔註 61〕山本武利，新聞と民眾──日本型新聞の形成過程，再版，東京：紀伊國屋書店，2005，第 187 頁。

入大正期以後，逐漸確立了更具支配性的地位。〔註 62〕山本對日本報紙的演變歷程做出了如下概括，即以「朝日」型報紙爲核心，其他類型的報紙向其逐漸靠攏，朝此類型實現了同化和一元化。也就是說，自明治後期開始，可以清楚地觀察到報界向「朝日」型報紙（即「日本型報紙」）逐漸收斂的過程。〔註 63〕

由此可見，前述土屋禮子所描述的「大新聞」和「小新聞」向「中新聞」的轉型，與山本武利所描述的其他類型的報紙向「朝日」型報紙的收斂，無疑是對同一演變過程做出的不同表述。「日本型報紙」的確立時期約在 20 世紀 20 年代前後，恰好是平、津報人針對「大報」營業程度不夠、「小報」過度營業化以及新聞界在北洋政府時期遺留的種種「病態」，紛紛呼籲「由津貼本位而營業本位」和「由政論本位而新聞本位」，提出「營業化轉型」的時期。可以料想，平、津兩地大多數有留日經歷的新聞記者，面對相似的二元報業結構，多少會從日本報業的經驗中汲取靈感與尋求借鑒。

作爲《實報》之重要模仿對象的《大阪朝日新聞》，究竟是怎樣的一份報紙？有山輝雄（Teruo Ariyama）在《從「民眾」時代到「大眾」時代》一文中指出，明治末期到大正初期（按：20 世紀 10 年代初期），作爲新時代象徵的都市民眾開始登上歷史舞臺；與此同時，隨著報紙從「知識分子階級的伴侶」變爲民眾「生活上的必要品」，大多數報紙的內容從不易理解的政論向富有戲劇性的「三面記事」（按：即社會新聞，因爲當時社會新聞排在報紙的第三版，所以又被稱爲「三面記事」）轉移，呈現出「民眾的傾向」。值得注意的是，報紙發行部數的增加與這種內容的變化是互爲表裏的。〔註 64〕結合上述時代背景，有山認爲，《大阪朝日新聞》是通過製作能吸引讀者好奇心的版面、擴大報紙發行量、以資本主義企業形態發展起來的報社的典型代表。〔註 65〕

《大阪朝日新聞》是《朝日新聞》的前身，於 1879 年（明治十二年）1月 25 日創刊，出資者是經營醬油製造業的木村平八，經營者是木村之子木村

〔註 62〕山本武利，新聞と民眾——日本型新聞の形成過程，再版，東京：紀伊國屋書店，2005，第 188 頁。
〔註 63〕同上。
〔註 64〕有山輝雄，「民眾」の時代から「大眾」の時代へ，見有山輝雄，竹山昭子編，メディア史を學ぶ人のために，京都：世界思想社，2004，第 104、107 頁。
〔註 65〕同上，第 110 頁。

騰，名義上的所有者是村山龍平。該報創刊時是以勸善懲惡爲旨趣的典型娛
樂本位的「小新聞」。〔註66〕1881 年，木村父子逐漸失去了經營報紙的熱情，
於是將所有權轉讓給村山龍平。以此爲契機，朝日新聞社開始由村山龍平和
山野理一共同所有、共同經營。〔註67〕因經營出現困難，1882 年至 1894 年《大
阪朝日新聞》一直接受政府的秘密出資與補助。〔註68〕有山輝雄注意到，也
正是在此期間，《大阪朝日新聞》逐漸退卻了娛樂本位的通俗「小新聞」的色
彩，變爲在一定程度上刊載政治、經濟報導的報紙（即此前土屋提及的「中
新聞」化報紙）。有山推測，這種轉變可能是作爲向報社出資的條件，在政府
與村山龍平之間達成的合意。〔註69〕

有山指出，基於旨在培育和扶植「中立」報紙的政策考慮，1882 年至 1894
年間政府曾對《大阪朝日新聞》給予秘密補助和秘密出資。《大阪朝日新聞》
與政府的這層關係如實反映了此時期「不偏不黨」報紙的政治機能。在黨派
報紙的言論衝突中出現的「不偏不黨」報紙，發揮了冷卻過熱的政治關注、
將「多事爭論」的混亂狀況秩序化的作用。特別是與自由民權派批判政府的
言論相對照，這類「不偏不黨」報紙採取「假裝的中立」立場，扮演「小罵
大幫忙」的角色，最終促使可能對政府產生威脅的自由民權派報紙的言論歸
於平靜。〔註70〕

1918 年《大阪朝日新聞》的一則報導引發一起對日本報界影響深遠的事
件，這就是日本近代新聞事業發展史上著名的《大阪朝日新聞》「白虹事件」。
〔註71〕在「白虹事件」中，當面臨報紙可能遭受永久禁止發行之處罰時，原

〔註66〕有山輝雄，「中立」新聞の形成，京都：世界思想社，2008，第 70〜71 頁。
以及有山輝雄，「民眾」の時代から「大眾」の時代へ，見有山輝雄，竹山昭
子編，メディア史を學ぶ人のために，京都：世界思想社，2004，第 110 頁。

〔註67〕有山輝雄，「中立」新聞の形成，京都：世界思想社，2008，第 71 頁。

〔註68〕有山輝雄，近代日本ジャーナリズムの構造：大阪朝日新聞白虹事件前後，
東京：東京出版株式會社，1995，第 135〜136 頁。

〔註69〕有山輝雄，「中立」新聞の形成，京都：世界思想社，2008，第 75 頁。

〔註70〕同上，第 102 頁。

〔註71〕1918 年 8 月 3 日，在日本富山縣中新川郡水橋町發生的米騷動迅速波及全國。
8 月 14 日，當時的寺內正毅內閣發佈了禁止刊載與米騷動相關報導的命令。
此後引發了全國新聞記者追求「新聞自由」的規模運動。8 月 25 日召開的「擁
護言論、彈劾內閣關係新聞社通信社大會」便是此次運動中的一個高潮。《大
阪朝日新聞》的社長村山龍平擔任大會主席，並且發表了《擁護言論、彈劾
內閣》的決議。8 月 26 日《大阪朝日新聞》的夕刊上，刊登了對此次大會的

本以維護新聞自由、批評監督政府爲標榜的《朝日新聞》迅速改變了編輯方針，採取妥協姿態向政府求情，表示並無「紊亂朝憲」之意圖。經過經營者與政府的「討價還價」，政府對《大阪朝日新聞》的最終處罰由「發行禁止」改爲「發賣禁止」，將報紙從存廢的生死邊緣拉了回來。「白虹事件」發生後，「不偏不黨」遂成爲新聞界自我約束的一種規範。有山輝雄認爲，「不偏不黨」實際上是一種喪失了對權力進行正面批判之精神，只圖在保障企業安全的範圍內進行言論報導的媒介意識形態。〔註72〕

有山指出，《大阪朝日新聞》從「白虹事件」汲取的經驗是：企業化的報紙不得不對平日不經常發生的事、能夠引起興趣的事，和與其他報紙不同的有意思的事進行報導。對於具有攻擊性、可能引發爭議的政治報導，即便能夠引起讀者關注，也要進行自我克制。〔註73〕這種以「不偏不黨」爲標榜的自我克制，無疑是企業化的報社爲追求自身安全和效益最大化在整個行業內制定的遊戲規則。

對《大阪朝日新聞》而言，「白虹事件」成爲報社增強企業自覺、貫徹企業倫理的一個契機。1919 年，即「白虹事件」發生後的第二年，《大阪朝日新聞》改組爲株式會社，由「營業報紙」轉爲「企業報紙」，進入了有計劃追求營利的「企業報紙」時代。

於 1915 年出版《最近新聞紙學》一書的杉村楚人冠（Sojinkan Sugimura）早在 1913 年就敏銳地捕捉到日本報業的這一新動向。1913 年 9 月，杉村在《中央公論》雜誌上發表了一篇題爲《報界的錯誤陳舊思想》（日文原題爲《新聞紙界の謬れる舊き思想》）的文章。在這篇文章中，杉村認爲，若以歐美報紙發展階段爲參照，日本報界進入「營利事業時代」已成爲一個既成事實。同

報導。由於使用了「白虹貫日」一詞，司法當局以此爲據認爲《大阪朝日新聞》違反了新聞紙法。若按照新聞法第四十一條（紊亂安寧秩序）和第四十二條（紊亂朝憲）裁判，《大阪朝日新聞》將面臨永久禁止發行的處罰。這對報社來說，無疑是被判處了「死刑」。這一事件便被稱爲「大阪朝日新聞白虹事件」。參照有山輝雄，近代日本ジャーナリズムの構造：大阪朝日新聞白虹事件前後，東京：東京出版株式會社，1995，第 7～8 頁，以及（日本）历史學研究會，日本史年表，第 4 版，東京：岩波書店，2010，第 269 頁。

〔註72〕山輝雄，「中立」新聞の形成，京都：世界思想社，2008，第 70～71 頁，以及有山輝雄，「民眾」の時代から「大眾」の時代へ，見有山輝雄，竹山昭子編，メディア史を學ぶ人のために，京都：世界思想社，2004，第 116 頁。

〔註73〕有山輝雄，「民眾」の時代から「大眾」の時代へ，見有山輝雄，竹山昭子編，メディア史を學ぶ人のために，京都：世界思想社，2004，第 116～118 頁。

時，他將那些不承認這一既成事實的新聞論稱爲「錯誤陳舊的思想」，並有意提出一種適合當下「營利事業時代」特徵的新聞論。〔註74〕

杉村認爲，報紙作爲一項「營利事業」，只有依靠單純的速報主義才能在與其他報紙的競爭中勝出，因此他強調對「新事實」與「純事實」的報導。〔註75〕這種速報主義的傾向有兩點：第一，以「新事實」爲本位，實行「通過對此新事實進行誇張、裁剪甚至某些牽強附會的處理，以形成報社獨特報導風格」的計劃；第二，主張在「新事實」以外增加能夠刺激讀者好奇心的報導。杉村將與上述新傾向互爲表裏的報導觀點稱作「新聞紙的」（journalistic）觀點，並提倡今後報紙的出路，就是對社會事項進行「新聞紙的」報導。〔註76〕他同時認爲，今後，所謂的社說，並非報社的主張，而僅是主筆一人的主張。

有山輝雄認爲杉村的這種觀點，說明報紙進入「營利事業時代」後，社說不再是報社意見的集約表現，失去了往昔統括所有版面的機能。〔註77〕他還指出，杉村新聞論中的諸多觀點，可能是杉村對自己所任職的《東京朝日新聞》的動向進行的理念化論述。

由杉村輸入並理論化的所謂「新聞紙的」新聞論何以在此時期誕生，針對這個問題，有山做了進一步的分析。有山的觀點是，報紙在投機的、小資本的「營業報紙」時代，無力從正面否認「獨立新聞」的理念並塑造能夠取而代之的報紙的「理想型」。但是進入了有組織和有計劃地追求營利的「企業報紙」的階段，也就是進入了杉村楚人冠所說的「營利事業時代」，就需要有與作爲「營利事業」的報紙相襯的新聞論。杉村提出的青睞「速報主義」、「新聞紙的」新聞論，正是迎合了這種需要。〔註78〕

有關這種在「白虹事件」爆發之後，迎合「企業報紙」需要、「新聞紙的」新聞論指導下的新聞實踐在 20 世紀 20～30 年代的發展情況，學者山中恒（Hisashi Yamanaka）在他研究日本戰時國家情報機構史的專著中有過如下的描述：

> 報紙的購讀者對報紙版面的改善提出了要求，即比起社說、論

〔註74〕有山輝雄，近代日本ジャーナリズムの構造：大阪朝日新聞白虹事件前後，東京：東京出版株式會社，1995，第 154 頁。
〔註75〕同上。
〔註76〕同上，第 154～155 頁。
〔註77〕同上，第 155 頁。
〔註78〕同上，第 156 頁。

說等評論和主張，購讀者們更追求報紙的消息量、速報性和登載有趣味的話題。與此同時，爲了爭奪購讀者，在報社間開始了激烈的商業競爭，因此，製造作爲商品的「暢銷報紙」（按：日文原文爲「売れる新聞」）成爲迫切需要。〔註79〕

　　根據以上對日本明治大正時期新聞事業階段性特徵的梳理，不難發現 20 世紀 20～30 年代管翼賢以《實報》和時聞通信社爲平臺所進行的新聞實踐，以及他所推崇的新聞觀點（很明顯這些觀點並未能有效地成爲一個可以自圓其說的理論體系，其間不乏相互矛盾之處），同 19 世紀末 20 世紀初日本的新聞實踐與新聞論有著微妙地相似性。《實報》以小報形態兼撰大報材料的「小報大辦」，和上述日本「大新聞」與「小新聞」的「中新聞」化，即將政治新聞、社會新聞、娛樂小說等多樣內容雜居於各版之內的做法，如出一轍。此外，《實報》對新聞時效性的追求，報導社會新聞的煽情手法和「民眾的傾向」，很大程度上體現了上述杉村所提倡的新聞「速報主義」的特徵；這些特徵正是《大阪朝日新聞》在營業上獲得成功，在處於社會中下層的讀者群中打下穩固基礎，在報業市場中獲得支配地位，由「營業報紙」轉型爲「企業報紙」的不二法門。

　　還需注意的是，《實報》創刊時，《大阪朝日新聞》業已轉型成爲有組織有計劃追求營利的「企業報紙」，在政治報導和言論方面奉行「不偏不黨」的自我克制原則，以求保證企業利潤的最大化。這種「不偏不黨」的媒介意識形態在多大程度上影響了《實報》政治報導和言論發表的傾向，雖尚未有確定的史料給出證明，但還是能根據此前的分析找出一些蛛絲馬蹟。事實上，受到不少讀者喜愛的張閬村的社論和王柱宇的談話，與其說代表了《實報》的觀點，不如說很大程度上是張、王二人在專欄中發表的個人觀點。〔註 80〕

〔註79〕 山中恒，新聞は戦争を美化せよ！戦時國家情報機構史，東京：小學館，2001，第 50 頁。

〔註80〕 此前曾經提及，王柱宇 7 月 15 日刊登在《實報》的《打扮》一文，因措辭不當遭到梨園公會質問。7 月 22 日《實報》刊登了《王柱宇緊要申明》，以「乞梨園諸君格外鑒諒」。時過不久，7 月 28 日，《實報》刊登了王氏所撰的《閱者的希望》。王柱宇在文中特別強調了他與《實報》的合作關係僅限於爲「談話」欄目撰稿。他指出：「我今天向閱者鄭重聲明。我在北京新聞界。雖也算是一個新聞記者。然而在本報所負的責任。卻只以這一篇談話爲限。我既不是本報的編輯。尤其不是投稿人。因爲本報社一再向我表示。委託我的名義。是特約撰述。」此事平息不久，7 月 30 日《實報》刊登了北平郵務工會怠工

這在很大程度上契合了杉村提倡的「新聞紙的」新聞論中對社說之定位與功能的界定。

此外，同情社會中下層民眾，經常為其悲苦的生活狀況發出不平之聲，是張閬村主持的社論和王柱宇負責的「談話」的共同點。但細讀論說的內容，便會發現大多數議論基本停留在迎合民眾情緒的層面，未能提供具備建設性觀點或意見。如第三章所歸納得一般，「中原大戰」時期《實報》的社論對中下層民眾貧苦的境況持同情姿態，但並不信任工農運動。這些看似與「民眾為伍」的社論並未指出造成農村民生凋敝、盜匪橫行的罪魁禍首正是盤踞各地擴充私人軍事力量，為了維護一己私利不惜頻頻挑起內戰的大小軍閥。〔註81〕事實上，如前所述，此時期《實報》不論對政治新聞的報導還是社論表現出的立場，都明顯偏向以閻錫山、馮玉祥為首的北方軍事實力派，與之存在共謀關係。再者，通過採用將政治問題社會化的寫作方法，這一時期由張閬村主筆的社論在有意無意間迴避了問題的癥結或模糊了爭議的焦點，空有社論之形，而無社論之實。從結果而言，這種將政治問題社會化的寫作方式，為《實報》在錯綜複雜的局勢中提供了自我保護的一種策略，避免「因言獲罪」對報社的營業造成不良影響。這與《大阪朝日新聞》在「白虹事件」後汲取了「教訓」，放棄對權力進行正面批判，只圖在保障企業安全的範圍內進行言論報導的方針也有相似之處。

第二章和第三章分別從不同的角度對北方民營報刊的困境，以及其在營業化轉型過程中的二重性進行了分析。借助長谷川如是閑（Nyozekan Hasegawa）（長谷川在「白虹事件」前曾參與負責《大阪朝日新聞》的言論）針對日本報界向「企業報紙」轉型的趨勢，對新聞的資本主義商品化進行的批判，或許能夠對上述問題獲得更深刻的理解。

長谷川對新聞的資本主義商品化過程內含的矛盾給予了關注。他指出，

委員會發來的《致王柱宇先生一封公開的信》，對 7 月 25 日「談話」欄目《郵務工人怠工》一文中的不實之處進行了指正。王柱宇以「編者按」的形式對此進行了回應。8 月 2 日《實報》刊登了《談話》一文，王氏在該文中再次強調：「我在本報的任務。只是這篇談話。」王柱宇強調的他本人與《實報》的合作關係，可以從兩個方面進行解讀：第一，「談話」是他個人負責的專欄，是《實報》委託他的名義，進行特約撰述。第二，強調他在《實報》既非編輯，也非投稿人，因此文責自負，這無疑為報社提供了一種保護機制。

〔註81〕有關此點，可參見陳志讓，軍紳政權——近代中國的軍閥時期，桂林：廣西師範大學出版社，2008，第 82～96 頁。

為了構成一定的群體意識，社會對民眾具備基本的新聞意識及判斷提出了要求。報紙的產生適應了這種社會需要。根據這種社會需要所產生的（群體）效用，報紙獲得了轉化為商品的可能性，並將之作為獲得利潤的手段。但弔詭的是，原本的新聞機能卻僅為維持這種商品價值而發揮作用。〔註 82〕長谷川在下面這段更為簡潔的表達中，描述了內在於新聞商品化過程的矛盾關係：社會對新聞的需要是報紙得以商品化的必要條件；然而商品化的報紙即使再不具備新聞性，也不會失去滿足這種社會需要的效用。〔註 83〕

儘管中日報業發展的歷史背景有所差異，但在路徑上存在不少相似之處。這種相似性，在一定程度上源於半殖民主義語境下中國文化領域的特徵。如史書美所觀察到的一般，在這種語境下，多數中國知識分子通過文化啟蒙話語來遮蔽殖民現實，將「西方」的概念分化為「都市西方」和「殖民西方」的策略，將日本作為中國學習西方知識的中介和捷徑，同日本對中國的侵略和佔領分離開來。〔註 84〕

同這些知識分子的做法一樣，中國的報人也將日本新聞事業視為學習的榜樣，將日本的新聞學研究當做通向西方新聞學理論的中介與捷徑。這一現象暴露了中國早期新聞學研究的「後進國」色彩。

從中國早期新聞學研究的這一特徵出發，前引日本學者對明治大正時期日本新聞事業做出的分析，特別是長谷川如是閑對新聞的資本主義商品化進行的批判，能為理解堅持「營業本位」的《實報》在自我標榜和經營實踐之間的矛盾提供理論參考，並且為追溯北方民營報刊在「營業化轉型」過程中二重性的產生原因提供線索。同時，這一批判角度對反思中國新聞學研究的局限，特別是對思考某一新聞理論（理念或思潮）與特定新聞實踐以及歷史背景三者間相互影響、多元因果論似的複雜關係亦有啟發。

〔註 82〕 參見吉見俊哉，メディアと語る言説——兩大戰間期における新聞學の誕生，見栗原彬，小森陽一，佐藤學，吉見俊哉，內破する知：身體・言葉・權力を編みなおす，東京：東京大學出版會，2000，第 213 頁。

〔註 83〕 同上。

〔註 84〕 史書美，現代的誘惑——書寫半殖民地中國的現代主義（1917～1937），何恬譯，南京：江蘇人民出版社，2007，第 42 頁。

第五章 「國難」時期「報格」的彰顯與微妙轉變

通過解讀 20 世紀 30 年代發表的無數報刊文章，以及後來寫成的回憶錄，我深信中國人在這個 10 年裏所面臨的關鍵問題之一就是日本帝國主義。甚至在 1937 年 7 月全面戰爭爆發以前，日本問題也似乎主宰了中國的新聞報導。（中略）對於生活在 20 世紀 30 年代的中國人而言，日本帝國主義實際上不是一個外交問題——它是一個國內問題。日本侵略中國，佔領了她的大量領土；日本（以及其他帝國主義列強）的戰艦在中國的內河航行；像上海和天津這些城市的中國居民則生活在日本軍隊的影子之中。〔註1〕

自鴉片戰爭爆發至新中國成立的一百餘年時間裏，中國近代新聞事業的發展同中國人民尋求民族獨立、建設統一國家、反帝反殖民的鬥爭緊密相聯。在上述歷史語境中，在「華人出資、華人操權」理念下創辦的各種近代中文報刊的獨立精神與品格，即「報格」，一定程度上便體現於報紙是否敢於為國家、民族的根本利益發出聲音並進行抗爭。20 世紀 20 年代末 30 年代初，「由政論本位而為新聞本位，由津貼本位而為營業本位」的「營業化轉型」作為平、津報界實現「報格」獨立和言論自由的一種嘗試，成為北方報業改革思潮的主流，小型報在此風潮中應運而生。

如前幾章所述，1928 年在北平創刊的《實報》是平、津小型報的先驅。

〔註 1〕柯博文，走向「最後關頭」——中國民族國家構建中的日本因素（1931～1937），馬俊亞譯，北京：社會科學文獻出版社，2004，第 1～2 頁。

該報的誕生及暢銷，反映了創辦者管翼賢提出的兼顧經營與編輯之「小報大辦」方針的成功。「小報大辦」既是管翼賢辦報方針的精華所在，也是《實報》「營業本位」性格的如實呈現。事實上，《實報》自創刊起就存在視「營業本位」高於「新聞本位」的傾向。

本章作爲前述各章的延展，將以 1931 年 10 月至 1935 年 12 月爲研究時段，著重考察《實報》在此時期言論活動的特徵與局限。與此同時，關注《實報》與報界、民意、時局變動之間的動態關係，繼續剖析當時平、津報界，乃至整個華北新聞界「營業化轉型」的二重性。下一章將在本章分析的延長線上，以 1935 年至 1937 年間出版的《實報半月刊》爲主要研究對象，考察這份小型雜誌與小型報《實報》在編輯、經營、觀點等方面的共生關係，並從側面瞭解《實報》在此時期的營業發展。

從《實報》自身的發展脈絡來看，綜觀該報自創刊到停刊近 16 年的發展歷史，自 1931 年九一八事變至 1935 年關東軍策動「華北自治運動」，是該報在報導和言論兩個方面最輝煌精彩，即彰顯「報格」的一個時期。

在報導方面，《實報》秉承了一直以來注重消息的時效性與客觀性、利用有限的版面盡量刊登在量與質兩方面都不遜於大報的時政要聞等優點。根據張友漁回憶，1931 年九一八事變當天晚上，管翼賢得到來自東北的電話消息，第二天便將事變的消息登了出去。〔註2〕可見該報對新聞時效性的重視。在言論方面，《實報》一改此前將政治問題社會化的寫作風格，因明確主張抗日、反對軍閥、呼籲停止內戰的進步傾向，獲得了知識界的讚賞。張友漁、李達和陳豹隱等知名人士都曾在此時期應邀給《實報》寫社論，宣傳抗日，宣傳民主。〔註3〕

《實報》此時期在報導和言論兩方面的表現，特別是該報在對日本、國聯、南京國民政府、民間抗日力量等四方呈現出的不同態度，在一定程度上代表了平、津報刊此時期的共性。這與平、津報刊所處的特殊地理位置，以及當時風起雲湧的抗日救亡運動所營造的輿論氛圍，有著千絲萬縷的聯繫。因此在進入具體的文本分析前，有必要對 1931 年至 1935 年《實報》所處的歷史語境與時代特徵略作交待，以有助於理解該報論說所針對的問題及其立場。

〔註 2〕 張友漁：《我和實報》，《新聞研究資料》，1981 年第 4 期，第 15～16 頁。
〔註 3〕 張友漁：《我和實報》，《新聞研究資料》，1981 年第 4 期，第 15 頁。

一、半殖民地半封建社會結構下中國的外交與內政

柯博文（Parks M. Coble）在查閱大量史料的基礎上，以蔣介石宣佈的「攘外必先安內」政策爲基軸，圍繞自 1931 年日本入侵中國東北至 1937 年盧溝橋事件爆發這段時期內中、日兩國間一系列事件和衝突，對中國政治同日本帝國主義的關係進行了細緻考察。

柯氏認爲南京國民黨政府在許多方面可被視爲新民主主義運動在中國的一個產物。在與 1926 年五卅運動有關的反帝情緒的浪潮中，蔣介石攻擊北洋軍閥政權是帝國主義的工具，並宣佈了革命性的外交政策：廢除不平等條約，建設一個主權完整和獨立的國家。此後蔣介石於 1928 年組織了旨在將中國統一在國民黨統治之下的北伐戰爭。以此爲基礎，柯氏認爲，南京國民政府是在反帝運動的遺產上建立起來的政權。〔註4〕

九一八事變爆發後，東北迅速淪爲日本的殖民地，雖有各種所謂原因（如日軍事前的周密計劃，事變中的不宣而戰，以及東北軍中腐朽勢力所起的惡劣作用等），但史學界普遍認爲，蔣介石主導的南京國民政府在日本進攻面前，採取妥協退讓政策，才是導致這種嚴重後果的根本原因。〔註5〕

柯氏認爲，20 世紀 30 年代，當南京國民政府的外交政策轉向保守和妥協，尤其是面對日本帝國主義節節進逼、步步爲營的侵略行徑，採取綏靖政策時，

〔註4〕柯博文，走向「最後關頭」——中國民族國家構建中的日本因素（1931～1937），馬俊亞譯，北京：社會科學文獻出版社，2004，第 3 頁。

〔註5〕張憲文，中華民國史，南京：南京大學出版社，2012，第二卷，第 293 頁。日本駐北平特務機關長松室孝良在給關東軍的秘密報告中曾這樣寫道：「須知『九一八』迄今之帝國對華及歷次對中國軍作戰，中國軍因依賴國聯，而行無抵抗主義，故皇軍得以順利勝利」。

有關蔣介石提出不抵抗政策的原因，日本學者光田剛認爲，那時蔣介石的判斷是，九一八事變只是關東軍的孤立行爲，而當時的民政黨內閣執行幣原外交，信奉國際協調主義，因此蔣介石期待日本內閣能夠接受國際聯盟的調停，使關東軍撤兵。光田剛，中國國民政府期の華北政治——1928～37 年，東京：御茶の水書房，2007，第 56 頁。

柯博文強調，1931 年九一八事變前，蔣介石正處於一個微妙的政治和軍事境地：一方面閻錫山、馮玉祥等軍事實力派與廣州領袖的結盟可能會令人信服地顛覆蔣；另一方面，日本人對中國政治的插手威脅著蔣。這種環境導致了蔣採取不抵抗政策。柯氏這樣分析道：「由於被政治和軍事的挑戰所削弱，被日本人的陰謀所威脅，並且要依賴華北的張學良，蔣無疑認識到在東北堅決的抵抗極有可能毀滅他的政權。」柯博文，走向「最後關頭」——中國民族國家構建中的日本因素（1931～1937），馬俊亞譯，北京：社會科學文獻出版社，2004，第 21～23 頁。

輿論界普遍認爲政府不僅沒有實現「反帝國主義」的承諾，而且違背了孫中山倡導的「三民主義」中的「民族主義」。〔註6〕有關此點，光田剛（Tsuyoshi Mitsuda）也有所論及。〔註7〕

柯博文的研究主要強調了南京政府的對日外交政策對中國內政的影響，李君山則通過對 1935 年日本策動的「華北自治運動」與中國地方派系之爭的研究，著重從「內政」的角度，來詮釋「外交」的複雜性。〔註8〕

透過以上兩個研究，可發現不少學者在論及 20 世紀 30 年代的中日關係時，都注意到其中的複雜性與特殊性——既是外交的，又是內政的；既是軍事的，又是經濟的；同時存在多方的衝突、角力與妥協。不少學者傾向於用「弱國外交」對此現象進行解釋，認爲近代以來歷屆中國政府，因爲沒有強大軍事力量的支撐，雖然外交有局部進展，但往往處於被動地位；其外交方針的制定，更多受到國內政治的影響。〔註9〕

若將上述「弱國外交」的解釋，同中國近代通史研究框架下對中國半殖民地半封建社會歷史發展規律的分析進行比較的話，會發現兩者在邏輯上的微妙差異。依照後一種研究框架與思路來看，當時中國與日、美、英等國的不對等關係，與其說是缺乏強大軍事力量支撐和受到國內政治影響的結果，不如說是中國半殖民半封建社會結構下的特殊產物，其原因在於外國帝國主義勢力的侵入使中國國內的矛盾複雜化。爲了維護其在華利益，帝國主義勢力扶植了各式各樣的代理人（如買辦官僚、地方軍閥等），有選擇性地保持了對其有利的前資本主義社會關係，使中國在成爲半殖民地的同時，又處於半封建的境地。〔註10〕

〔註6〕柯博文，走向「最後關頭」——中國民族國家構建中的日本因素（1931～1937），馬俊亞譯，北京：社會科學文獻出版社，2004，第 3 頁。

〔註7〕光田剛指出，「攘外必先安內」政策對於蔣介石——汪精衛的政權的政治風險在於：「反帝」的理論根源來源於「三民主義」中的「民族主義」，對南京國民政府而言，「反帝」是政權存在的根本任務，即南京國民政府是推行「反帝國主義」的政權，因此對日妥協被認爲是對「反帝」的背叛。光田剛，中國國民政府期の華北政治——1928～37 年，東京：御茶の水書房，2007，第 59 頁。

〔註8〕李君山，一九三五年「華北自治運動」與中國派系之爭——由《蔣中正總統檔案》探討戰前中日關係之複雜性，臺大歷史學報，2004.12，（34），第 195～246 頁。

〔註9〕張憲文，中華民國史，南京：南京大學出版社，2012，第二卷，第 299 頁。

〔註10〕《紀念鴉片戰爭一百五十週年》（1990 年 6 月 3 日）一文對自鴉片戰爭後近百年的中國歷史做出了這樣的描述：「在鴉片戰爭以前，中國和中國以外的世界

借助這一分析框架，便可理解爲何在當時的中國「反封建」與「反帝」是一枚硬幣的兩面：「反封建」必然「反帝」，而「反帝」必須「反封建」。與此同時也可理解北洋政府與南京政府的異同：兩者都是在外國勢力的支持下維持統治，前者更富有封建性，後者更具有買辦性。〔註11〕

其實，「半殖民地半封建社會」的理論框架在釐清中國近代史上諸多複雜問題的根源時仍舊具備解釋力，比如針對海外學者所發現的「複雜性」現象。有關這個問題，並非本書所關注，故不贅言。在此需要強調的是，「半殖民地半封建」（或者說本書借以描述中國社會與文化特徵的「半殖民主義」）仍舊是把握此時期中國社會特點和南京國民政府對內對外政策特徵的一個關鍵詞。

以1933年5月31日《塘沽協定》的簽訂爲界，可將1931年至1937年日本對中國的侵略劃分爲兩個階段：前一個階段爲侵佔東北，建立僞「滿洲國」；後一個階段爲分離華北，使之成爲緩衝地帶。面對大面積的國土淪喪，並繼續遭到蠶食的現實和日趨成爲「亡國奴」的危機，中國的新聞報導關注「日本問題」是理所當然的。《實報》地處北平，東北的安危與之有唇齒相依的緊密關係，華北的告急更是與其安身立命之所直接相關，該報自然而然會密切關注事態的發展。也正是這種地域上的特殊性，要求該報的言論應具備更多的現實針對性。

與此同時，隨著抗日民主運動在中國各地的風起雲湧，許多人口密集的

幾乎完全隔絕。這一次戰爭打破了這種隔絕，中國和世界發生了越來越密切的聯繫。因爲有了這種聯繫，中國人打開了眼界，中國人民的鬥爭得到了世界各國進步人民的同情和支持。近代中國社會發生了新的社會經濟形態、新的階級力量、新的思想，也是和中國不再是對外界完全封閉的社會有關。但是，在那一百年間，中國是作爲一個半殖民地國家，即半獨立的國家和世界聯繫的。從根本上說，這種聯繫的內容是帝國主義對中國的侵略和掠奪。」再如《關於近代中國與世界的幾個問題》（1990年8月31日）一文對帝國主義與其在中國扶植的各種勢力之間的關係有著這樣的描述：「帝國主義使清皇朝變成它們所利用的馴服工具；在清皇朝覆滅以後，又支持一個個代表地主階級和買辦官僚資本利益的軍閥官僚勢力。封建的土地關係、商業高利貸資本和一切前資本主義的剝削制度及其上層建築，由於受到帝國主義的維護而得以繼續存在。帝國主義利用它們作爲統治和剝削中國人民的工具。這樣，帝國主義的侵略阻斷了中國的工業化、民主化的獨立發展的道路，使中國在成爲半殖民地的同時，又處於半封建的境地。」胡繩，從鴉片戰爭到五四運動，第2版，北京：人民出版社，1997，上冊，第11～17頁。

〔註11〕有關此點，可參見楊公素，中華民國外交簡史，北京：商務印書館，1997，第3～9頁。

大中城市，紛紛召開各界抗日救國大會，成立抗日救國組織，「抗日救亡」成為民意所向、民意所指和民意所歸。作為一份推崇「平民主義」，呈現「民眾傾向」的「營業本位」大眾報紙，《實報》對全國抗日救亡之熱潮作出呼應，也在情理之中。需要注意的是，隨著南京國民政府對日政策的轉變，該報論說的關注點與立場也在發生微妙的變化。

二、「不抵抗政策」時期的言論（1931.10～1932.4）

南京國民政府對待九一八事變所採取的對策，是寄希望於國際聯盟的干涉，企圖通過外交途徑解決中日爭端。〔註12〕1931 年 9 月 23 日，南京國民政府發表《告全國國民書》，內稱：日軍入侵東北，關係我國存亡，現在訴之於國聯行政院，「以待公理之解決」，因此下令全國軍隊同日軍避免衝突，並告誡國民，「務必維持嚴肅鎮靜之態度」，團結一致，信任政府。〔註13〕用八個字概括當時最高當局的態度便是：暫不抵抗，訴諸國聯。〔註14〕

《實報》並不認同南京國民政府的上述態度和政策，而且明確表達出「抗日救亡」的立場。現將此時期《實報》論說的主要觀點與內容歸納如下：

1. 揭露日本侵略真相，喚起國人與當局注意

九一八事變爆發後，《實報》及時地對日本入侵東北的事實和旨在掩人耳目的宣傳伎倆進行了揭露。

1931 年 10 月 10 日，該報在社論中寫道：

> 日人以毫無根據的理由，派了無數軍隊，生吞活剝的把東三省
> 的邊寧和吉林兩省都會，公然佔據了，佔領以後，一方向國際宣傳，
> 說是不教範圍擴大，一方復肆行無忌的用飛機炸彈，向各處擾亂，
> 簡直把中華民國的民命，當做兒戲，把中華民國的疆土，視同曠野，
> 為所欲為，如入無人之境（下略）〔註15〕

與此同時，該報還明確指出，日本之所以能夠輕易佔領遼吉兩省，在於當局「用不抵抗主義，整個的送給了外人」。〔註16〕

〔註12〕張憲文，中華民國史，南京：南京大學出版社，2012，第二卷，第 297 頁。
〔註13〕袁旭等，第二次中日戰爭紀事（1931,9～1945,9），北京：檔案出版社，1988，第 24～25 頁。
〔註14〕吳廷俊，新記《大公報》史稿，武漢：武漢出版社，2002，第 145 頁。
〔註15〕雙十節誌哀，實報，社論，1931 年 10 月 10 日。
〔註16〕亡了國怎麼樣，實報，社論，1931 年 10 月 14 日。

11 月上旬，奉天特務機關長土肥原賢二和天津日軍爲了實現建立僞「滿洲國」的「謀略」，於 8 日晚 10 時在天津製造暴亂，以掩護清朝末代皇帝愛新覺羅・溥儀轉移到東北。11 月 14 日，《實報》明確指出：「天津暴動，爲日人一手造成，毫無疑義」。〔註 17〕並認爲日方之目的「乃在利用其走狗，破壞天津之秩序，作其不肯撤退遼吉駐軍之理由，以打破國聯限期撤兵之主張」。〔註 18〕在此基礎上，該報提醒當局注意，究明事變責任，不要貿然與日方合作，以免落入圈套。

「天津暴亂」發生約一個月後，《實報》總結了九一八事變以來「暴日」的侵略過程，向國人發出了與日本「不共二天」的呼籲：

> 九一八瀋陽事件發生以來，吉黑繼陷，暴日軍事行動，日亟一日，炸錦州，擾天津，至一至再，凡屬中華國民，孰不切齒，誓與不共二天乎。（下略）〔註 19〕

與此同時，《實報》還揭露了少數官僚和軍人與日本方面勾結、協力建立僞政權、出賣祖國利益以謀取個人私利的行徑。如 1932 年 1 月 21 日，該報社論指出：

> 東北事變發生後，一般無恥官僚與軍人，不惜奴顏婢膝，以事日人，求沾日人侵略之餘潤，（中略）最近遂有勾結日人，建立僞滿蒙獨立政府，以斷送祖國之謬舉，中央政府擬即下令懲治，實爲再不容緩之事。〔註 20〕

在文章末尾，《實報》要求當局嚴懲「賣國賊」：

> 吾人敢敬告政府曰：國賊等罪無可逭，若不置諸法，則人將疑政府之獎勵賣國行爲矣。維國紀，正人心，在此一舉，不可不速圖也！〔註 21〕

及至僞「滿洲國」成立，《實報》回顧了傀儡政權建立的經過，號召國人「除內奸禦外侮」：

> 九一八後，日人逞其淫威，白山黑水，盡易敵旗，恰如豺虎食

〔註 17〕天津事變責任者，實報，社論，1931 年 11 月 14 日。
〔註 18〕同上。
〔註 19〕團結精神，實報，社論，1931 年 12 月 5 日。
〔註 20〕應速誅賣國賊，實報，社論，1932 年 1 月 21 日。
〔註 21〕應速誅賣國賊，實報，社論，1932 年 1 月 21 日。

人，肉不盡不止，若夫引盜入室，爲虎作倀之漢奸，則真天壤間戾氣所鍾之穢物，罪該萬死者矣。

　　半年以來，漢奸事實，一爲敵人做傀儡，以換取一時之權位，（中略）一爲貪利小人，供給敵人原料，（中略）此類之事，各埠均有，平津兩地，尤數見不鮮，（中略）對此等敗類，若不予以制裁，不必待敵人亡我，我已自趨於亡之一途，（中略）內奸不除，外侮必盛，望國人三注意焉。〔註22〕

由此可見《實報》此時期的言論體現出較鮮明的愛國立場。

2. 揭露依賴國聯之無望，主張國民自決

《實報》很早就流露出不能依賴國聯爲中國主持正義，指望其能夠對日本實行經濟制裁，以迫日方退出東北的看法。1931 年 11 月 9 日，即臨近國聯要求日本於 11 月 16 日撤兵的期限，該報便推測「國聯最後所取之途徑，恐仍爲對日委曲求全之調停辦法」。〔註23〕針對國聯提出組織中立調查團的決定，該報認爲國聯「所腐心焦慮者，乃在如何使中日交涉不至破裂，即以維持其國聯自身之體面」。〔註24〕《實報》在提醒當局「應恍然悟國聯之不能謂我助而急謀自救，勿更坐待調查之結果」的同時，疾呼：「今日而猶欲依賴國聯，不取斷然自然之手段，則惟有亡國而已！」〔註25〕1932 年 2 月 17 日，《實報》明確指出「國聯固非可以信賴者」。〔註26〕究其原因，在於「支配國聯的各大國，爲了維持他們的在華利益，只希望中日間能夠停戰，保持和平的局面」。〔註27〕

與南京國民政府「暫不抵抗、訴諸國聯」的政策不同，《實報》在 1931 年 10 月間就表達了「寧作刀下鬼，勿爲俎上肉」的抗日意願。在 1931 年 11 月 1 日的社論中，該報提出「吾人認我對日，非集中全國力量，與之宣戰，不足以救危亡」的觀點，並且呼籲南京國民政府應「毅然斷絕中日國交」。〔註28〕11 月 4 日，《實報》在社論中轉載了上海某雜誌對時局的看法，認爲該雜

〔註22〕除內奸禦外侮，實報，社論，1932 年 3 月 30 日。
〔註23〕國聯與日本斷交耶，實報，社論，1931 年 11 月 9 日。
〔註24〕國聯又組中立國調查團，實報，社論，1931 年 11 月 23 日。
〔註25〕同上。
〔註26〕國聯尚有推諉餘地乎，實報，社論，1932 年 2 月 17 日。
〔註27〕國聯警告日本了，實報，社論，1932 年 2 月 19 日。
〔註28〕斷絕中日國交，實報，社論，1931 年 11 月 1 日。

誌的論述，極為透闢。這篇引文的一個核心觀點是：全國人民應該一致團結對外，除準備自己抵抗、準備自救外，沒有第二條路可走。〔註29〕

11月16日，在得知「天津暴亂」實為日人轉移溥儀到東北的煙霧彈後，《實報》哀歎「我關外版圖，將與朝鮮染同色矣」；並提醒國人注意，九一八事變僅為日本蓄謀侵略中國的開始，日人「非達其目的，決不肯放手」。〔註30〕在此基礎上，呼籲當局「總我師幹，以與日人周旋於疆場」。《實報》這樣寫道：

> 蓋世界被壓迫民族，已大覺醒，帝國主義之歿落，近在目前，（中略）故我當局苟不自餒，總我師幹，以與日人周旋於疆場，雖未敢云操必勝之券，亦未必萬無勝理。要視決心毅力何如耳！〔註31〕

1932年「一・二八」事變的第三天，即1月31日，《實報》再次強烈表達了奮起抗爭、不怕犧牲、國民自決的觀點：

> 吾國處此國亡滅種絕大危機之今日，只有出於正當防衛之一途，全國國民，均應起而自決，為民族延將斷之生命，為國家保垂危之疆土，任何犧牲，皆所不惜，（下略）〔註32〕

與此同時，《實報》還不斷向讀者分析「皮之不存、毛將焉附」「覆巢之下、安有完卵」「國若破、家必亡」的道理。如該報在2月29日的社論中指出：

> 中華民國，乃四萬萬人所託命，非少數人之民國，國為家所積，有國而後有家，國苟不存家於何有，（中略）惟是日人既挾亡我之決心而來，（中略）「覆巢之下，寧有完卵，」此本報所以屢次大聲疾呼，冀國人猛醒，全體動員。（下略）〔註33〕

隨著上海戰事的發展，《實報》還屢屢號召國人對日本進行「長期抵抗」和「徹底抵抗」。如3月5日，該報呼籲「吾人丁此時機，只有長期抵抗，抱定愚公移山之決心，父死子繼，千秋萬世」。〔註34〕翌日，該報再次強調「我國對暴日之侵略，惟有徹底抵抗，乃克圖存，絕無妥協之餘地」。〔註35〕及至4月23日，即淞滬戰役已宣告結束，《淞滬停戰協定》簽訂前夕，《實報》仍

〔註29〕沒有第二條路，實報，社論，1931年11月4日。
〔註30〕溥儀復辟，實報，社論，1931年11月16日。
〔註31〕同上。
〔註32〕國民自決，實報，社論，1932年1月31日。
〔註33〕籌金救國，實報，社論，1932年2月29日。
〔註34〕國事至此，實報，社論，1932年3月5日。
〔註35〕何以對將士，實報，社論，1932年3月6日。

在疾呼「國人如有不甘心受人欺負而有為民族求光榮者，除以頸血相濺，尚有第二法門乎」？〔註36〕

吳廷俊曾指出，當時平、津、滬有不少報紙積極支持廣大群眾抗日救國的行動，有的報紙甚至主張立即對日宣戰。〔註37〕柯博文也強調，九一八事變爆發後，中國的新聞記者和知識分子營造了一種抗日民意的氛圍。大多數報紙和雜誌使用了一種強烈的「反日」語氣。〔註38〕結合上述研究，可以推斷《實報》的觀點不僅與多數報紙的論調保持了高度一致，甚至或可被列入觀點激進、超前的少數派行列。

3. 不滿當局的軟弱外交，要求速定對日方針

柯博文在研究中指出，如果留意的話，9月18日之後，在抵抗日本侵略問題上，對張學良和南京軟弱的批評充斥於當時的媒體之上。〔註39〕綜觀此時期《實報》的言論，雖未見對張學良的批評，不過該報對南京國民政府依賴國聯的處理方針和繼續同日本保持國交的做法表達了強烈的不滿，屢屢建議和呼籲當局應「斷絕中日國交」，迅速確定對日方針，維護「國格」。

此前已提及，1931年11月1日，《實報》在社論中建議當局應「毅然宣佈斷絕中日國交」，對日宣戰以救危亡。隨著國聯要求日本撤兵之最後期限11月16日的臨近，11月7日，《實報》以昔日「宋人清談，而虜騎渡河」的歷史典故諷喻南京國民政府只坐待國聯判決，批評當局空發議論，未能制定有效的禦敵方略：

> 昔者，宋人當強寇鴟張之日，當國者，不講求抵禦方略，徒為議論，而敵早渡河，今日情形，何以異是。
>
> 夫十一月十六日，為期已迫，而日軍鐵蹄所至，風雲變色，其最近軍事行動，初不因國聯撤兵議決案而稍止，我雖欲從容坐論，而彼已不許，試問一屆十一月十六日，我將何策以禦之乎，其血肉與之相搏乎，（下略）〔註40〕

〔註36〕頸血相濺，實報，社論，1932年4月23日。
〔註37〕吳廷俊，新記《大公報》史稿，武漢：武漢出版社，2002，第148頁。
〔註38〕柯博文，走向「最後關頭」——中國民族國家構建中的日本因素（1931～1937），馬俊亞譯，北京：社會科學文獻出版社，2004，第28頁。
〔註39〕同上。
〔註40〕和會諸公聽者，實報，社論，1931年11月7日。

12 月 15 日，蔣介石從政府職位上退下來，以林森爲主席、孫科爲行政院院長的新政府成立。12 月 18 日，《實報》針對「外交失敗，已成定局，內狀阢陧，莫可諱言」的狀況，就今後的外交與內政問題，向當局做了兩點諫言：第一，外交方面，堅持對日態度及確定外交方針，保住錦州，設法收復已失各地；第二，內政方面，統一各派，軍政分離，剿匪撫民，避免空言，屬行實踐。〔註41〕

1932 年 1 月 3 日，錦州失陷。1 月 5 日，《實報》在社論中譴責中央政府「不依靠民眾的力量，而癡望國聯的援助之結果，是喪權失地」。〔註42〕1 月 13 日，該報號召國人「督促政府宣示戰守大計，以遏日人之暴行」。〔註43〕南京國民政府的不抵抗姿態和外交政策的軟弱怯懦，致使短短四個月間東北全境淪陷，對此，《實報》在 1 月 18 日的社論中，除表達強烈不滿外，還要求當局爲保障「國格」，應「決心和日本斷交宣戰」：

> 自九一八事變發生以來，我國中央的外交政策的終是隱忍自重，一任帝國主義者踐踏踩躪，不敢哼一聲還一掌，懦怯無恥，實至可驚。
>
> 現在東北完全淪亡了，「滿蒙新政府」，著手組織了，各帝國主義者，都袖手旁觀起來了，除卻中國下最後決心和日本斷交宣戰，拼個你死我活，再無出路，最近中央主張對日絕交，我們十二分贊同，誠如覃振氏所云，「對日絕交後，不論危險如何，我國終能保障國格，」做人要有人格，立國要有「國格」，沒有國格，國即不國，名存實亡，要他作甚。（下略）〔註44〕

緊接著，1 月 23 日，該報再次發出「請中央速定對日方針」的呼吁，並且對當局對日政策「舉棋莫定」的危害做出如下分析：

> 我國現在處於國聯不管，日本侵略緊迫之際，中央對日方針，時忽興奮，主張絕交，時現癱瘓，仍靠國聯，如此進退維谷，舉棋莫定，以致全國人心惶惶，輿論紛歧，（中略）故進一步望政府迅定對日辦法，以便社會言論，有所準則，國民行動，得資遵守。（下略）〔註45〕

〔註41〕對新政局最低要求，實報，社論，1931 年 12 月 18 日。
〔註42〕今後作何打算，實報，社論，1932 年 1 月 5 日。
〔註43〕國人聽者，實報，社論，1932 年 1 月 13 日。
〔註44〕放大一點膽子，實報，社論，1932 年 1 月 18 日。
〔註45〕請中央速定對日方針，實報，社論，1932 年 1 月 23 日。

　　1月26日，即「一・二八」事變發生前兩日，該報斷言「現在依賴國聯，已到山窮水盡」，並再次對主政者提出強烈質問：「不知我當局，又作何打算！」〔註46〕

　　淞滬戰役宣告結束，中日雙方進入了所謂的「談判斡旋」階段。柯博文在研究中指出，在中國方面，民眾普遍反對擬議中的停戰協定。各界抗日救國公會也公開反對停戰協定。〔註47〕在這樣一片反對的聲浪中，亦有《實報》的聲音。該報自3月22日至3月27日連續發表社論，揭露停戰協定「其內容之不利於我盡人而知」，日方「其得寸進尺，貪得無厭，可謂盡露帝國主義之猙獰面目」；〔註48〕指出所謂停戰會議，其實是「在日軍脅迫之下，我政府委曲求全」的結果；〔註49〕認爲「我國若簽訂停戰協定，實在無異城下之盟」；〔註50〕勸告當局「寧爲玉碎，毋爲瓦全」，並大聲疾呼「外交政策軟化不得！」〔註51〕4月19日，《實報》在社論中將南京政府自九一八事變以來的表現描繪爲「始終不敢拿出獨立自主的外交策略，一切都服從列強的命令」，並判斷「當局並沒有拒絕簽訂喪權辱國協定的決心！」〔註52〕

　　綜上所述，此時期《實報》的言論對南京國民政府的不抵抗政策和軟弱外交姿態進行了強烈抨擊，屢屢敦促當局制定出強硬的對日方針和獨立自主的外交策略，其基本立場和觀點與抗日救亡的民意相一致，並且與廣大學生、群眾的請願、抗議活動相呼應，爲增強抗日救亡的氛圍貢獻了力量。然而，作爲一份堅持「營業本位」的民營報刊，《實報》除了發出「外交政策軟化不得」「盼政府勿去簽字」之類的口號外，不可能提出更具革命性的主張與觀點。

4. 支持民眾的「抵貨」運動，同情抗日武裝力量

　　在萬寶山事件發生後，上海商人就組織了反對日本侵略的經濟「抵貨」運動，這一運動在九一八事變爆發後迅速普及開來，並於1931年10月至1932

〔註46〕不知當局作何打算呢，實報，社論，1932年1月26日。
〔註47〕柯博文，走向「最後關頭」——中國民族國家構建中的日本因素（1931～1937），馬俊亞譯，北京：社會科學文獻出版社，2004，第42～43頁。
〔註48〕強硬與屈服，實報，社論，1932年3月22日。
〔註49〕還是抵抗，實報，社論，1932年3月24日。
〔註50〕和與戰，實報，社論，1932年3月26日。
〔註51〕外交勿軟化，實報，社論，1932年3月27日。
〔註52〕和會將續開，實報，社論，1932年4月19日。

年 5 月間達到高峰，獲得了廣泛成功，給日本商人造成了沉重打擊。〔註53〕

全國大多數的報紙都對這項運動表示了支持，如《實報》在 1931 年 10 月 14 日的社論中所指出的一般：「自從九一八慘禍發生以來，所有全國的報紙，那一個不是反對日本，情願拼死一戰及拼命也不購買日本的貨物」。〔註54〕

10 月 28 日，《實報》又在社論中為讀者細算了一筆帳：

> 大家想想，只就民國十七年算起，日本人每年到中國做生意所賺的錢，有六萬萬元左右，我們如果澈底抵制他，使他們的資產階級沒有法子來吸我們中國人的血，他還能活嗎！〔註55〕

因此，該報認為，「抵制日貨」是一個比「綠氣炮還凶，又不破壞和平，不犯法」的武器，支持並號召國人「團結一致，永久抵制日貨」以及「澈底抵制日貨」。〔註56〕

1932 年 1 月 28 日，《實報》在支持以「抵制日貨」的方式實行對日「經濟絕交」的同時，發出了「儉樸救國」的倡議。該報在社論中首先指出，九一八事變發生以來，「我國人民激於義憤，以為欲反日，非經濟絕交不可，記者之意，亦以為非此不足以制彼，是固然矣」。然而，該報認為僅「經濟絕交」還不夠，強調「國人不欲救國則已，如欲救國，非痛矯侈習不可，痛矯侈習，又非提倡儉樸不可」。只有如此，國貨始有發展之可能，經濟絕交始有貫徹之可能。〔註57〕

1932 年 4 月 12 日，即國聯調查團抵達中國前，《實報》圍繞「商界如何歡迎國聯調查團」的問題，給出了如下三點建議：

> 應該就商界的立場，第一說明因暴日所受的損失；第二陳述我們抵制日貨是暴日逼迫我們出此；第三婉達此後我們若得不到公平的解決，商界為國家生存起見，對日經濟絕交必有更甚的辦法。〔註58〕

1932 年 4 月 27 日，即《淞滬停戰協定》簽訂的前一周，《實報》明確以「排日抵貨」為題，抗議日本對東北三省和上海的侵略行徑，提出「日本若

〔註53〕 張憲文等，中華民國史，南京：南京大學出版社，2012，第二卷，第 306 頁。同參見柯博文，走向「最後關頭」——中國民族國家構建中的日本因素（1931～1937），馬俊亞譯，北京：社會科學文獻出版社，2004，第 27、69～70 頁。
〔註54〕 亡了國怎麼樣，實報，社論，1931 年 10 月 14 日。
〔註55〕 中國必可戰勝日本，實報，社論，1931 年 10 月 28 日。
〔註56〕 同上。
〔註57〕 儉樸救國，實報，社論，1932 年 1 月 28 日。
〔註58〕 商界如何歡迎國聯調查團，實報，社論，1932 年 4 月 12 日。

欲我停止抵貨之潮，放棄排日之心，唯在其本身能制止侵略之行」，並表示「若我國此次所遭之損失，不得補償，誓將繼續『排日抵貨』以為消極之抵制」。〔註59〕

除支持商人、學生和普通民眾的「抵貨」運動外，《實報》還讚揚了十九路軍的愛國抗日行為，將之譽為「民族的英雄」（2 月 10 日）「愛國的軍人」（2 月 21 日）「忠勇的健兒」（2 月 27 日）。「一‧二八」事變發生後，《實報》將十九路軍的軍事行為定位為「正當自衛」，並以十九路軍為榜樣，指出「吾軍人自今以後，對待日人，為中華爭人格，為國家求生存，除抵抗外，實別無生路」。〔註60〕該報認為，十九路軍「在疆場上痛擊強寇，懲伐國賊，和消除匪盜，為民族爭光榮，為社會謀安全，他們的血是流得有價值的」。〔註61〕及至淞滬戰役宣告結束，《實報》仍強調十九路軍「忠勇義烈之氣，直可喚起已萎頓之民族精神，而予日人以精神上之打擊」；號召以「不戰而亡，不如一戰」的決心，「持之以恒，抵抗到底」；鼓勵國人在強敵面前「勿氣餒，勿自怯」。〔註62〕《實報》對「民族精神」之強調，由此可見一斑。

除上述對十九路軍的輿論支持和對讀者的精神動員外，《實報》在 1932年 2 月初就提出「人人少跑兩趟大街，少上兩次店鋪」「將這個金錢省下來寄往前線的戰兒」的建議，呼籲讀者以實際行動支持「滬上的勇軍」。〔註63〕此後又數次發出「不要在醉生夢死中討生活」（2 月 15 日）、「或出金錢，或出勞力」「停止一切娛樂」（2 月 27 日）和「酬金救國」（2 月 29 日）的呼籲。參考柯博文的研究，可知當時群眾對十九路軍領袖的熱情非常強烈。商人團體、青幫首領、學生組織捐獻了衣物、鞋子、藥品、食物及裝備；還有學生通過演戲、唱歌以鼓舞部隊的士氣。〔註64〕由此可發現《實報》的上述呼籲再次同各界的援助活動形成了呼應。

當偽「滿洲國」宣佈成立，國聯李頓調查團到達上海時，《實報》將視線集中在了東北義勇軍身上，於 1932 年 3 月 17 日以「不怕亡國」為題，在社論中向讀者介紹了義勇軍在東北的愛國抗日活動。

〔註59〕 排日抵貨，實報，社論，1932 年 4 月 27 日。
〔註60〕 一致動員，實報，社論，1932 年 2 月 4 日。
〔註61〕 大家應在苦中掙扎，實報，社論，1932 年 2 月 27 日。
〔註62〕 變更戰略，實報，社論，1932 年 3 月 3 日。
〔註63〕 癡人的夢囈，實報，雜感，1932 年 2 月 2 日。
〔註64〕 柯博文，走向「最後關頭」——中國民族國家構建中的日本因素（1931～1937），馬俊亞譯，北京：社會科學文獻出版社，2004，第 39 頁。

其後，4月1日，《實報》強調東北人民自發組織的自衛軍，「爲人民愛國心之表現，其志可嘉，其功可頌」，號召民眾應對其加以援助。在這篇社論的首段，《實報》通過對比手法，使當局的「不抵抗」與民眾的「奮起抗日」形成鮮明對照。該報指出：

> 暴日侵佔東北，造成僞國，我國當局，始終未能出一兵一卒，發一槍一彈，驅逐強敵，而收復失地，奮起抗日，爲國家爭主權者，乃爲人民自動組織之自衛軍！〔註65〕

4月8日，《實報》針對4月7日行政院發出的「禁止義勇軍」的訓令，用強烈的語氣譴責了當局的「不抵抗」及對抗日武裝力量的不支持：

> 我國此次遭空前之奇恥大辱，政府領袖非大言激敵人之怒，即空談以惑國民之心，國是因日以敗壞！國民本身實忍無可忍，乃有義勇軍之組織，藉以吐胸中之積憤而謀保我民族之人格，如現時東北三省使敵軍東奔西馳者，我義勇軍也！使叛徒朝夕驚惶者，亦我義勇軍也！〔註66〕

與此同時，在同篇社論中，該報還質問當局：「夫暴日擾我已七閱月矣，孰曾見政府之『國防武力』？」〔註67〕

上述《實報》對「抵制日貨」運動的支持和對十九路軍、東北義勇軍抗日行爲的頌揚，在一定程度上挑戰了南京國民政府的「不抵抗政策」，有助於民族、國家等現代概念和抗日救亡理念的普及。但需要注意的是，如果沒有學生請願、商人「抵貨」、各界慰問抗日軍人等抗日救亡運動在全國範圍內的實際開展，《實報》的上述言論活動也就失去了輿論氛圍。

南京國民政府在這一時期對「抵貨」運動是採取支持態度的：不僅並未阻止或取締民眾的「抵貨」運動，而且還批准地方黨的機構直接支持「抵貨」運動的組織。〔註68〕但是，1932年5月，「一‧二八」事變得到「解決」後，日本便照會南京國民政府必須對「抵貨」運動進行鎮壓。1932年5月6日，政府命令停止抵貨運動，新聞報導也隨之變得緩和起來。1932年7月間美國駐中國領事館的官員注意到，抵貨運動在上海、天津和北平基本上停息了，

〔註65〕速援自衛軍，實報，社論，1932年4月1日。
〔註66〕禁止義勇軍，實報，社論，1932年4月8日。
〔註67〕同上。
〔註68〕柯博文，走向「最後關頭」——中國民族國家構建中的日本因素（1931～1937），馬俊亞譯，北京：社會科學文獻出版社，2004，第28頁。

而在漢口和廣州則已衰落下去。研究者指出，南京方面對「抵貨」運動的鎮壓是其衰微的惟一原因。〔註69〕細讀《實報》在 1932 年 5 月至 7 月間的社論，便會發現與「抵貨」運動相關的詞彙已退出了讀者的視線。

由此可見，《實報》發表的抗日救亡言論在很大程度上是對國內各界倡導並組織的抗日民主運動的積極呼應。儘管該報對當局的政策有所不滿，甚至有過猛烈抨擊，但歸根結底，並未逾越南京國民政府設定的框架。有關此點，從該報對學生請願運動的態度也可窺見。

早在 1931 年 9 月 20 日，來自上海 30 所大中院校的代表便組成了全國學生抗日救亡聯合會。在一周之內，學生蜂擁至南京，開始遊行示威，衝擊國民黨和政府機構，遞交請願書。南京國民政府通過與吸引學生精力的措施相結合的鎮壓方式（這其中就包括鼓勵「抵貨」運動），在 10 月和 11 月初暫時平息了學生運動。但是，齊齊哈爾的淪陷和天津騷亂，使得這一暫時的平靜在 11 月中旬結束了。學生的示威活動越來越針對南京，學生領袖痛斥政府對馬占山缺乏支持，並要求對日宣戰。北平、天津和上海的華界地區因學生運動而為人所注目。12 月 15 日和 17 日，在學生與警察的衝突中，許多人受了傷。隨後，當局有力地鎮壓了學生運動。〔註70〕

《實報》除了在 1931 年 11 月 6 日的社論中，對請願活動略表同情，表達了「雖然請願是一種可憐而未必有益的弱者的舉動，卻也是難能而可貴的！」觀點之外，10 月至 11 月間，再未有涉及請願活動的言論現於該報。

當學生的請願運動於 11 月中旬再次興起時，《實報》於 11 月 27 日發表了題為《讀書種子》的社論，強調「讀書之目的，不僅在書面知識，最大而最要者，在養氣節。士子之氣節，足以振社會之頹風，足以挽國家之狂瀾。」該報認為「既有此種氣節，雖不足以感動麻木不仁之政府，應能用以激勵素日接近之師友」。〔註71〕雖未對學生的請願運動進行積極支持，但也是一定程度上對之表達了贊許之情。

不過，12 月中旬學生運動遭到有力鎮壓後，《實報》立刻明確表態，於 12 月 17 日的社論中為當局背書。該報首先指出「衝鋒陷陣，責在軍人」，繼

〔註69〕柯博文，走向「最後關頭」——中國民族國家構建中的日本因素（1931～1937），馬俊亞譯，北京：社會科學文獻出版社，2004，第 70～71 頁。
〔註70〕同上，第 25～27 頁。
〔註71〕讀書種子，實報，社論，1931 年 11 月 27 日。

而對「莘莘學子，激於愛國熱忱」的行動表示理解；隨後筆鋒一轉，認爲「其立志非不可嘉，然而荒廢學業，所失尤大」，顧念於此，「吾人試誦國府及當局電告全國學生書」，勸告全國青年「三復思言」。〔註72〕

綜上可知，《實報》在發表支持「抗日救亡」觀點的同時，也注意敏銳捕捉輿論氛圍和時局的變化，既對受各界支持的觀點進行積極呼應，又避免招致當局處罰的風險，在一個不至危害報社經營安全的範圍內，巧妙並謹慎從事言論活動。

三、「攘外必先安內政策」時期的言論（1932.5～1934.9）

光田剛指出，1932 年 5 月 5 日，《淞滬停戰協定》的簽訂意味著蔣介石所倡導的「攘外必先安內」政策正式確立。他認爲，對於蔣介石——汪精衛的合作政權而言，「一·二八事變」的停戰方式爲「攘外必先安內」政策提供了模型：遇到需直面外敵（具體而言就是日本）侵略的場合，一面進行有限的抵抗，一面通過其他西方列強的斡旋進行「談判」，以獲得暫時的和平。用符合汪精衛風格的表達方式來說，就是「一面抵抗，一面談判」。〔註73〕柯博文則傾向於將汪氏的這個外交政策公式看做一個用來轉移人民對停戰談判批評的政治口號。〔註74〕

柯博文認爲，蔣介石處於日本的軍事壓力和中國民意夾擊下，宣佈了「攘外必先安內」政策；在蔣看來，儘管中國最終必須抗日，但在來自共產主義的內部威脅沒有被消滅以前，中國還不能這樣做。柯博文指出，儘管許多人認同蔣介石的反共觀點，但認爲抗日應作爲民族存亡的頭等大事；還有一些人認爲，所謂「剿匪」不過是蔣介石不抗日的一個藉口。圍繞「攘外」與「安內」（更具體地說，即「剿共」）孰先孰後的激烈爭論一直持續到 1937 年。〔註75〕

根據日軍侵華的進程、中日關係緊張的程度、《實報》關注話題的集中程度可將此時期該報的言論活動劃分爲四個階段：

〔註72〕告全國青年，實報，社論，1931 年 12 月 20 日。
〔註73〕光田剛，中國國民政府期の華北政治——1928～37 年，東京：御茶の水書房，2007，第 57 頁。
〔註74〕柯博文，走向「最後關頭」——中國民族國家構建中的日本因素（1931～1937），馬俊亞譯，北京：社會科學文獻出版社，2004，第 52 頁。
〔註75〕柯博文，走向「最後關頭」——中國民族國家構建中的日本因素（1931～1937），馬俊亞譯，北京：社會科學文獻出版社，2004，第 50～51 頁。

　　第一階段是 1932 年 5 月至 7 月中旬，此階段《實報》關注的話題較分散，有關「如何剿共」問題的討論基本出現在這一階段。

　　第二階段是 1932 年 7 月下旬至 1932 年 12 月，此階段《實報》的言論主要集中三個問題上：第一，打倒軍閥，反對內戰；第二，積極反抗日本及其他列強；第三，以武力收復東北失地。

　　第三階段是 1933 年 1 月至 1933 年 4 月，此階段針對日軍對華北的侵略，《實報》的言論多集中於呼籲政府對日絕交宣戰，鼓舞華北軍民守土抗日方面。

　　第四階段是 1933 年 6 月至 1934 年 4 月，〔註 76〕《塘沽協定》簽訂後，《實報》社論關注的話題再次呈現分散的狀態，更多地圍繞內政和民生展開議論，偶而針對抗日問題發表意見。

　　當然，《實報》對幾項關乎民族和國家存亡之重要話題的討論實際上是貫穿於「攘外必先安內政策」的大部分時期，只是在第二階段和第三階段更為集中與突出。

　　這一時期，圍繞「安內」與「攘外」的問題，《實報》的基本觀點與立場體現在下述四個方面：

1. 剖析「共匪」存在之淵源，倡議「剿共」首在撫民

　　雖然《實報》自稱「主張剿共最力」，〔註 77〕並表示支持當局「剿共」「剿匪」，但仔細閱讀此時期同「如何剿共」問題相關的 10 餘篇社論，便會發現該報主要傾向於喚起當局對「共匪」存在之「社會的根據」〔註 78〕「社會的原因」〔註 79〕的注意與重視，作出「故欲行剿滅赤匪之前，當思赤匪發生之淵源所在」〔註 80〕的提醒。該報認為「共匪」之存在非單純的「軍事的關係」，而是「政治問題」，強調「農村經濟破產」，導致饑民「不得不入歧途」〔註 81〕；希望當局「不要只注意在軍事上」〔註 82〕，並發出「吾人所希望於當局者，

〔註 76〕 缺少 1933 年 5 月及 1934 年 5～7 和 9～12 月的報紙原件，同時缺少 1934 年 8 月報紙的大部分原件（僅有 8 月 16 日、17 日、20 日和 22 日的原件）。
〔註 77〕 如何剿共，實報，社論，1932 年 6 月 27 日。
〔註 78〕 勿僅恃大黃芝硝，實報，社論，1932 年 5 月 16 日。
〔註 79〕 如何剿共，實報，社論，1932 年 6 月 16 日。
〔註 80〕 如何剿滅赤匪，實報，社論，1932 年 6 月 20 日。
〔註 81〕 如何剿共，實報，社論，1932 年 6 月 16 日。如何剿滅赤匪，實報，社論，1932 年 6 月 20 日。
〔註 82〕 如何剿共，實報，社論，1932 年 6 月 16 日。

能從根本上著想，培養國家社會之元氣，勿僅恃大黃芝硝，以爲可治膏肓之疾也」〔註83〕的呼籲。

《實報》對支持「剿共」立場的反覆強調，一定程度上是出於呼應當局希望報界能夠協力宣傳「攘外必先安內」政策的考慮，有關此點可從該報1932年6月20日社論中對汪精衛談話的引述便可明瞭。該報開篇便強調「汪精衛昨向記者談稱」「切盼輿論界，宣傳剿共之意義，俾國人有明瞭之認識，贊助政府。」〔註84〕

在第一篇談「剿匪」問題的社論中，《實報》便在表達支持立場的同時，謹慎提醒當局者注意此現象背後的「社會的根據」。此後的數篇社論都是延續這一思路而作。該報表示：

> 惟是共軍之披猖，除甘心爲虎作倀之共匪，在國法所當誅外，
> 自有其社會的根據，即社會不安，人民窮困所產，非武力所能消滅，
> 縱使大軍所到，匪氛瓦解，然繼共軍而起者，安知無揭竿爲變之饑
> 民？且事實上，擾亂社會者，固已不僅共軍乎？〔註85〕

《實報》指出，造成「共匪」泛濫的社會根源在於「整個農村經濟，完全破產」。〔註86〕究其原因，主要在於以下兩點：第一，「原有匪區內官吏之貪婪，人民之奢靡」；第二，「頻年內戰，供應浩繁」。〔註87〕

基於如上分析，《實報》認爲「剿共」首先不在軍事，而是應對饑民「先行撫綏，裕其生計」，此後「進一步而令剿匪部隊，與民眾結合」。〔註88〕該報曾明確表達了解決「與赤匪互爲因果之政治問題」〔註89〕的順序，應是「一要清除秕政，第二要撫綏難民，第三才是用武力剿滅冥頑不靈的匪徒」〔註90〕

1933年4月11日，即長城抗戰結束，日軍已兵臨城下之際，《實報》再次發出「肅清共匪，應先由政治方面下手」的主張。該報在社論中指出：「政治清明後，社會經濟發達，人民生活安定，共黨欲再引誘，亦無機可乘矣。」〔註91〕

〔註83〕勿僅恃大黃芝硝，實報，社論，1932年5月16日。
〔註84〕如何剿滅赤匪，實報，社論，1932年6月20日。
〔註85〕勿僅恃大黃芝硝，實報，社論，1932年5月16日。
〔註86〕如何剿共，實報，社論，1932年7月4日。
〔註87〕同上。
〔註88〕如何剿滅赤匪，實報，社論，1932年6月20日。
〔註89〕同上。
〔註90〕如何剿共，實報，社論，1932年6月27日。
〔註91〕肅清共匪／須由澄清政治入手，實報，社論，1933年4月11日。

此外,《實報》還一再提醒當局應該注意維護軍紀,顧及民時,切勿擾民,與民合作,認為若能做到以上數點「最少限度,必可使匪勢不再滋長」〔註92〕;「則蔣氏此次出征,庶有勝利之可能」。〔註93〕

可見《實報》雖然支持蔣介石「剿共」,但在「如何剿共」的問題上,承襲了該報一向推崇的「平民主義」,提出了不同於當局者思路的觀點,呈現出「民眾的傾向」。《實報》的上述思路和不少觀點都與《大公報》極為相似。吳廷俊指出,《大公報》一面積極支持蔣介石國民黨對紅色根據地進行軍事「圍剿」,一面又提出若干有別於國民黨的「剿匪」觀點,其中主要的一點就是「與其言剿匪,尚不如言討貪」。《大公報》認為,「剿匪」之本在於徹底改變造成共產黨滋生蔓延的環境,即建設廉政,剷除貪污,改善人民生活,這樣,「共禍」不剿自滅。〔註94〕

儘管《實報》提出了具有差異的「剿共」思路,但並不意味著該報公開挑戰了南京方面的政策,應該說該報從未明確反對「剿共」的政策與軍事行動。隨著日軍對華北的侵略已可被預見的情形下,《實報》也只是先後兩次向當局建議「抗日剿共,宜衡其輕重,權其緩急」〔註95〕而已。但在回答二者孰先孰後這個問題時,該報將皮球拋給當局,給出了「然二者應何擇,則惟視賢明當局者之敏銳觀察與果毅決斷而已」這樣一個曖昧不清的答案。〔註96〕由此可再次窺見由城市資產階級創辦的、以營業為本位的大眾報刊的局限性。

2. 痛陳軍閥對國家之危害,呼籲打倒軍閥廢止內戰

《實報》在「攘外必先安內」政策的延長線上,將「安內」的範圍和目標從蔣介石所關注的紅色根據地擴大到盤踞各地的大小軍閥,批評軍閥缺乏國家觀念,痛陳其對國家之內政外交造成的各種危害,強調打倒軍閥的必要性。

首先,《實報》將軍閥定位為「無民族國家觀念,喪心病狂,好亂成性」之輩,〔註97〕認為由於軍閥缺乏國家觀念,以致「外人詆我為無組織之國家」

〔註92〕如何剿共,實報,社論,1932 年 7 月 4 日。

〔註93〕剿匪軍隊須不擾民,實報,社論,1932 年 7 月 5 日。

〔註94〕吳廷俊,新記《大公報》史稿,武漢:武漢出版社,2002,第 140 頁。

〔註95〕剿共與抗日,實報,社論,1933 年 4 月 7 日剿匪與禦侮,實報,社論,1932 年 7 月 26 日。

〔註96〕剿匪與禦侮,實報,社論,1932 年 7 月 26 日。

〔註97〕如何解決川局,實報,社論,1932 年 11 月 17 日。

〔註98〕；軍閥的內鬥和混戰，導致「政治未上軌道，國勢每況愈下」，引來帝國主義者對中國的侵略與瓜分。〔註99〕該報強調九一八事變就是一個明證。

例如1932年10月14日，《實報》在社論中指出「亡我東北者，非日人，實爲我國之軍閥也」〔註100〕緊接著在10月22日題爲《攘外必先安內》的社論中，《實報》重申了這一觀點。該報認爲：

> 自侮人侮，此「九一八」事變之所由發生也。（中略）故吾人始終認定，三省非亡於敵，乃亡於國內軍閥之混戰。外人詆我爲無組織之國家，報告書謂我國軍人無民族國家觀念，誠非過當。〔註101〕

其次，《實報》譴責軍人未盡守土衛民之責，坐視國土淪喪。該報認爲，自「民國以來，國內軍隊僅供內戰驅使，從未服役國防」；〔註102〕並憤然哀歎：「我國國土主權日漸喪失，人民身價日陷危境，在此種情況之下，養兵莫若無兵也」。〔註103〕及至1932年12月底，熱河的狀況日益危急，《實報》在讚揚了奮勇禦敵的十九路軍和東北義勇軍的同時，大聲責問軍政當局：「消費人民脂膏之軍人，其將不抵抗，坐視熱河淪陷歟？」〔註104〕

與此同時，《實報》還提醒讀者注意軍閥是阻礙國家建設和國民經濟的封建舊勢力，指出「在軍閥混戰的局面下，建設根本無從下手。各省軍閥整日在剝削人民脂膏，擴充軍備，爭奪地盤。」〔註105〕

對此三點，《實報》在1932年7月9日發表的紀念誓師北伐六週年的社論中進行了較爲綜合的論述：

> 蓋自民十六以返，內戰連年，民生塗炭，苛捐雜稅，有加無已，社會經濟，日趨破產，兵匪遍地橫行，小民早已不能安生，求死不得

　　　青島叛艦應如何處置，實報，社論，1933年7月6日。
　　　省區是否縮小，實報，社論，1933年7月30日。
　　　新事如何處理，實報，社論，1933年11月16日。
〔註98〕應廢止軍人干政，實報，社論，1932年9月22日。中國軍隊非爲國防，實報，社論，1932年12月8日。
〔註99〕涕泣陳詞，實報，社論，1932年6月11日。應廢止軍人干政，實報，社論，1932年9月22日。
〔註100〕內戰之必然結果，實報，社論，1932年10月14日。
〔註101〕攘外必先安內，實報，社論，1932年10月22日。
〔註102〕敬告全國軍事領袖，實報，社論，1932年12月27日。
〔註103〕所望於軍人者，實報，社論，1932年7月1日。
〔註104〕敬告全國軍事領袖，實報，社論，1932年12月27日。
〔註105〕以建設求統一，實報，社論，1933年7月19日。

矣，同時，外患日益交迫，列強在華勢力日益鞏固，不平等條約未能
取消隻字，而喪權辱國之新條約與夫國土之喪失，則時有所聞也。

試究此六年來內政廢弛，外交失敗之由，皆因國民革命之未能
澈底也。當革命軍勢力澎湃之時，一般封建軍閥與土豪劣紳，為維
持其殘餘之壽命起見，乃一變而為革命黨之忠實同志，以封建餘尊
而混入革命勢力，（中略）換言之，數年來我國之每況愈下，實為封
建舊勢力之未能根本肅清所致。〔註106〕

在這篇社論的結尾，《實報》強調，只有肅清一切反革命之封建勢力，才
能實現國家的真正統一，才能開始真正的革命建設。

《實報》力證「軍閥與吾儕小民之利害關係不一」，寄望「讀者明瞭軍閥
之亟須打倒」；〔註107〕認為「封建殘餘勢力之大小軍閥，好亂性成，劣根難處，
捨以民眾武力根本剷除外，決無良策制裁也。」〔註108〕在1933年12月的社
論中，該報還提出了更為激進的革命主張，強調「凡係軍閥，都應根本剷除。
軍閥一日存在，國家一日不能安寧。」〔註109〕

在當時「舉國厭恨內戰」的氛圍中，《實報》上述「打倒軍閥」的言論勢
必與全國一致贊成廢止內戰的抗日民主運動緊密結合起來。〔註110〕該報曾先
後在社論中提出「解決軍閥，制止內亂」的號召，〔註111〕強調「我國十餘年
之內戰，皆為軍閥與軍閥之混戰」，〔註112〕主張「欲弭內戰，應根本肅清一切
軍閥」。〔註113〕

此外，《實報》認為雖然廣大群眾應成為打倒軍閥、廢止內戰的基礎，但
如何有效地將群眾動員起來，則端賴「宣傳組織之勢力」。〔註114〕在1933年
6月26日的社論中，《實報》主張新聞記者應「利用這枝禿筆喚起廣大被壓迫

〔註106〕紀念誓師北伐，實報，社論，1932年7月9日。
〔註107〕陳濟棠竟向外人求助，實報，社論，1932年7月3日。
〔註108〕反對軍閥混戰，實報，社論，1932年10月1日。
〔註109〕人民受塗炭，實報，社論，1933年12月4日。
〔註110〕不知恥之西南陸海空軍，實報，社論，1932年6月10日。應廢止軍人干政，
　　　　實報，社論，1932年9月22日。
〔註111〕東北淪亡十閱月矣，實報，社論，1932年7月18日。
〔註112〕如何廢止內戰，實報，社論，1932年8月27日。
〔註113〕論川戰，實報，社論，1932年11月2日。新事如何處理，實報，社論，1933
　　　　年11月16日。
〔註114〕如何廢止內戰，實報，社論，1932年8月27日。

的民眾，加緊剷除軍閥的工作」，並發出了頗具革命色彩的號召：「願喚醒全國的新聞記者，從速攜手團結，鞏固陣容，向萬惡的軍閥總攻，奮鬥到底！」〔註115〕

上述圍繞「打倒軍閥，廢止內戰」問題的討論，盡顯了《實報》此時期言論的進步傾向。但與此同時應注意的是，該報並未對此前於「中原大戰」期間在客觀上支持了內戰、在主觀上與北方軍事實力派妥協甚至合作的種種行為進行自我反思。這種自我反思的缺席，無疑揭示了該報在「打倒軍閥、廢止內戰」問題上主張的不徹底性。根據這種不徹底性以及該報前後兩個時期在「內戰」問題上的不同主張，可再度窺見該報「報格」的斷裂。

3. 揭露日本侵華之野心，號召打倒一切帝國主義

1932 年 10 月 10 日，在題為《國慶與國難》的社論中，《實報》提出今後當局與國人應該努力的兩個方面是「一方努力改革內政，剷除軍閥，一方則努力收復失地，打倒帝國主義」。〔註116〕很明顯，前者同「安內」問題相聯，後者同「攘外」問題相繫。綜觀此時期《實報》圍繞「攘外」話題的討論，可發現該報在此問題上呈現出較為鮮明的民族主義立場。

1932 年 5 月至 1933 年 12 月，《實報》針對九一八事變以來日軍侵佔東三省、進犯上海、直逼華北的侵略事實，對日本帝國主義侵略中國的野心與陰謀進行了持續不斷地揭露與分析。

《淞滬停戰協定》簽訂之後，《實報》即指出「日本自明治維新以來，對於侵略中國之野心，始終是他們一個不改變的傳統政策」。〔註117〕

1932 年 7 月 7 日，《實報》在題為《今日已非宣言空談之時》的社論中對今後中日關係的走向做出了如下三點分析：第一，自九一八以還，日本帝國主義者就積極施展其侵略中國之野心；第二，偽「滿洲國」係關東軍一手扶植起來的，日方為確保在東北的非法佔領，必欲公然承認之；第三，侵略東三省是日本割裂中國的第一步，接下來進窺華北為意料中事。〔註118〕

緊接著，7 月 17 日，日本的飛機就轟炸了熱河的朝陽城。《實報》將日方此次對熱河的進攻解讀為其征服中國的第二幕，並明確指出，侵佔東北三省

〔註115〕陳濟棠槍殺記者，實報，社論，1933 年 6 月 26 日。
〔註116〕國慶與國難，實報，社論，1932 年 10 月 10 日。
〔註117〕日本政變與中國，實報，社論，1932 年 5 月 19 日。
〔註118〕今日已非宣言空談之時，實報，社論，1932 年 7 月 7 日。

和進攻熱河都是日本帝國主義大陸政策中的一環。同時再次提醒讀者，日本的大陸政策「數十年來已成為其國內統治者之一貫的傳統政策。」〔註 119〕

此後局勢的發展確如《實報》所分析的一般：日本政府於 1932 年 9 月 15 日正式承認了偽「滿洲國」。1933 年初的榆關戰役揭開了日本侵略中國華北的序幕；2 月日軍開始大規模進犯熱河。由此可見當時該報對時局做出的估計與解讀是十分準確的。

日本政府正式承認偽「滿洲國」後，《實報》又發表了多篇批判日本大陸政策的社論，如《抗議與照會》（1932 年 9 月 16 日）、《日帝國主義之野心》（1932 年 11 月 4 日）、《揭露日閥之陰謀》（1932 年 12 月 5 日）、《反帝戰爭之機會》（1933 年 1 月 12 日）等。

在此基礎上，《實報》籲請讀者牢記「日本乃我國之最大敵人」。〔註 120〕與此同時，該報對民眾展開的反抗日本帝國主義的運動給予了支持，將之定位為「禦侮自衛之愛國運動」；表示「吾人深信，此種運動，為我民族自衛圖存工具之一」；希望當局能採取強硬姿態，嚴厲駁斥日方的無理抗議。〔註 121〕

《塘沽協定》簽訂後，華北局勢雖然暫時恢復平靜，但卻日益難以阻止日方勢力的滲透。針對日本方面盛唱的所謂「中日提攜」「共存共榮」等宣傳口號，《實報》敏銳地注意到其中的虛偽性，並屢次提醒讀者注意。

比如，1933 年 7 月 7 日，該報在題為《中日能否為友？》的社論中指出：每逢中國民眾「反日」高潮緊張的時候，日本軍閥必定會念「東亞民族共存共榮」經。該報強調「日閥一日不放棄其侵略野心，一日不將四省交還中國，則中國一日不能與日提攜，一日不能與日為友。」；號召全國人民「在沒有恢復祖國領土主權的完整以前，決不停止抗日工作。」〔註 122〕

1934 年 4 月下旬，針對日本大使向汪精衛表示「欲謀中日兩國和平親善」的舉動，《實報》直率地揭露了日本政府的言行不一，指責其一邊對中國高唱所謂的「和平親善」，一邊卻加緊軍事、政治、經濟的侵略。該報重申了 1933 年社論中的觀點，即日本「只有放棄其侵略政策，將東北四省無條件地交還中國」，中日之間才有「和平親善」的可能。〔註 123〕

〔註 119〕征服中國之第二幕，實報，社論，1932 年 7 月 21 日。
〔註 120〕國慶與國難，實報，社論，1932 年 10 月 10 日。
〔註 121〕論反日運動，實報，社論，1932 年 8 月 29 日。
〔註 122〕中日能否為友，實報，社論，1933 年 7 月 7 日。
〔註 123〕「和平親善」，實報，社論，1934 年 4 月 20 日。

雖然《實報》疾呼「日本乃我國之最大敵人」，但該報同時也分析了中國
自鴉片戰爭以來所處的「次殖民地」位置，清醒地認識到「爲求民族之獨立
自由，惟須與帝國主義作殊死戰爭也」。〔註124〕原因即在於「其他帝國主義者，
決不肯任日人在華勢力單獨膨脹，而令其自身利益蒙受日人之危害也」，〔註
125〕《實報》的這種解讀顯然一語中的地點破了半殖民主義語境下，在華各帝
國主義勢力之間的合作與共謀關係。

《實報》在 1932 年 8 月 21 日題爲《中國不排外？》的社論中對反帝與
反封建兩者之間的關係進行了較爲詳細的論述。該報指出：

> 八十年來，列強帝國主義者，攫奪我主權，分割我國土，我國
> 民眾，賡續未斷之反抗帝國主義運動，皆爲帝國主義侵略之反應也。
> 九一八以還，我國各地之反日運動，亦爲日帝國主義者侵佔我東北
> 三省之反應也。吾國今日之排外運動，非爲排斥任何國家，乃排斥
> 侵略我國之帝國主義也。今日之排斥外人，非爲排斥某一國民，乃
> 排斥侵略我國之列強軍閥，野心政治家，與輔助侵略我國之在華外
> 人也。吾人相信，一日不平等條約不取消，帝國主義在華勢力不剷
> 除，吾國之排外運動一日不能止息。〔註126〕

在如上分析的延長線上，《實報》在 1932 年 9 月 5 日題爲《勿忘廢除不
平等條約》的社論中，提出了「今欲言抵抗帝國主義之侵略，須奮力於不平
等條約之廢除」的主張。該報首先回顧歷史，認爲自國民政府奠基南京之後，
無日不高唱「取消不平等條約」；進而陳列事實，指出迄今五載，「以往之不
平等條約，未能取消，新訂之喪權辱國條約，年有所加」。在此基礎上，《實
報》一面切望政府在標榜「取消不平等條約」的同時，能夠努力抵抗一切帝
國主義之侵略；一面提醒國人注意，「暴日」之侵略，正是不平等條約未能取
消之結果。〔註127〕

《實報》在 1933 年 6 月 23 日的社論中重複了類似的分析與主張，只不
過這一次採用了更爲強硬的口氣。該報首先回顧了民眾喊出「取消不平等條
約」口號的背景：時值「五卅」時代，全國反帝運動澎湃，革命情緒緊張。
正如本章開篇所提及的一般，這恰恰是蔣介石攻擊北洋軍閥政權是帝國主義

〔註124〕雙十一感言，實報，社論，1932 年 11 月 11 日。
〔註125〕中日問題之國際性，實報，社論，1932 年 11 月 26 日。
〔註126〕中國不排外，實報，社論，1932 年 8 月 21 日。
〔註127〕勿忘廢除不平等條約，實報，社論，1932 年 9 月 5 日。

的工具，宣佈廢除不平等條約這一革命性外交政策的背景。接著，該報不留情面地直陳迄今為止「廢除不平等條約的成績等於零」。在結尾處該報呼籲國人「重振『反帝』的旗鼓，踏著革命先烈的血跡，努力取消一切不平等條約，推翻帝國主義在華的統治」。〔註128〕

若結合此前對歷史語境的分析，尤其是南京國民政府「反帝反封建」的革命承諾與其軟弱的外交政策之間的矛盾，便可發現，《實報》的上述主張不僅在一定程度上挑戰了南京國民政府的「攘外必先安內」政策，同時戳中了南京政權的一根軟肋。

4. 力主武力收復東北失地，鼓舞華北軍民做最後抵抗

《實報》先後於1932年3月18日、6月18日、7月18日、8月18日、9月18日和1933年9月18日六次撰寫社論，提醒當局和國人勿忘東北，強調東北失地非賴他人可得收回，力主以武力收復失地。〔註129〕

如果說支持民眾的「反日」運動以及主張「廢除不平等條約」還只是間接「攘外」，那麼在東北和華北問題上，《實報》針對政府空有「長期抗戰」之宣言，而無抵抗之實的現況，提出以武力收復東北的主張，並呼籲唯有「鐵與血」才能維護中國領土完整。

根據現存報紙原件，可知自1932年6月至1933年4月，《實報》頻頻用「最後之抵抗」「最後鬥爭」「最後奮鬥」「最後犧牲」之類的詞彙，努力喚起國人的危機意識。該報一面動員軍人以武力收復東北失地，死守熱河勿陷敵手；一面號召民眾「團結一心，共赴國難」，「寧為玉碎，不為瓦全」，決心與國家共存亡。上述呼籲和主張，在1933年1月至4月的《實報》社論中體現得最為集中和明顯。

此時期日軍的侵華進程大體如下：1月的榆關戰役揭開了日本侵略中國華北的序幕；2月日軍開始大規模進犯熱河，僅十幾天，熱河淪入敵手；3月初至3月中下旬，中國軍隊進行了20多天的長城抗戰。

〔註128〕紀念「六廿三」慘案，實報，社論，1933年6月23日。
〔註129〕沈案如何，實報，社論，1932年3月18日。
　　　　勿忘東北，實報，社論，1932年6月18日。
　　　　東北淪亡十閱月矣，實報，社論，1932年7月18日。
　　　　東北淪亡十有一月矣，實報，社論，1932年8月18日。
　　　　當局如何雪恥，實報，社論，1932年9月18日。
　　　　紀念「九一八」，實報，社論，1933年9月18日。

根據對現有報紙原件做出的統計，1933 年 1 月至 4 月，《實報》共刊登社論 100 篇，其中有 81 篇涉及抗戰議題；各月份涉及抗戰議題的社論占全部社論的百分比分別爲 86.4%、72%、92% 和 75%，即以 3 月份長城抗戰期間爲最多。

這 81 篇社論討論的問題或表達的立場，歸納起來大致是以下四個點：一、要求當局毅然與日斷絕國交，立刻對日宣戰；二、呼籲各地將領捐棄私見，精誠團結，一致對外；三、號召抗日軍人奮勇禦敵，報仇雪恥，並警惕敵方行蹤，勿令版圖再小；四、動員後方民眾做前方後援，踴躍輸將，速起自衛，共赴國難。從這些社論中隨處都可看到《實報》對民族精神的宣揚，以及該報支持以武力抵抗日本侵略的強硬態度。

1933 年 5 月底《塘沽協定》簽訂後，《實報》依然保持了這種對日本的強硬態度。1933 年 6 月 1 日，該報在社論中指出，雖然中日已簽訂停戰協定，但是「中日和平，僅爲暫時而非永久的」；強調「日方一日不放棄其侵略主義，華北一日不能安全」；提醒讀者「日閥異日欲在進犯，即可隨時製造口舌，一舉而佔領平津華北」；因此繼續呼籲國人「積極準備，以應付將來」。〔註 130〕

九一八事變爆發兩週年之際，《實報》在社論中回顧了兩年內東北和熱河相繼淪喪的恥辱經歷，認爲「東北淪陷，可算做中國國恥史上最重要最值紀念的一頁」。該報指出，今後最爲迫切的工作有以下三點：一、積極援助東北義勇軍；二、加緊抗日「排貨」運動；三、督促政府早日實現「整個抗日計劃」。在社論結尾，該報重申了以武力收復失地的觀點，號召國人「準備以頭顱和熱血奪回已失去的河山！」〔註 131〕

根據現存《實報》1934 年 1 月至 4 月的原件，可知這段期間該報涉及中日關係議題的社論雖然在數量上明顯減少，但是基本觀點未發生根本改變。例如 1934 年 1 月 1 日在題爲《今後的實報》的社論中，管翼賢強調了《實報》未來努力的方向：

> 韶光容易，又是一年，過去的時間，日本帝國主義者在我國土內橫行，掠奪，佔領，灑我們的血，流我們的淚，依然荊棘滿地，無不時艱。
>
> 我們丁茲國難，只有擔負起應盡的責任，右手拿起禿筆，左手

〔註 130〕停戰協定簽字後，實報，社論，1933 年 6 月 1 日。
〔註 131〕紀念「九一八」，實報，社論，1933 年 9 月 18 日。

> 撞著警鐘，拼命去掙扎，實報！實報！即我們應付一切敵人的唯一
> 武器，為國家，為社會，為人類，為世界；我們應該大無畏的向前
> 進，適值信念，特標出努力的方向，藉副讀者的期許。〔註132〕

再如，1934 年 4 月 25 日，《實報》在題為《列強與日本》的社論中，提醒讀者注意列強與日本之間的矛盾是帝國主義國家之間的矛盾，為的是爭奪在中國的權益。針對此問題，該報做出了如下分析：

> 希望國人認清了，列強絕對不會助我，即或列強以強硬態度對
> 日，亦不過為反對日本獨佔，而欲平等地宰割中國罷了。況列強對
> 日戰爭的爆發，勢必以中國為戰場，於我何益！如果我不振作自強，
> 準備抵抗，國家只有滅亡的一條路子了。〔註133〕

綜觀《實報》的上述觀點，可以發現該報對日本未來對華北的覬覦和進犯有著正確的預計，對列強與日本之間的競爭與合作關係有著清醒的判斷。該報站在民族和國家的立場，不斷主張以武力收復失地，屢屢號召國人振作自強，奮起自救。這些贊成抗日救亡的觀點和言論在當時的歷史語境和社會環境中呈現出明顯的進步傾向。

四、「對日親善政策」時期的言論（1934.10～1935.12）

前述柯博文和光田剛的研究都提及自 1934 年 10 月南京國民政府的對日態度逐漸發生了變化，由「攘外」轉為「親善」，其標誌就是寫於 1934 年 10 月的一篇題為《敵乎？友乎？》的文章。該文章於 1935 年 2 月發表在一家與外交部有關的雜誌，即《外交評論》12 月份的增刊上。文章的要旨是由蔣介石授意其秘書陳布雷，並由陳撰寫了最終的樣稿。但文章發表時卻採用了民國初期著名親日政客徐樹錚之子徐道鄰的名字。儘管如此，日方還是把這篇文章看做蔣介石對日觀點的表達。〔註134〕

《敵乎？友乎？》這篇文章表達了如下對日態度：希望全面與日本和解，但承認絕非中國政府可以做出某些形式的犧牲。這篇文章被大部分中國報紙

〔註132〕管翼賢，今後的實報，實報，1934 年 1 月 1 日。
〔註133〕列強與日本，實報，社論，1933 年 4 月 25 日。
〔註134〕柯博文，走向「最後關頭」——中國民族國家構建中的日本因素（1931～1937），馬俊亞譯，北京：社會科學文獻出版社，2004，第 188 頁。同可參見光田剛，中國國民政府期の華北政治——1928～37 年，東京：御茶の水書房，2007，第 257 頁。

轉載，並引發了強烈的反響。這篇文章不僅發出了蔣介石願意把中日談判引向全新的和更廣泛的基礎的信號，並且暗含了中國外交政策新方向。〔註135〕

由於《實報》現存 1934 年的大部分原件是 1 月至 4 月間出版的報紙，難以據此判斷該報下半年的言論是否跟隨南京國民政府的外交政策發生了變化，以及何時發生了變化。但是《東京朝日新聞》1934 年 9 月 12 日刊登的一則消息爲把握該報的言論動向提供了重要線索。現將這則題爲《北平兩大報紙的歡迎宴》的新聞內容譯述如下：

> 本社北平訪問飛行的飛行員新野一行，於 11 日晚受到了北平的兩大報紙《北平晨報》陳社長和《實報》管社長的款待。熱烈歡迎同業者的盛宴於晚 7 點 30 在前門外煤市街新豐樓舉行。席上日中兩國報人相互敞開心扉，圍繞日中親善、國民外交以及日中握手言和的迫切性進行了深入交談。本社代表神尾向北平同業的好意表示了感謝。這次友情的盛宴於晚 9 點結束。〔註136〕

單憑這則孤立的新聞當然不能斷定 1934 年 9 月《實報》言論的論調發生了實質性變化。但需要注意的是，《東京朝日新聞》組織自東京到北平的「訪問」飛行，這種企業報紙的媒介活動得以舉行的背景是《塘沽協定》簽訂後，日軍的勢力已滲透至華北地區，這在一定程度上爲朝日新聞社的飛機在中國領空上飛行提供了軍事保障。若對比前一時期《實報》對日本的強硬態度，便會發現在這種敏感的背景下，設宴招待日本同行的行爲不僅具有爭議性，還和此前該報的態度矛盾；更何況席間談論的中日「親善」「友好」等話題，都是曾被《實報》定位爲「虛僞宣傳」進行過批駁的。

根據現存《實報》1935 年 1 月和 12 月的原件，可以發現該報每月的社論在數量上呈現出減少的傾向，關注的話題由中日關係、外交問題轉向內政問題和社會問題。該報屢屢號召讀者要「苦幹」「實幹」「向前幹」，但對於「做什麼」和「如何做」的問題卻閃爍其詞，不再像此前一個時期表達出鮮明的觀點與立場。總體而言，這一時期《實報》又開始採用將政治問題社會化的寫作方式，在論調上由激進轉爲緩和，由進步轉爲保守。

1935 年 9 月至 12 月，關東軍一手策動了企圖分離華北的「華北自治運

〔註135〕柯博文，走向「最後關頭」——中國民族國家構建中的日本因素（1931～1937），馬俊亞譯，北京：社會科學文獻出版社，2004，第 191 頁。
〔註136〕北平二大新聞の歡迎宴，東京朝日新聞，1934 年 9 月 12 日。

動」，「一二・九」運動正是在此背景下爆發，愛國學生發出了「華北之大已經放不下一張安靜的書桌了」的怒吼。然而《實報》卻一改此前籲請政府對日即刻宣戰的觀點，屢屢表示華北局勢的安定要依靠「大力者的支持」，〔註137〕認爲「華北的這一局殘棋，現在幸有中央長官和地方首領在撐持」。〔註138〕同時，與前一個時期動員民眾奮起自救，做最後抵抗的呼籲不同，該報在這一時期則勸告民眾「切勿顯驚慌的神態，聽無忌的謠言」，希望民眾能夠「安分守己，一切照常」。〔註139〕對待愛國學生的「一二・九」運動，該報坦陳了「不贊同的意見」，認爲學生的請願遊行，雖然是正義舉動，但是「可一而不可再」，不然「恐怕要被人家引爲口實，令國家吃眼前虧」；並指出學生救國的實際工作「只有讀書！」

根據學者吳廷俊的研究，這個時期就連視新聞言論自由爲生命的《大公報》也在新聞和言論上採取了「迂迴」策略。具體表現爲：少登華北事變的消息與社評，在爲數不多的幾篇言論中，也盡說些可有可無的話。〔註140〕

爲何《大公報》在「華北事變」問題上一反「淞滬抗戰」、「長城抗戰」的積極態度，而採取這種消極迴避、看似冷淡的態度呢？吳廷俊認爲，這主要是由報業環境所致：《大公報》地處華北前線，日僞漢奸經常在津沽尋釁，宋哲元的新聞封鎖政策及明顯的親日態度，都使《大公報》處於十分困難的境地。〔註141〕

同南京國民政府「對日親善」政策緊密相聯的一個政治行爲是對抗日言論及運動的鎮壓，這無疑也是導致多數報刊言論轉變的重要因素。1935 年 2 月 21 日，南京禁止所有報刊刊登「反日」或贊成抵抗的文章與廣告。2 月 27 日，蔣介石和汪精衛向中央政治委員會提交了一份方案，要求把所有「反日」的抵貨活動定爲非法行爲。這份提案迅速獲得了通過。〔註142〕一時間全國的抗日救亡運動都陷入了低潮。

由此可見《實報》的變化並非偶然，也並非個案，而是代表了平津新聞界在報導和言論上發生的一種普遍性轉變。管翼賢在 1935 年 12 月 1 日出版

〔註137〕是否消極，實報，時事評論，1935 年 12 月 7 日。

〔註138〕思前慮後，實報，時事評論，1935 年 12 月 6 日。

〔註139〕大家努力，實報，時事評論，1935 年 12 月 5 日。

〔註140〕吳廷俊，新記《大公報》史稿，武漢：武漢出版社，2002，第 156 頁。

〔註141〕吳廷俊，新記《大公報》史稿，武漢：武漢出版社，2002，第 157 頁。

〔註142〕柯博文，走向「最後關頭」——中國民族國家構建中的日本因素（1931～1937），馬俊亞譯，北京：社會科學文獻出版社，2004，第 197 頁。

的《實報半月刊》上發表了《我的苦悶》一文，表露了受制於這種言論環境的無奈與矛盾：

> 新聞記者若要留腿走路留頭吃飯，最好是少說實話。更要退一
> 步，自喪良心多說欺己欺人的謊話。尤其是在今日四面夾板裏作新
> 聞記者，碌碌如我輩，你說不愛國，良心上過不去，若說要愛國，
> 大多數人皆在昏憒中過生活，惡勢力終能征服一切，如是說實話的
> 機會更少了。
>
> 最近以來，不是在燃我的熱血，揮我的鐵腕，去為讀者撞警鐘，
> 而環境逼人向相反方面走。簡單說：就是不想說的話，偏偏要說；
> 不想作的事，偏偏要作。每天檢察自己，只是有愧慚，實在矛盾裏
> 偷生活。〔註143〕

管氏的這段敘述，含蓄地承認了《實報》在言論和報導上的變化，不再是「燃我的熱血，揮我的鐵腕，去為讀者撞警鐘」，而是「不想說的話，偏偏要說；不想作的事，偏偏要作」；並且強調導致這種變化的原因是「環境逼人向相反方面走」，這兩點都有力地證實了此前的分析。當然，需要注意的是，惡劣的言論環境固然是一個不可忽視的前提與原因，但管氏將全部責任歸咎於「環境」使然，無疑是在有意無意間迴避了民營報刊為了「在矛盾裏偷生活」，主動做出趨利避害的選擇或者同政治權力屈服與合作。有如戈公振在《中國報學史》批評北洋政府時期報業的「報格」遠遜於清末時所論述的一般，報界對政治權力做出的屈服與妥協，應該為這種惡劣言論環境的存續承擔不可推卸的責任。〔註144〕

五、「國難」時期《實報》言論活動的特點

管翼賢在《新聞學集成》一書中曾經將社論比喻為「報紙人格」的表現，並認為報紙的性質、良心與學識的程度都可由社論表露出來。例如，他指出：

> 在報紙社論版中，最主要的工作是在製造和保持一個人格、而
> 這個人格能表示出報紙的言論、能夠表示出報紙的自覺與良心、能
> 夠顯露出一種值得為讀者尊敬與信任的性格來。〔註145〕

〔註143〕管翼賢，我的苦悶，實報半月刊，1935 年 12 月 1 日，第 1～2 頁。
〔註144〕戈公振，中國報學史，北京：生活·讀書·新知三聯書店，1955，第 112 頁。
〔註145〕管翼賢，新聞學集成，北京：（偽）中華新聞學院，1943，第四輯，第 144 頁。

管氏還指出，社論一經報紙登出，便成為了報紙的思想；對於讀者而言，社論不是代表個人的言論，乃是報紙的言論。〔註146〕管氏在該書的相關章節反覆論述了有關「報紙人格」的重要性。例如，他強調：

> 社論乃是完全的報業儘其功能所不可少的條件、也是那表示報紙人格所必須的東西。（中略）惟有由社論表示出來的人格、才能給報紙以識別性與個性。〔註147〕

> 假如整個的報紙要在民眾中間立下受人尊敬與擁護的不拔的基礎、那麼在他的社論裏所表示的人格、必須值得公共的敬愛與信任方可。〔註148〕

> 報紙的社論欄、不僅供給一些讀物、不僅供給一些對事實的評論、不僅解釋新聞、不僅表示和指導輿論而已；他也表示出他自己的思想與靈魂、智慧、良心、與是非的標準。〔註149〕

儘管管翼賢在《新聞學集成》中介紹的新聞觀念存在明顯的「雜糅」痕跡，不成體系且不乏前後矛盾之處，這並不妨礙從中辨識出他所認可且推崇的新聞觀。當然，有些新聞觀可能是起裝飾作用的表面文章，並非管氏在新聞實踐中所遵循的；但即便如此，這些表面文章也能在一定程度揭示哪些觀點或主張符合當時報業的主流期待。

依照管氏的上述觀點，《實報》1931年至1934年的社論顯然是該報「報紙人格」最精彩的體現。根據第三章和第四章的分析，在「中原大戰」前後一段時期，《實報》的署名社論採取將政治問題社會化的寫作方式，迴避對問題根源的分析與探討，多數時候只能算是張閬村個人觀點的發表，空有社論之形，缺乏社論之實。此外，這個時期該報刊登社論的頻率不高，一周之內都未發表社論的情況也偶而有之。與上述這種情況相對照，《實報》在1931年至1934年刊登社論的頻率大有提高，自1932年3月起，基本保持在每月平均刊登27篇社論的水平上；自1934年3月起，除刊登正式的社論外，還增加了「小言論」欄目。自1932年4月起，該報社論由署名發表改為匿名發

〔註146〕管翼賢，新聞學集成，北京：（偽）中華新聞學院，1943，第四輯，第143頁。

〔註147〕同上，第139頁。

〔註148〕同上，第140頁。

〔註149〕同上，第143頁。

表，這種改變或許有保護作者的考慮在其中，不論如何，這使得該報的社論在形式上更加接近了正式規範的社論。就如管翼賢曾指出的一般，社論並非個人的言論，而應是報紙的言論。《實報》社論在形式上的這種變化無疑也象徵了社論由個人觀點向報社觀點的轉變。

除卻上述形式和頻率上的改變，《實報》在 1931 年至 1934 年所刊社論的明顯特徵是，一改此前將政治問題社會化的寫作方式，而是關注時局發展，緊追要聞時事，針砭時弊，諫言政府，動員民眾，支持抗日救亡運動，呈現出進步民主的色彩。

在某種程度上，這同管翼賢邀請張友漁等人幫忙撰寫社論不無關係。張友漁也曾表示，由於《實報》當時呈現出明顯的進步傾向，他認為可以爭取利用這份報紙進行合法鬥爭。〔註 150〕更重要的是，這時期《實報》的言論同全國性的抗日救亡運動有著緊密的結合與互動，既是這種抗日救亡運動的推動力量，又受益於這種遍及全國的進步氛圍。可以看到，當抗日救亡運動高漲時，《實報》的社論也更加激進有力；當抗日救亡運動受到鎮壓或陷入低潮時，《實報》的社論也隨之轉為保守和迂迴。從這個角度來看，《實報》並非「民意」的引導者，而是「民意」的呼應者和推動者。

《實報》在 1931 年至 1934 年刊登的社論著力從一種民族國家的視角，向讀者普及國家與民族觀念，宣揚民族精神的重要性。針對中國自鴉片戰爭以來半殖民地半封建的社會結構，尤其是因日本的軍事侵略導致的「亡國滅種」的危機感，該報屢屢發出「皮之不存，毛將焉附」「覆巢之下，安有完卵」「國若破，家必亡」之類的提醒，動員民眾敢於為國家做出犧牲，奮勇抵抗，打倒在華的帝國主義。管翼賢在《我的苦悶》一文中，也指出「實報在過去的二三年間，提倡民族精神，乃是希望五萬萬的國民，認識國家是與生存有關係。」〔註 151〕

這些言論配合著各地進行抗日救亡運動的新聞，以及當地各界實實在在進行的請願、募捐、慰問活動，無疑提供了一種不同以往的用以想像個人與群體、地方與國家的認識框架和感知方式。由此可知當時以報紙為代表的大眾傳媒與構建民族國家之間的互動關係。

在肯定此時期《實報》言論的進步民主傾向的同時，還應注意到該報社

〔註 150〕張友漁，我和實報，新聞研究資料，1981，（4），第 15 頁。
〔註 151〕管翼賢，我的苦悶，實報半月刊，1935 年 12 月 1 日，第 2 頁。

論在形式及論調上的微妙變化。從形式上看，1933 年 10 月 15 日起，原本在
一版刊登的社論改為在四版刊登；1934 年 1 月「社論」改稱「社評」；1934
年 3 月下旬「小言論」開始改在一版刊登，4 月中旬改稱「小言」；1935 年 1
月，「社評」改稱「時事評論」，「小言」改稱「編輯餘力」。從這一系列版面
調整和名稱變化，或可窺見《實報》淡化「報社言論」色彩的動向。有關 1935
年「社評」和「小言論」的改名原因，《實報》專門刊登了一則聲明進行解釋：

> 今年，本報的「社論」，改為「時事評論」，「小言」，改為「編
> 輯餘力」，（下略）。

> 「社論」「小言」這樣的名詞，好像不如「時事評論」「編輯餘
> 力」來的顯明淺白一點，再說，我們這幾句平淡無奇的話，實在也
> 當不起「社論」這塊招牌，「小言」是要「微言大義」，「一語破的」，
> 「少許勝多許」，我們那兩句半廢話，也當不起這塊招牌。（下略）

> 《實報》講究實在，這些名詞改的妥帖一點，就是把調門弄低
> 一點，調門儘管高，不搭調，反倒不佳。（中略）更要從實質去努力，
> 這是我們今年的事。〔註 152〕

　　這則聲明無疑發出了《實報》言論自 1935 年起決定由激進轉為保守的信
號。結合此前的分析，可以看出這是《實報》針對惡劣的言論環境作出的應
激反應和策略調整。儘管《實報》屢屢號召民眾在外敵侵略面前要抱有「寧
為玉碎，不為瓦全」的犧牲精神，可是當報紙本身面臨攸關存亡的危機局面
時，整個報業並沒有發揮這種犧牲精神，為爭取言論自由進行足夠的鬥爭。
面對當局的鎮壓和處罰，平津新聞界普遍做出了改高調為低調的調整與轉
變，就如管翼賢所描述的一般，「在矛盾中偷生活」。由此或可管窺以營業為
本位的民營報刊對時局的敏感性，以及資本主義商業報刊內生的妥協性。

〔註 152〕關於改名，實報，聲明，1935 年 1 月 15 日。

第六章 「發展成熟期」報業活動的延伸與拓展

　　爲什麽報紙定價如此昂貴，一方面固因爲廣告不發達，另一方面亦因報紙本身篇幅太多，不知道減輕成本，低價銷售，報紙的內容，既非大眾所要讀，而報紙的定價，又非一般勞苦大眾所讀得起，中國報紙，不能發達，這實在是一個最主要的原因，所以中國辦報數十年，到現在它的讀者，還只是限於一部分極少數的政治人物，和所謂知識分子，不能伸張到民間去，中國糟到現在這種地步，就是大多數國民，根本上不知國家爲何物，而他們所以如此愚昧，閉塞，多半是因爲向不讀報，當此國難嚴重的時期，我們要喚起民眾，共同禦侮，而喚起民眾，最有效的方法，就是要將向來被視爲特殊階級的讀物，變成全民大眾的讀物，換一句話說，就是報紙要向民間去，這是中國報紙應該注意的第一點。〔註1〕

　　如上一章所介紹和分析的一般，《實報》在 1931 年至 1934 年刊登的社論，呈現出支持抗日救亡、反對封建軍閥、呼籲停止內戰的進步民主傾向，獲得了知識界的讚賞。同時期，《實報》還屢次發起爲前方將士捐款捐物的活動。比如在「長城抗戰」期間，該報組織了爲期一周的募集鋼盔活動，連日刊載社論，總結前一日的募捐成績，動員讀者繼續「有力者出力，有錢者出錢」。〔註2〕

〔註1〕　北平新聞專科學校／昨舉行開學典禮／成舍我報告該校組織動機及將來計劃／蔣夢麟徐誦明等均有演說，世界日報，第七版，1933 年 4 月 9 日。
〔註2〕　爲募集鋼盔敬告國人，實報，社論，1933 年 1 月 18 日。
　　　　爲募集鋼盔再告讀者，實報，社論，1933 年 1 月 19 日。

　　爲配合募集鋼盔的活動，該報還從民族與國家的角度，多次向讀者分析
「鋼盔周」的意義所在。例如該報在 1933 年 1 月 23 日題爲《供獻祖國之最
後一日》的社論中進行了如下論述：

　　　　就國民與國家而言，自古國與民共存亡，未有國亡而民存者。
　　國家滅亡，財富何存，被敵奴隸，財富何益？祖國已至千鈞一髮之
　　最後關頭，亦爲供獻祖國之最後機會。有錢而不甘爲亡國奴者，盍
　　不迅速輸將，護衛此破碎之山河耶？〔註3〕

　　根據《實報》的自我記述，捐贈的實物不計算在內，「鋼盔周」七日之所
得共達四千數百元。該報認爲「以物資之眼光觀之，此些小數目，誠微乎其
微，然若從精神方面立言」，則意義重大。據該報稱，根據連日發表的捐款者
姓名，捐款者具有如下分佈特徵：

　　　　以年齡論，有年屆古稀之老者，有方在懷抱之嬰孩，以職業論，
　　有天眞爛漫之幼小學童，有勞苦終日之府役工友，以性別論，有雄
　　赳赳之武裝同志，有憤憤之宅中老媽，以地域論，有國破家亡之難
　　民，有窮鄉僻壤之村嫗……〔註4〕

　　《實報》特別強調，參與此次「鋼盔周」活動的「社會各色人等，除達
官富豪少見參預外，幾無不網羅殆盡。」〔註5〕由此既可推斷該報受眾群體的
分佈特徵，也可窺見該報的社會動員能力。

　　上述言論活動和募捐活動使得《實報》的社會知名度和好感度大爲提
高，銷量隨之大爲增長。張友漁在回憶文章中對此亦有所提及。〔註6〕另據
《實報》自行統計和發表的數據，可對該報的銷售情況與變化獲得更直觀
的瞭解。

　　　　供獻祖國之最後一日，實報，社論，1933 年 1 月 23 日。
　　　　鋼盔周之結束語，實報，社論，1933 年 1 月 24 日。
〔註3〕供獻祖國之最後一日，實報，社論，1933 年 1 月 23 日。
〔註4〕鋼盔周之結束語，實報，社論，1933 年 1 月 24 日。
〔註5〕同上。
〔註6〕張友漁，我和實報，新聞研究資料，1981，（4），第 16 頁。

表 6－1《實報》1928～1936 年銷量統計

時　間	銷量（份）	年增長數量（份）
創刊號（1928 年）	800	0
第一年（1929 年）	7600	6800
第二年（1930 年）	11360	3760
第三年（1931 年）	18300	6940
第四年（1932 年）	28140	9840
第五年（1933 年）	42500	14360
第六年（1934 年）	51480	8980
第七年（1935 年）	62800	11320
第八年（1936 年）	91724	28924

資料來源：《實報半月刊》，1936 年 10 月 1 日。

　　1935 年 10 月 16 日，附屬於《實報》的一份半月刊雜誌《實報半月刊》創刊出版。日本電報通訊社於 1943 年出版的《新聞總覽》中對《實報》歷史沿革進行了較爲詳細的介紹，其中涉及《實報半月刊》的信息如下：

　　　　又自二十四年（按：1935 年）十月十六日發刊實報半月刊、至二十六年七月共發行四十二期、行銷華北華中各省、每期約四萬餘份。〔註7〕（注：文中標點係筆者所加。）

　　由此可知，《實報半月刊》的創辦時間爲 1935 年 10 月至 1937 年 7 月。國家圖書館現存的《實報半月刊》共計 40 期（缺少 1936 年 3 月 1 日出版的第十期、1936 年 3 月 16 日出版的第十一期和 1936 年 4 月 1 日出版的第十二期）。根據《實報半月刊》的出版日期和序號，並參照該刊 1936 年 11 月 16 日所附《實報半月刊第一年總目錄》，可以做出如下判斷：《實報半月刊》自 1935 年 10 月 16 日起至 1937 年 7 月 16 日共連續出版了 43 期，而非上述介紹中的 42 期。根據現存最後一期（1937 年 7 月 16 日出版）《實報半月刊》的內容判斷，該雜誌的停刊並非主辦者有意爲之，而是因爲「七七事變」的爆發不得已而中斷。

　　《實報》在報紙銷量上漲的同時，還能兼辦一月兩期的雜誌，可見該報的營業基礎已經發展得相當穩固。本章即以 1935 年至 1937 年出版的《實報

〔註 7〕　北根豐，新聞總覽，昭和十八年版，東京：大空社，1995 年。

半月刊》的相關資料爲研究對象,瞭解這份刊物的自我定位。與此同時考察《實報》在 1935 年至 1937 年間營業發展的狀況,以把握該報日益鮮明的營業本位的傾向與性格。

一、《實報半月刊》的創辦及定位

《實報半月刊》創刊於 1935 年 10 月 16 日,時值《實報》創刊七週年之際。根據創刊號封底的版權信息,可知編輯人爲管翼賢和羅保吾,發行人爲馬家聲,由實報印刷部印刷。定價分爲三檔:每期零售洋一角、全年訂購洋二元二角、半年訂購洋一元一角。廣告價目爲全頁每期洋三十元、半頁每期洋二十元、四分之一每期洋十二元、八分之一每期洋七元。

1. 創辦動機與緣由

爲何選在 1935 年這個時間創辦一份雜誌?有關這個問題,李誠毅在介紹中並未給予明確的解釋,只是簡單提及「實報僅爲應付社會人士之需要,自十六日起,發行半月刊」。〔註8〕

在《實報半月刊》創刊號的開篇文章《心所欲言》中,該刊的編輯人之一、《實報》社長管翼賢則略微介紹了《實報半月刊》誕生的緣由。按照他的說法,這份刊物的發行計劃已經醞釀許久了:

> 實報限於篇幅,不足以囊括萬類而網羅精英,於是實報半月刊的發行,久在同人腦海中廻旋著。積之甚久,今日始得和讀者各位先生相見,同人實在覺得遲鈍拘迂,有辜讀者的期望了。〔註9〕

有關此點,該刊的另外一位編輯人羅保吾在紀念《實報半月刊》創辦一週年的文章中也進行了強調。羅氏指出:

> 實報社長管翼賢先生,在前年的春天(按:1934 年春天),便孕育著本刊的胚胎,從估計力量到設計類型,我們經過幾許的蘊釀與培灌,終於在實報七週年的開始聲中,誕生了本刊。〔註10〕

羅氏所述如若屬實,那麼可知籌劃出版發行《實報半月刊》的時間長達一年多,報社的人力、物力、財力資源無疑是一個重要的考慮因素。從這個角度來看,該刊的出版也從一個側面證明了《實報》營業基礎的穩固。

〔註 8〕 李誠毅,偶感,實報半月刊,1935 年 10 月 16 日,第 7 頁。
〔註 9〕 管翼賢,心所欲言,實報半月刊,1935 年 10 月 16 日,第 1 頁。
〔註 10〕 羅保吾,本刊之過去與今後,實報半月刊,1936 年 10 月 16 日,第 3 頁。

那麼，萌生這種出版計劃的動機何在？有關此點，參照管翼賢在《新聞學集成》中的一段敘述，或可探尋出一些蛛絲馬蹟。管氏提及：

> 1932 年以後、周刊及其他定期刊物、大部分奪取了小報的地位、成爲大眾的日常讀物、然在小報中、信用優秀的仍然可以存在、並且在質一方面有健實的進步。〔註11〕

根據此前的分析，可知《實報》與時聞通訊社的靈魂人物管翼賢十分善於捕捉社會風潮與動向的變化。可見，《實報半月刊》很可能是應對北平報業格局與環境的變化而做出的嘗試，是《實報》大眾化營業方針的延展。

2. 創辦目的與風格

在創刊號的開篇文章《心所欲言》中，管氏強調了中國當下所處的環境特徵。他認爲，中國當前的難關，不是「貧弱」問題，而是「危亡」問題；不是「屈服」問題，而是「宰割」問題。以此爲前提，管氏介紹了創辦這份新刊物的兩個主要目的：第一是要介紹一些國際情報，第二是要灌輸一些政治常識。

有關第一項目的，管氏從「民族國家」和「現代化」的視角，進行了剖析：

> 我們的第一「信心」，就是要介紹些國際情報，使老大衰弱的先生們，知道人家是懷著飛機大炮，向進化線上猛力般的賽跑，終極目的，是要達到決勝點上。若只知有己，不知有人群，不知有國家的惡劣民族，是不能生存於今日的環境裏的。但是我們對國際問題的態度，是報告，是批評，是探討，絕不盲從，絕無成見，只求走向正義人道的旗幟下。去完成「民族自立，民族共榮」的志願。
> 〔註12〕

上述剖析無疑帶有當時頗爲流行的「進化論」和「人種學」色彩，並提供了一種「進步民族」與「惡劣民族」二元對立的認識框架。現在人們已經能夠識別出這種認識框架中存在著「線性（進化）的」和「本質論的」理論陷阱。但是，對於當時中國的知識界和新聞界而言，這似乎是在直面國家「危亡」與「宰割」問題的場合下，對國人進行現代啓蒙並喚醒其救亡意識的系統工程時，能夠利用的最爲豐富的話語資源與最爲便捷的修辭工具。同時，

〔註11〕管翼賢，新聞學集成，北京：（僞）中華新聞學院，1943，第七輯，第 60 頁。
〔註12〕管翼賢，心所欲言，實報半月刊，1935 年 10 月 16 日，第 1 頁。

這也是半殖民地半封建社會中國的知識界與文化界廣爲關注與討論的一個話題。從這個角度來看，管翼賢的上述剖析呈現出鮮明的時代特徵。或者也可以這樣理解，《實報半月刊》遵循的編輯方針在一定程度上也是對這種社會思潮有所呼應或迎合。

值得注意的是，管氏在最後一句中對「民族共榮」的提倡。在當時的歷史語境中，「民族共榮」是日本對其在亞洲的殖民統治進行粉飾與美化時經常使用的一個口號。有關「東亞共存共榮」口號的虛僞性，《實報》社論也曾做過剖析。此前一直通過《實報》社論積極呼籲抗日救亡，對日即刻宣戰，抵抗到最後時刻的管社長，在 1935 年 10 月日方旨在分裂華北的「華北自治運動」湧動時期，竟然使用了「民族共榮」這樣一個敏感的詞彙，不論是有心還是無意，都不能不引起世人的懷疑：管氏的立場是否已發生了微妙變化？

有關第二項目的，管氏這樣解析道：

> 我們的第二信心，就是灌輸國民以政治常識。我們的意思，要使國人對各種政治問題，有具體研究的興趣，不作激烈的主張，只求溫和的宣達。在危急存亡的今日，大家要認定中國，是中國人的中國，中國的政治，並非私產，大家應過問，不可自餒，不宜放棄，尤不必存懷疑輕侮的觀念。〔註13〕

這段解析明顯呼應了當時社會各界要求由「訓政」轉爲「憲政」的民主訴求，尤其是中國「是中國人的中國，中國的政治，並非私產」一句，其所指可謂一語中的，意味深長。同時，若結合管翼賢此前強調的「危亡」問題和「宰割」問題，可發現該段解析中「不可自餒，不宜放棄，尤不必存懷疑輕侮的觀念」一句，顯然是從一種較爲積極的角度來宣揚民族精神和鼓舞國人氣勢。

有關《實報半月刊》所刊內容的文體與風格，管翼賢延續了其有關新聞成立之本能論與心理學解釋的觀點，在強調刊載文字的必要評價標準之一是「能否使人發生興趣」的基礎上，做出如下澄清：

> 啓發人們，使他接觸文化，瞭解文化的方法，最便利的莫過於報紙。同時報紙的文字，能否使人發生興趣，很爲必要的。所以本刊文字，不限於一體，有文言，有白話，只要想得到，寫得出，看得懂，使人興奮，使人鼓舞。蒼蠅的微小，宇宙的偉大，一一能在

〔註13〕管翼賢，心所欲言，實報半月刊，1935 年 10 月 16 日，第 2 頁。

字裏毫端，表現出來，傾瀉得痛快，便是好文字，擺脫枯澀氣味，成爲時代的生產品，這是本刊對記載工具的文字，所採用「文字不一致」的意義。

關於文藝一類的作品，著重在紀實。可以説是生活的片斷，社會的縮影，反對海派雲煙般的描寫，不迷眩於普羅作派，也不抱殘守缺去開倒車，總求莊諧皆有，逸趣橫生。〔註14〕

從上述澄清可以管窺《實報半月刊》在自我定位上的些許傾向：注重趣味性，看重紀實性，以此爲前提，在文體上採取糅合「文言文」與「白話文」於一刊之中的編輯方針。這種傾向從《實報半月刊》的欄目設置中，也可窺見。該刊既有關注時局動態的論著，又有轉載自《大公報》、《立報》、《實報》等在平津滬有知名度與影響力之報刊的社論；既有注重普及現代文化與知識的通訊和「常識庫」；又有貼近北平市民休閒娛樂的戲劇和小説；既有梳理掌故的史料和雜記，又有呈現社會縮影的小品和散文。

這種文體和內容的「糅合性」或「雜合性」，無疑與以營業爲本位的《實報》所推崇的生產原理有異曲同工之妙。基於這種相似的辦刊理念，羅保吾在解釋《實報半月刊》的風格時特地強調該刊和《實報》一樣「力求大眾化通俗化」。〔註15〕

3. 小型讀物的自我定位

同時需要注意的是，管翼賢在《心所欲言》這篇文章中屢次用不同表述方式提及該刊的立場。比如「我們對國際問題的態度，是報告，是批評，是探討」；再如「使國人對各種政治問題，有具體研究的興趣，不作激烈的主張，只求溫和的宣達」；此外還有「反對海派雲煙般的描寫，不迷眩於普羅作派，也不抱殘守缺去開倒車」。在這種努力背後，似乎隱藏著一種並未明確提出的比較體系以及某種指向現實的「欲言又止」。

有關這個問題，羅保吾在前引《本刊之過去與今後》一文中，做出了更加明確的解析。羅氏自稱希望通過這篇「最忠直最坦白的抒説」，使得讀者從中「明瞭本刊的旨趣與本刊工作同人對讀者的赤誠」。〔註16〕

羅氏在文中首先描述了現實的言論環境對報業格局的影響。他指出：

〔註14〕管翼賢，心所欲言，實報半月刊，1935 年 10 月 16 日，第 2～3 頁。
〔註15〕羅保吾，本刊之過去與今後，實報半月刊，1936 年 10 月 16 日，第 3 頁。
〔註16〕同上，第 6 頁。

　　　　自我們遭逢到空前的國難，國民經濟，陷於極度貧乏；同時因
　　政治環境的惡劣，而影響到文化事業的畸形發展；於是形成兩個狀
　　態：第一是國民對讀物購買的削減。第二是出版界硬性讀物的消沉，
　　與軟性讀物的澎漲！這種現象在國難時期將發生如何的影響？很明
　　顯是昭示著國民精神食糧之「質」的恐慌！〔註17〕

　　羅氏所說的「國民對讀物購買的削減」和「出版界硬性讀物的消沉，與
軟性讀物的澎漲」無疑是此時期報業發展狀況的兩個顯著特徵。若結合前述
管翼賢對北平報業格局所作的分析，便可發現《實報半月刊》的出版發行與
應對環境變化、調整營業策略之間若隱若現的聯繫。

　　接著，羅氏分析了「硬性讀物」與「軟性讀物」的不足之處。他認為，
客觀環境使具有批判性，致力於標榜某種觀點、宣傳某種主義的「硬性讀物」
累起累挫；與此相對照，「代之而興的如雨後春筍般繁滋出來的軟性讀物，不
幸又多半飄搖雲間，話著風涼，鬧著玄虛，迴避現實」。〔註18〕

　　針對上述兩種讀物的特徵與命運，羅氏坦誠，並不否認硬性讀物在某一
方面或某一時期的力量，也不否認軟性讀物在諷刺消閒方面的力量。但是他
緊接著做出了澄清，強調《實報半月刊》不打算與前者看齊，也不願努力成
為後者；而是要以一個「不太合群的姿態」，即「揉合著軟性硬性的東西」出
現在讀者面前。羅氏進而指出，《實報半月刊》將採取「不說教，不宣傳主義，
不捧著某方面，也不攻擊某方面」的立場，旨在盡力貢獻給大眾精神食糧的
立場，以便適應當前的客觀需要。〔註19〕

　　羅氏還向出版文化界同仁發出了「鮮明呼說」，強調今日中國國民無論在
物質方面還是精神方面，只需要糧食，不需要藥劑，更不需要妝飾品。〔註20〕
若結合上下文的語境便不難發現，羅氏將「硬性讀物」喻為「藥劑」，將「軟
性讀物」喻為「妝飾品」，將《實報半月刊》自喻為「糧食」。

　　此外，在該文結尾處，羅氏還獻言於「文化陣線上的健者」，認為以《實
報半月刊》為代表的小型刊物須受到重視，並應該成為今後努力於文化事業
者努力的方向。〔註21〕根據第二章的分析，可知小型報《實報》針對北平報

────────────────

〔註17〕羅保吾，本刊之過去與今後，實報半月，1936 年 10 月 16 日，第 3 頁。
〔註18〕同上，第 3～4 頁。
〔註19〕同上。
〔註20〕同上，第 4 頁。
〔註21〕同上，第 6 頁。

業環境的特點和報社現有資源，採取了小報形態經營報紙以謀求生存發展的方針。結合上述《實報半月刊》編輯人對該刊創辦目的、文體風格及自我定位，可知這份小型讀物亦有著強烈的現實針對性，取「硬性讀物」和「軟性讀物」各自之長，同時避兩者之短，選擇了一條適合營業發展的穩妥的「中間」路線，以求滿足社會各階層的需要。根據羅保吾的介紹，《實報半月刊》僅用一年的時間便獲得了廣大讀者群的愛護，在發行範圍上「凡實報到達的處所，都有了本刊的讀者」；在讀者分佈上，這份小型讀物不僅「到了名流學者的案頭，也到了工人小販的口袋裏」。由此可見，《實報半月刊》兼顧編輯與經營的「軟硬並施」方針，無疑借鑒並延續了《實報》成功的經驗，並且在營業上有明顯收效。

二、《實報半月刊》與《實報》的密切聯繫

1. 一息相承的共生關係

小型報《實報》和小型讀物《實報半月刊》的誕生都與管翼賢有著密不可分的關係——兩份刊物推崇相同的生產原理、採用相似的編輯和經營方針。有關此點，從管翼賢在紀念《實報半月刊》創辦一週年的文章中亦可窺見。管氏提出將「把握現實，尊崇廉節，提倡興趣，灌輸知識」作為《實報》與《實報半月刊》兩份刊物今後標明的四字方針。〔註22〕如此看來，《實報半月刊》可視為管翼賢新聞實踐，甚至是經營實踐的延伸與擴展。

另外，存在於這兩份刊物的自我指涉現象有力地指明了兩者「你中有我，我中有你」的密切關係。每期《實報半月刊》出版之前，會連續幾日在《實報》的明顯位置刊登廣告，詳列新一期雜誌所刊內容的標題，此舉無疑是期望利用《實報》現有的知名度和販賣渠道為新刊物做推廣。《實報半月刊》則會用一整頁的版面刊登《實報》的徵訂廣告，並冠以「請看華北最著名的實報」的大標題，列舉該報的多項優點，或許意在吸引購讀該刊的中上層讀者對《實報》的注意力。除《實報》外，《實報半月刊》還頻頻為時聞通訊社、實報叢書和該刊自身，這些與《實報》或有共生關係或有附屬關係的文化商品做廣告。根據上述事實可同時發現這兩份刊物具有極強的自我推銷意識，這無疑是兩刊營業本位的體現。

〔註22〕管翼賢，卷首語，實報半月刊，1936 年 10 月 16 日，第 2 頁。

此外，該刊在《實報》創辦八週年之際出版了一期《實報八週年及本刊一週年紀念號》特輯，加上前引羅保吾提及該刊發行範圍與《實報》的重合，這兩個細節亦表示了兩刊的共生關係。

李誠毅使用了「孿生兄弟」一詞對兩刊的關係做出了生動比喻。他指出：

實報半月刊之發行，與實報一息相承，若弟之於兄，手之於足，亦步亦趨，如影隨形，惟望發揚光大，草偃風行，共與實報作社會之向導，民眾之先鋒，是亦救國之一道，當不難博得億萬人之同情也。〔註23〕

當然，作為兄長的《實報》其主要受眾群體為城市的中下層，作為小弟的《實報半月刊》則有意針對城市的中上層；前者注重報導的時效性，後者注重內容的豐富性；這些與生俱來的區別從兩刊的定價和選稿風格即可確定。

2. 對《實報》相關探討話題的延續

在「國難」時期，「日本問題」佔據了包括《實報》在內的平津報刊的主要版面。實際上，《實報半月刊》對此問題也給予了極大重視。該刊登載的與日本問題相關的文章大致可以分為以下兩類：第一類，從「民族」和「國家」的視角，分析中日關係走向以及中國今後的出路，同時屢次登載論述民族精神的文章；第二類，從「現代」和「進步」的角度，傳播與日本的政治、軍事、社會、文化等的相關信息，將日本作為可以傚仿與參照的對象。這種分類法很大程度上複製了中國知識分將「西方」分化為「殖民西方」與「都市西方」的認識論策略（參照緒論）。

這兩類話題都曾在《實報》出現過，第一類話題無需贅言，在上一章已進行過較為詳細的梳理與分析。至於第二類話題，1930 年在張友漁赴日前夕，管翼賢曾找到他，請他為《實報》寫通訊。有關此事，張友漁在其回憶文章《我和實報》中亦有所提及。

據張氏稱，考慮到《實報》的特點，他提供的通訊大致可分為兩類，一類是結合他個人在日本研究的新聞學專業而作；另一類則是通過他個人在日本的見聞，使國內人民瞭解當時日本人民群眾生活的窮困，社會的瘡疤，用事實揭穿親日派美化日本的謬論，消除國人對日本的神秘感，特別是一部人對日本的恐懼感。〔註24〕

〔註23〕李誠毅，偶感，實報半月刊，1935 年 10 月 16 日，第 7 頁。
〔註24〕同上，第 16 頁。

綜觀 1935 年至 1937 年《實報半月刊》「論著」欄目的文章，多數文章著重探討中日關係的走向，例如《華北前途的展望》〔註25〕、《國際變動與中國地位》〔註26〕《我們究竟走那條路》〔註27〕《憂患急難中之中國現局》〔註28〕、《今後國人的出路》〔註29〕《盧溝橋事變的因果》〔註30〕等；少部分文章旨在預測日本政局變動對中國的影響，例如《日政局與中日外交》〔註31〕，以及翻譯並刊登了日本天津駐屯軍司令官多田駿發表的《日本對華之基礎觀念》〔註32〕；除此之外，偶而還有對日本言論界動向的介紹，例如《西安事變與日本言論界的新動向》〔註33〕。

上述文章或重在介紹情況，或重在梳理信息，在分析方面點到為止，不做深入剖析，更不用談提出任何明確的主張。這充分體現了管翼賢在創刊號中提出的「不作激烈的主張，只求溫和的宣達」的編輯風格。

值得一提的是，《實報半月刊》在「常識庫」欄目中，致力於向讀者介紹諸如「為什麼叫中華」「中華有多寬」「我們各向俄國、英國、法國、日本割讓了多少土地」「華北五省的面積、人口、物產、鐵道、都市、要隘、勝蹟」等歷史與地理知識，以期通過對這些知識的介紹，培養讀者的國家意識和國民意識。該刊在創刊號中對這一用意做出了非常淺白的說明。編輯者認為：

> 我們會常常忽略，關於我國的最該記住的史地常識，沒有記住，不但人家問起來張目結舌，而且，以一個中華國民，不知自己國家是怎麼一回事，簡直該死！〔註34〕

結合當時中國社會半殖民地半封建的特徵，以及日本佔領中國東北和繼續蠶食華北地區的歷史語境，上述史地常識無疑在具有信息價值和知識價值的同時，也蒙上了不可忽視的政治（啟蒙）色彩。

除介紹史地知識外，《實報半月刊》還注重對現代科學技術以及衛生常識

〔註25〕 孟如浩，華北前途的展望，實報半月刊，1935 年 10 月 16 日。
〔註26〕 陶希聖，國際變動與中國地位，實報半月刊，1936 年 1 月 1 日。
〔註27〕 張慶虞，我們究竟走那條路，實報半月刊，1937 年 2 月 1 日。
〔註28〕 羅保吾，憂患急難中之中國現局，實報半月刊，1937 年 2 月 1 日。
〔註29〕 張閬村，今後國人的出路，實報半月刊，1937 年 3 月 16 日。
〔註30〕 張閬村，盧溝橋事變的因果，實報半月刊，1937 年 7 月 16 日。
〔註31〕 王志新，日政局與中日外交，實報半月刊，1937 年 6 月 16 日。
〔註32〕 實報半月刊，1935 年 11 月 1 日。
〔註33〕 張我軍，西安事變與日本言論界的新動向，實報半月刊，1937 年 2 月 16 日。
〔註34〕 實報半月刊，1935 年 10 月 16 日，第 57 頁。

的介紹。對「現代」與「進步」的關注，也體現在該刊對日本歷史與社會的
介紹文章中。《實報半月刊》對日本走向現代化的過程表示了極大的關注。從
這個角度來看，該刊和《實報》對日本新聞事業的介紹，也是在「現代」與
「進步」的延長線上進行的。

這個時期《實報半月刊》通過以《老太婆下東洋》〔註 35〕為題的通訊連
載，用輕鬆愉快的語調，先後圍繞「日本的由來」、「日本的大小」、「日本的
造船業」、「明治維新」和「日本的婦女」等問題進行了介紹和梳理。

與此前張友漁通訊旨在消除國人對日本的神秘感的立意相似，這些通訊
在介紹日本歷史與信息的同時，也在有意無意間進行著為日本神話「去魅」
的工程。例如在介紹日本的由來時，作者強調日本也曾有過荒蠻時期，形成
統一國家也是一個歷史過程，而且其傚仿西洋「摩登」起來才不過六十年。〔註
36〕再如，在介紹日本國土的形狀呈三張弓形時，作者用戲謔的口吻提醒道：「日
本這三張弓乃是對著我們張著的」。〔註 37〕

在介紹「明治維新前日本的民間抵抗」時，作者強調在外來的帝國主義
的壓力之下，來自民間的抵抗對日本幕府統治落幕及日本轉型為現代化國家
產生了重要影響。作者還在文末向讀者發出了如下提問：「朋友！請你看看今
天的中國。請你想想，中國要怎麼樣呢？」〔註 38〕很明顯，作者以日本為例，
暗示了中國今後的出路，並有意識地向讀者灌輸「民族自救」的觀念以及培
養國人的民族自信心。如此用意恰如管氏在創刊號中提及的，創辦《實報半
月刊》的目的之一在於向讀者宣告「不可自餒，不宜放棄，尤不必存懷疑輕
侮的觀念」。

小型讀物《實報半月刊》很大程度上秉承了小型報《實報》成功的經驗，
儘管在讀者定位和組稿風格方面與《實報》有著區別，但是在編輯與經營方
面同該報保持了緊密的共生關係，而且在涉及日本問題時，《實報》的言論和
通訊保持了一定的延續性。

該刊採取的溫和克制的發言立場，也同《實報》這一時期言論由激進而

〔註 35〕 1935 年 10 月 16 日、1935 年 11 月 1 日、1935 年 12 月 1 日、1935 年 12 月 16
日、1936 年 1 月 1 日、1936 年 5 月 1 日、1936 年 5 月 16 日、1936 年 7 月 16
日。
〔註 36〕 老太婆下東洋，實報半月刊，1935 年 10 月 16 日，第 53 頁。
〔註 37〕 老太婆下東洋，實報半月刊，1935 年 11 月 1 日，第 38 頁。
〔註 38〕 老太婆下東洋，實報半月刊，1936 年 5 月 16 日，第 37 頁。

保守的轉變保持了一致。由此，一方面可推測平津報業的生存環境對報導和言論的壓制程度；另一方面也可管窺以營業爲本位的報刊，面對攸關自身存亡的壓力時，會本能地在不影響營業的範圍採取一種自我克制的姿態。此外，通過兩刊在不同時期對待軍閥的「斷裂」態度，亦可發覺《實報》及其創辦者自我標榜的矛盾性。

三、《實報》創刊八年來的營業發展

　　1935 年至 1937 年無疑是《實報》在北平淪陷之前營業發展漸至高峰的一個時期。根據管翼賢在 1936 年紀念《實報半月刊》創辦兩週年的文章所提供的信息，截至 1936 年 10 月，《實報》的發行由創刊時的八百份達至九萬餘份；《實報半月刊》自創刊時的五千份漲到三萬份以上，刊載該文的最新一期半月刊預計將超過六萬份；實報叢書，已出到二十多種。〔註 39〕有關《實報》在 1936 年的發行數目，也可根據前引《〈實報〉1928～1936 年銷量統計》（表6－1）得到應證。

　　另外，據負責發行的馬家聲提供的信息，1936 年《實報》的外埠直接訂戶爲六千餘戶，分銷處達五百餘處。〔註 40〕根據《實報》自行繪製的分銷處地理分佈示意圖，可以發現該報的發行範圍主要集中在華北地區，向周邊略有微弱輻射。〔註 41〕

　　從《實報半月刊》1936 年 7 月所載《實報》的徵訂廣告中列舉數項優點，可以發現該報自創刊以來在編輯方針上的延續以及在營業方面的發展。這些優點分別如下：

　　　　一，新聞採訪，力求擷其精華，賅其特要，編製短悍無比，標題精闢動人，各方消息應有盡有，寧簡無缺，而尤注重於本報特訊，美的新聞，新聞界新聞，星期偶感各欄，至社會新聞，不偏於淫穢瑣屑，宜雅宣俗，亦本報優點。

　　　　二，評論之公證坦白，據事直陳，寥寥數百字，而言簡意賅，層巒疊浪，引人入勝，並有微詞一欄，主張不偏不倚，見地無黨無偏，純細客觀態度，以民眾爲立場。

〔註 39〕管翼賢，卷首語，實報半月刊，1936 年 10 月 16 日，第 1 頁。
〔註 40〕馬家聲，印刷與發行，實報半月刊，1936 年 10 月 16 日，第 69 頁。
〔註 41〕實報半月刊，1936 年 10 月 16 日。

三，小實報暢觀兩版，有最合平民口味之談話，有雅俗共賞之打油詩，有最合指導人生注重理性之小說，每星期日之漫畫毛三爺，又有漫墨一欄，亦莊亦諧，筆矢深刻，尤擅勝場，餘則珠翠作品，層見迭出，極花嬌柳媚之大觀。

四，以上兩版，除由特約諸名家擔任編述，其所撰軼聞遺事，可作歷史讀，可作考古鏡，其中復間以趣味濃長陳慎言先生之小說，頗似萬綠叢中一點紅，茶餘酒後，助興殊不少也。

五，本報力求輔助通俗教育，故特闢有藥石語，瘋話，謹言集，去年今日等欄，頗足增進閱報諸君興味。

六，本報服務社會，首爲問答及貧寒求助兩欄，裨助貧苦同胞，成效卓越，有口皆碑，無容贅述。

七，至如各版廣告整齊，排版清晰，印刷精良，字畫明顯，價格低廉，此尤爲本報末事。

八，本市愛讀實報閱戶，請自向售報工友直接訂閱。

九，爲便利外埠閱戶起見，每日寄報郵票代價，每月三角，三月八角，半年一元三角，全年二元二角。

十、本報每日出版九萬餘份，各省埠均有代銷處。〔註42〕

根據如上《實報》的自我介紹，可以發現注重報導的迅速翔實、副刊文章的趣味性、以民眾爲立場、保持低廉價格是該報的最爲自豪的特色與自始至終的堅持。同時亦可發現該報在欄目上的豐富與銷量上的增長。此外，上述內容中對廣告質量的強調無疑同該報推崇的報紙生產原理及營業本位有著密切聯繫。

隨著營業基礎的日漸穩固，《實報》擴充了組織機構並且更新了印刷設備。《實報》在創刊時由三星印刷局代印，後由擷華印書局帶引，至 1929 年自行印刷。但當時只有十六頁人力平板印刷機一架（每小時印一千二三百份）。隨著報紙銷量的增長，逐漸增加設備，至 1936 年春天，已有十六頁平板印刷機七架，但仍感不敷使用，於是又購置電力捲筒機一架（每小時印六萬份）。〔註43〕對印刷設備的升級與補充，反向證明了《實報》銷量

〔註42〕實報半月刊，1936 年 7 月 16 日。

〔註43〕馬家聲，印刷與發行，實報半月刊，1936 年 10 月 16 日，第 69 頁。

的上漲和營業的發展，同時也從側面說明了社會對新聞需求的增加。

　　《實報》的正常發展被日本的軍事侵略所打斷。1937 年 7 月底，北平淪陷，《實報》的資產亦被投靠日軍的親日者所接受，淪為華北日偽新聞統制下的言論報導機關。《實報》的「報格」隨後盡失，管翼賢也因主動附逆淪為被世人唾棄的「報界罪人」「新聞界敗類」。《實報》「報格」的這種明顯斷裂，既同半殖民主義的語境相關，也同該報「營業本位」的性格相關，還同社長管翼賢的投機作風相關。下一章將對此問題進行詳述。

第七章 華北日僞的新聞統制與
管翼賢的抉擇

　　新聞，乃現實社會之寫眞，凡民族之精神物質，無不受其演映，其正確與否，所生之反響甚大，我國國民教育，方在幼稚時期，一般人之思想，多不務於正軌，犯罪虛僞陳腐誹謗欺騙誘惑之新聞，爲多數所歡迎，國民性因之日趨墜落，罔可救藥，……二十年來，帝國主義者，復施其惡辣陰毒之手段，在我國組織宣傳機關，臥榻之側，任人酣睡，肆其挑撥離間破壞之手段，爲侵略迷惑之工具，淆亂聽聞，妨害事理，新聞宣傳政策之成功，即收政治經濟之實效，吾儕業新聞者，處此環境，非打破一切惡對象，努力奮鬥，對於今後之宣傳，須以建設爲鵠的，對外以打倒帝國主義而謀中國之自由平等……〔註1〕

　　在分析北平淪陷時期《實報》的報導與論調呈現的特徵之前，有必要對「宣傳」（propaganda）在日本「總力戰」構想中的定位進行一番梳理。在此基礎之上，才有可能對華北日僞當局施行之新聞統制的特徵以及日僞報刊在侵華戰爭中的作用獲得更深入的理解。本章在對以上問題進行考察的同時，還將結合歷史文獻與檔案，嘗試對報人管翼賢附逆的歷史必然性與偶然性進行合理的推斷，並對管翼賢個人選擇的社會影響進行分析。

〔註1〕 管翼賢，新聞與宣傳，實報增刊，再版，1929年11月，「論著」部分，第70頁。

一、全面侵華戰爭中日本的「宣傳戰」

「思想戰」、「文化戰」或者更爲廣義的「宣傳戰」，是日本文化界、學術界在德國納粹戰爭宣傳的啓發之下，於 20 世紀 20 年代至 30 年代的侵華戰爭中製造出的概念，和以此爲基礎生成的指導宣傳工作的觀念與理論。

第一次世界大戰結束後，德國統治階層將其失敗的主要原因歸於宣傳上的失利，因而在第二次世界大戰爆發前，以希特勒爲首的納粹十分注重宣傳策略的運用，利用廣播對英國進行滲透宣傳就是明證之一。〔註2〕1938 年，原德國統帥部的副參謀長魯爾道夫撰寫的《國家總力戰》被譯成日文出版，對日本的思想宣傳戰理論產生了一定影響。〔註3〕日本學術文化界的人士在構建相關理論時，有意識地將 propaganda 轉譯爲其熟悉的「思想戰」「文化戰」或「宣傳戰」。

所謂「文化戰」，指的是使用文化作爲戰爭的一種手段的文化政策；所謂「思想戰」，狹義上指動搖敵國或對方國民思想，降低其戰爭意識的方式。〔註4〕「思想戰」「文化戰」和「宣傳戰」雖然所指各有側重，但從其作爲戰爭手段以期達到削弱敵國民眾的抵抗，並使其在精神層面形成對日本「國策」的認同，進而接受和服從日本的統治這一最終目的來看，三者有著很大程度的重合。此外，「思想戰」和「宣傳戰」有時還存在相互指涉或概念混用的現象。值得注意的是，對大眾傳媒的統制是「思想戰」「文化戰」「宣傳戰」中不可或缺的環節。

內川芳美（Yoshimi Uchikawa）、香內三郎（Saburo Kouchi）、高木教典（Noritsune Takagi）和荒瀬豐（Yutaka Arase）等人在 20 世紀 60 年代分別從大眾傳媒組織化的政策、機構及其變化，大眾傳媒組織化的實態，天皇「機關說」與言論「自由」三個角度，圍繞日本法西斯形成期的大眾傳媒統制進行了共同研究。〔註5〕其中內川和香內兩位學者對大眾傳媒組織化的政策、機

〔註2〕 程曼麗，外國新聞傳播史，上海：復旦大學出版社，2004，第 144～145 頁。

〔註3〕 王向遠，日本對中國的文化侵略——學者、文化人的侵華戰爭，北京：崑崙出版社，2005，第 186 頁。

〔註4〕 由於日文資料的缺乏，此處「文化戰」和「思想戰」的定義直接引用了新加坡學者蔡史君在《日本南侵與其文化政策》一文中的注釋。參見蔡史君，日本南侵與其文化政策，見北京大學亞洲——太平洋研究院，亞太研究論叢，北京：北京大學出版社，2006，第三輯，第 82 頁。

〔註5〕 這個共同研究的系列成果分別是：
內川芳美、香內三郎，《日本ファシズム形成期のマス・メディア統制（一）

構及其變化的研究成果，對於理解「宣傳戰」的內涵有著很大的啓發與借鑒作用，故將其相關論點譯述於此。

內川與香內使用了「同調的支配」（government by conformity）這樣一個術語來概括日本法西斯形成期大眾傳媒統制的目的所在；並認爲通過對國家情報機關一元化過程的考察，可在一定程度上瞭解上述「同調的支配」得以確立的過程。所謂國家情報機關一元化的過程，即是由原本存在的消極的媒體統制與稍後興起的積極的情報宣傳兩者構成的傳播控制網絡的逐漸稠密化，最終由內閣情報局這樣一個功能性機構統合起來的過程。〔註6〕

內川與香內指出，利用大眾傳媒進行積極宣傳，從而引導國內外輿論的宏偉志向可以追溯至第一次世界大戰後日本外務省情報部（大正九年，即 1920年）、陸軍省新聞班（大正九年，即 1920 年）和海軍省軍事普及部（大正十三年，即 1924 年）三個機構的設立。有兩個主要的契機推進了原有消極媒體利用的積極化轉變：第一是，自大正末年開始，奠定軍部戰略計劃整體基調的「總力戰」思想的登場；第二是，1931 年九一八事變的爆發。〔註7〕

內川與香內進一步分析道，除武力戰外，包含經濟戰、交通戰、思想戰、宣傳戰等在內統合人力、物力資源的總力戰將成爲今後戰爭的主要形式，這種觀點已在世界範圍內成爲近代戰略的常識。但當時日本面對的特殊歷史語境是，一戰後一直持續著的經濟恐慌在昭和時代進一步深化，天皇制支配體制和傳統價值體系因此受到了極大的動搖。隨著法西斯主義國家體制之改編強化計劃的出籠，「宣傳」（propaganda）被賦予了新功能與新定位，即作爲積極操縱大眾傳媒，謀求營造對體制總體贊成（total conformity）的一個手段。與此同時，以九一八事變爲契機，「宣傳」逐漸作爲日本國家政策的一個組成部分浮出水面。〔註8〕

　　　　——マス・メディア組織化の政策および機構とその変容，思想，1961 年 7月。
　　　高木教典、福田喜三，日本ファシズム形成期のマス・メディア統制（二）
　　　　——マス・メディア組織化の実態とマス・メディア，思想，1961 年 11 月。
　　　荒瀬豊、掛川トミ子，天皇「機關説」と言論の「自由」——日本ファシズム形成期におけるマス・メディア統制（三），思想，1962 年 8 月。
〔註 6〕內川芳美、香內三郎，日本ファシズム形成期のマス・メディア統制（一）
　　　　——マス・メディア組織化の政策および機構とその変容，思想，1961 年 7月，第 23 頁。
〔註 7〕同上，第 24 頁。
〔註 8〕同上。

　　內川與香內注意到，九一八事變後，以外務省爲中心，通過設立國家代表通信社（即後來的同盟通信社）將對外宣傳進行組織化的構想，成爲日本國家「宣傳」政策的主流。但與此同時，軍部（尤其是陸軍）則延續「總力戰」的思想系譜，暗中推進其軍國主義化的計劃。1934 年 10 月，陸軍發佈了一個名爲《國防的本意及其強化之提議》（日文原題爲《國防の本意と其強化の提唱》）的小冊子，從「皇國」國防的本質在於將國防要素的組織化這一立場出發，將「通信、情報、宣傳」列爲「國防力構成的要素」之一，進而提出了「強化國防國策」的具體方案。該方案認爲，設立類似宣傳省或情報局這樣的國家機關，以作爲「思想、宣傳戰的中樞機關」，謀求「思想戰體系的整備」是當務之急。其中，「宣傳」被定位爲實現大眾的法西斯主義、形成內部意見統一與劃一的手段。雖然當時軍部的這個方案並未被採納，但 1936 年「二二六事件」發生後，軍部在支配層和領導層的各集團確立了霸權，上述法西斯主義的「宣傳」思想逐漸成爲了政策制定的主流。〔註9〕

　　根據內川與香內的上述分析，可知日本法西斯勢力將思想、文化和「宣傳」與軍事行動並駕齊驅，作爲國防之構成要素以及戰爭（「總力戰」）之組成部分而制定「宣傳」政策的構想，開始於 20 世紀 30 年代的侵華戰爭。〔註10〕「思想戰」「宣傳戰」的一個主要目標即在於，通過積極操縱大眾傳媒（包括報刊、廣播、電影、唱片在內），並輔以消極的媒體控制（如內容審查），謀求營造對體制的總體贊成，實現對大眾的「同調的支配」。

　　20 世紀 30 年代日本法西斯的「宣傳戰」體系由理論、政策及應用三部分構成。理論方面主要是對世界歷史上歷次戰爭中思想、文化宣傳所起作用的總結，受納粹德國的戰爭宣傳影響頗深。政策方面主要是日本政府及軍部根據侵略戰爭不同階段的需要，制定、出臺一系列指導宣傳活動的文件，一方面對現有大眾傳媒進行統合與改編，一方面對媒體內容進行統制與指導，以達到輿論的一元化。應用方面指的是各宣傳機構、部門及其人員以上述理論、政策爲基礎開展實際工作，主要包括以下幾方面內容：

〔註 9〕內川芳美、香內三郎，日本ファシズム形成期のマス・メディア統制（一）——マス・メディア組織化の政策および機構とその変容，思想，1961 年 7月，第 25 頁。

〔註10〕針對這個問題，學者蔡史君亦做出了同樣的論斷。參見蔡史君，日本南侵與其文化政策，見北京大學亞洲——太平洋研究院，亞太研究論叢，北京：北京大學出版社，2006，第三輯，第 82 頁。

　　第一，運用日本國內或其佔領區內的報刊、廣播、電影等大眾媒體進行宣傳，對內、對外製造輿論，爲日本的侵略戰爭及殖民統治服務。

　　第二，向戰場派遣由文學家組成的「筆部隊」，通過炮製戰爭文學，美化侵略行爲，爲侵略戰爭搖旗吶喊。

　　第三，在佔領區積極進行宣傳工作和宣撫工作，一方面對上層階級進行滲透宣傳，拉攏和培養親日勢力，另一方面對淪陷區民眾實行懷柔政策，蒙蔽百姓。

　　第四，在日本國內推行軍國主義教育，充分利用教科書對在校學生進行戰爭宣傳；在佔領區及殖民地則推行奴化教育，強調日本文化的優越性，教導民眾心甘情願服從日本領導。〔註11〕

　　綜上可知，「思想宣傳戰」是日本侵華戰爭的一個重要組成部分，是與日本在中國的軍事侵略和經濟侵略並行的文化侵略。這無疑是分析淪陷區日僞報刊之性質與作用時一個不可忽略也不能迴避的起點。

二、日僞當局在華北淪陷區的新聞統制

　　新聞統制是「思想戰」「宣傳戰」中的一個重要組成部分。根據日本三省堂編修所出版的電子版《大辭林（第三版）》，日語「統制」有以下三個意思：第一，將分散在各處的東西歸攏在一起以形成整體；第二，有意識地讓身心的活動合爲一體；第三，依靠政府的力量對言論、經濟等活動增加限制。〔註12〕由此看來，「統制」一詞有著特定的歷史語境和所指，在意義上不完全等同於中文的「統治」，因此不能與之混淆。「新聞統制」即通過積極指導和消極審查等各種方式謀求「言論報導的一元化」，以期實現「同調的支配」。

　　綜合學界的相關研究，可發現日僞當局在華北淪陷區推行的新聞統制主要由以下三部分組成，即設立統制機構、實施言論審查和控制媒體報導。

〔註11〕　有關日本對中國進行的「文化侵略」，更爲具體詳細的討論內容可以參考學者王向遠所著《日本對中國的文化侵略——學者、文化人的侵華戰爭》（北京：崑崙出版社，2005）及同氏所著《「筆部隊」和侵華戰爭——對日本侵華文學的研究與批判》（北京：崑崙出版社，2005）兩書。

〔註12〕　在電子版《大辭林（第三版）》中，關於日語「統制」一詞的解釋原文如下：①ばらばらになっているものを一つにまとめて治めること。②心身の動きを意図的に一つにまとめあげること。③政府の力で言論・經濟活動などに制限を加えること。

1. 設立統制機構

日偽在華北淪陷區內的言論統制機構按照級別可以分為三級，第一級為日本人設立的統制機構，第二級為偽政權設立的統制機構，第三級為各種文化宣傳的偽專業社團（組織）。

日本人設立的統制機構主要包括日本中國派遣軍總司令部、華北軍報導部和日軍的特務機關，這些機構具有最高的指揮權、決定權和監督權，其中華北軍報導部負責輿論宣傳及新聞統制的實際工作。〔註13〕有研究者指出，華北所有中文報紙以及一切宣傳機構的設立，各種宣傳活動及其施行計劃，均由報導部主持。〔註14〕

華北偽政權在不同時期設立了不同的統制機構，由於這些機構中均設有日本顧問作為實際的指揮者和監督者，偽政權的統制機構實際上是日軍統制機構的「御用機關」。北平淪陷初期，主要由各省市的警察局相關科室負責新聞的統制。至偽臨時政府成立後，由政府情報局及各省市警察局情報處第二科擔負起統制新聞、誘導輿論的職責。此外，偽臨時政府和各省市當局還設有新聞事業管理所，專門負責對新聞事業的檢查督導工作。〔註15〕偽華北政務委員會成立後建立了情報局，該部門為此後華北偽政權中負責宣傳的最高機構。

各種文化宣傳的偽專業社團（組織）接受日本統制機構和偽政權的雙重領導，以職業行會的形式將相關人士組織起來以輔助敵偽的宣傳統制：一方面對這些人士進行輿論宣傳的指導和控制，另一方面利用這些人士為日本需要的輿論造勢進行實際的工作。北平淪陷不久，北京新聞同業協會在華北日偽當局的指導下得以成立。據日本外務省文化事業部的調查資料，截至1938年3月，該協會的會員數為35（包括北京分社與通信社在內）。〔註16〕1939年1月，又成立了以在京各華文日偽報刊記者為會員的北京新聞記者協會。〔註17〕

這些貌似自主實則受制於華北日偽當局的社團組織無疑更加具有隱蔽性和迷惑性。隨著戰局的發展，對言論報導一元化需求的日益增加，這些偽專業社團和組織也一直處於整頓和整編的狀態，以適應華北日偽宣傳統制的需要。這

〔註13〕郭貴儒，陶琴，日偽在華北新聞統制述略，民國檔案，2003，（4），第70頁。
〔註14〕張雲笙，華北淪陷期間日人宣傳活動之研究，燕京大學文學院新聞學系學士畢業論文，1947。
〔註15〕郭貴儒，陶琴，日偽在華北新聞統制述略，民國檔案，2003，（4），第70頁。
〔註16〕日本外務省外交史料館檔案，北京ノ新聞二就テ，1939年8月。
〔註17〕日本外務省外交史料館檔案，北京新聞記者協會成立ノ件，1939年1月7日。

種調整在 20 世紀 40 年代，尤其是太平洋戰爭期間進行得更加頻繁。

　　1940 年 2 月，以日本、偽「滿洲國」及華北淪陷區內的新聞工作者代表
（報紙與雜誌）爲主要出席者的東亞操觚者懇談會在東京召開。該會主要圍
繞「對於建設東亞新秩序擬就協理方案」和「日滿華記者應如何親和聯絡與
機構之強化」兩個議題進行「懇談」。其中新聞部的具體議題爲：（1）於建設
新東亞言論上之協力；（2）日滿華新聞應如何互相聯絡以求普及；（3）關於
新聞記者依民族上之關係以定融合方策；（4）日滿華新聞與在外日滿華系新
聞應如何以求聯絡與協調；（5）日滿華新聞技術的聯絡，並如何求其發達。
雜誌部的具體議題爲：（1）對於建設新東亞言論上之協力；（2）對於日本協
會，應如何求其聯絡；（3）對於雜誌文化，如何求其興隆。〔註 18〕

　　1941 年末，華北宣傳聯盟在北京成立。《華北宣傳聯盟規約》第二條明確
解釋了這一組織的成立動機在於，旨在將華北加盟機關團體置於一元統制下
進行宣傳活動，以圖實現綜合的進步發展。〔註 19〕1942 年 3 月，在華北派遣
軍報導部、興亞院以及偽華北政務委員會的共同指導下，以整備華北新聞新
體制之確立爲目的的華北新聞協會成立。《華北新聞協會規約》第二條規定了
協會創辦的目的，即作爲華北宣傳聯盟的一個構成單位，在華北宣傳聯盟的
統制下以期華北言論報導事業有統一之運營並謀其進步發達。〔註 20〕

　　太平洋戰爭爆發後，爲適應決戰體制的需要，根據日偽各關係當局的指
示，1943 年 1 月華北宣傳聯盟進行了部分改組。在汪精衛偽政府參戰後，華
北日偽當局認爲通過華北宣傳聯盟實現思想戰的一元統制，使報導和宣傳事
業有統一運營並強化其綜合發展的必要性日益增強。因此，除設立理事會作
爲華北宣傳聯盟的代表機構外，還特地從各類團體的中間層中選擇適當人
選，分別結成日本人委員會與中國人委員會，作爲宣傳聯盟事務局的中心展
開宣傳業務、訓練報導宣傳員等工作。〔註 21〕

〔註 18〕謀東亞報導密切聯絡／東亞操觚者懇談會提案內容，實報，1940 年 2 月 15
　　　　日。
〔註 19〕華北宣傳聯盟規約，見北根豐，新聞總覽，昭和十八年版，東京：大空社，
　　　　1995。
〔註 20〕華北新聞協會規約，見北根豐，新聞總覽，昭和十八年版，東京：大空社，
　　　　1995。
〔註 21〕華北宣傳聯盟規約，見北根豐，新聞總覽，昭和十八年版，東京：大空社，
　　　　1995。

　　與此同時，鑒於太平洋戰爭的進展、汪僞政府的參戰和華北作爲「兵站基地」的重要性，隨著日本對華政策的變更，華北新聞協會也進行了相應改組。〔註22〕1943 年 2 月，在華北派遣軍報導部大使館的直接指導下，該協會下屬的物資部門獨立出來，成爲華北新聞資材協會。《華北新聞資材協會規則》第二條規定了該會成立之目的，即謀求華北言論報導事業之正當運營而統辦其製作發行所必需之資材。同規則第三條規定了該會的主要工作是，對會員製作發行新聞、雜誌、通信時所必需的各種資材進行蒐集、分配和供給。〔註23〕

　　從上述三個僞社團與組織的改組過程可以發現，華北派遣軍報導部、興亞院等日方機構和其「御用機關」僞華北政務委員會是幕後的實際推手，理事會只是爲了顯示名義上的自主性而設立，實際上則根據華北日僞當局的授意行事。同時可以發現，這些僞裝自主的社團組織是華北日僞進行新聞統制（如對言論報導的積極指導、對資材的統一管理與分配和人材培育與培訓等），謀求「思想戰的一元統制」，即所謂「言論報導事業的統一運營」的重要工具。在實際的統制過程中，因爲這些僞社團組織的「官方色彩」或「日本色彩」較爲淡薄，從而爲在華北進行殖民統治的日方粉飾其侵略和佔領行爲提供了保護機制。

2. 實施言論審查

　　日僞在華北淪陷區的言論審查可分爲政策和行動兩個部分。審查政策可分爲規定性政策和指導性政策。規定性的政策主要是指由政府機構出臺的具有法律效力的文件，對新聞出版的內容和形式，以及對違反限定內容和形式的出版物如何進行懲處進行規定，如 1938 年 2 月 10 日僞中華民國臨時政府頒佈的《危害民國緊急治罪法》，規定「以文字、圖畫或演說爲叛國之宣傳者」，視情節輕重可分別判處死刑、無期徒刑或十年以上的有期徒刑。〔註 24〕再如 1941 年，僞華北政務委員頒佈《關於與抗日及共產有關之圖書新聞雜誌登之處置辦法》也屬此種政策之列。〔註 25〕審查行動依據上述政策進行，主要包括以下三方面的內容：

〔註22〕華北新聞協會規約，見北根豐監修，新聞總覽，昭和十八年版，東京：大空社，1995。
〔註23〕華北新聞資材協會規則，見北根豐，新聞總覽，昭和十八年版，東京：大空社，1995。
〔註24〕郭貴儒，陶琴，日僞在華北新聞統制述略，民國檔案，2003，（4），第 71 頁。
〔註25〕中國第二歷史檔案館，中華民國史檔案資料彙編，南京：江蘇古籍出版社，1997，第 5 輯，第 3 編，附錄（上），第 556～557 頁。

　　第一，對當地的報刊、電影、廣播、通訊社等進行經常性的檢查，若發現「不當言論」，將視情節的輕重進行處理。

　　第二，對私人通信的內容進行審查，若信中發現「不當言論」或非本地許可發行的外埠報刊，採取立即給予扣押等行動。

　　第三，不定期地對各地報紙進行整理，對於那些「素質不良」的報刊或合併或廢刊，如 1939 年 4 月，日方強令天津的《大北報》合併於《天聲報》、《天風畫報》合併與《新天津報》並且改稱《新天津畫報》。〔註 26〕

　　指導性政策主要是各統制機構針對不同時期輿論需要而制定的宣傳方針或綱要，例如 1942 年 12 月華北軍報導部制定的《あ號作戰時的華北宣傳計劃》〔註 27〕、1943 年偽華北政委會情報局制定的《大東亞戰爭二週年紀念宣傳實施綱要》〔註 28〕等，對某時期進行具體輿論宣傳的方針、要點、實施事項等做詳細的規定與說明。

3. 控制媒體報導

　　華北日偽當局在佔領區對媒體報導進行的控制可以分為對報導渠道的控制和對內容發佈的控制兩個方面，即對信息的輸入與輸出的控制。除此之外，對報導所需資材進行統一管理與分配，既是針對戰時物資匱乏採取的經濟措施，也是對不受控制的媒體進行懲罰、扼制其生存命脈的有效手段。

　　從信息的輸入角度來看，華北淪陷區重要的新聞報導，都在日方的嚴密控制之下。盧溝橋事變後，日本同盟社成為唯一的新聞來源。〔註 29〕單以北平地區為例，淪陷初期，日偽報刊上的大多數軍事消息或日本國內新聞均來源於同盟社，少部分的軍事消息則來源於部隊下屬的各個報導班。

　　1938 年 4 月 1 日，同盟社華北總局成立華文部，該部的工作除將日文電報翻譯成中文外，並增加了採訪人員專門收集各種消息供給偽報採用。1939 年，日本外務省文化事業部對北京日偽報刊的情況進行了一次實地調查，並寫成了一份十分詳細的調研報告書。該調查認為，同盟通信社的「日本色彩」太過顯目，當地民眾對同盟社的消息並不感興趣。所以即使同盟社的報導再「正確公平」，其「宣傳」效果也是有限的。基於此，調查者呼

〔註 26〕郭貴儒，陶琴，日偽在華北新聞統制述略，民國檔案，2003，（4），第 71 頁。

〔註 27〕同上。

〔註 28〕張雲笙，華北淪陷期間日人宣傳活動之研究，燕京大學文學院新聞學系學士畢業論文，1947。

〔註 29〕管翼賢，新聞學集成，北京：（偽）中華新聞學院，1943，第五輯，第 72 頁。

顧應儘快成立名義上中國人自己的通信社，將會有更佳的收效。〔註30〕

　　1940 年 2 月 16 日，華文部從同盟社獨立出來而組成中華通信社，由前華文部部長佐佐木健兒擔任社長，《實報》社長管翼賢擔任副社長。中華通信社在華北共有十個分社，負責全華北日占區內日偽報刊的新聞供給工作。〔註31〕該通信社的任務在於：

> ……以最大努力，對內要使民眾深切理解政府的真正意思，以
> 便使國力得到充厚，對外當將實際的真相，充分的介紹，使有正確
> 的認識，並要強化華北的防共壁壘，藉以促進興亞建國的偉業，而
> 向東亞真正永久的和平，乃至世界和平的路途邁進。〔註32〕

　　由上述該社的自我定位可知，除新聞供給之外，中華通信社「取代」同盟社承擔了指導華北佔領區日偽報刊對內、對外輿論誘導的工作。

　　從信息的輸出角度來看，日偽報刊為配合日軍不同時期的統治需要而對淪陷區內的民眾進行欺騙性宣傳。根據重慶國民政府的調查分析，敵偽報刊所發的新聞報導一般分為三類，即「正面宣傳」、「攻勢宣傳」和「謀略宣傳」，其中各類新聞報導的比例分別為 50%、30% 和 10%。〔註33〕

　　此外，華北日偽當局還設立了專門的文化機構華北文化書局，作為華北佔領區與汪偽政府所在的華南地區以及偽滿洲國進行「文化交流」的中樞，對文化出版物的輸入與輸出進行監控。

　　以上就日偽新聞統制機構間的關係與職責、言論審查政策與行動的內容以及其對信息輸入與輸出的控制三個方面進行了介紹與分析，以此為基礎可以發現華北日偽的新聞統制體系具有以下的特徵：

　　第一，統制機構間網絡嚴密，日本人設立的統制機構等級最高，對偽政權的統制機構和偽專業社團（組織）的行動具有實質的指揮權、決定權和監督權。

　　第二，在言論審查方面，規定與指導二者並行，政策與行動相輔相成，而且懲治措施殘酷。

〔註30〕 日本外務省外交史料館檔案，北京ノ新聞二就テ，1939 年 8 月，第 20 頁。
〔註31〕 管翼賢，新聞學集成，北京：（偽）中華新聞學院，1943，第五輯，第 72 頁。
〔註32〕 中華通訊社成立宣言，實報，1940 年 2 月 17 日。
〔註33〕 所謂「正面宣傳」，即旨在掩蓋日本的侵略行為、美化其殖民統治的新聞報導。
　　　　所謂「攻勢宣傳」，即旨在動搖中國人民的抗日信念、杜絕民眾的抗日行為的新聞報導。所謂「謀略宣傳」，即旨在挑撥國民黨與中國共產黨、各反法西斯國家之間關係的新聞報導。參見郭貴儒，陶琴，日偽在華北新聞統制述略，民國檔案，2003，（4），第 73 頁。

第三，信息輸入及輸出渠道單一且爲日方掌控，在各種統制機構的指導與政策的規定下向民眾進行欺騙性宣傳。

由此不難推斷，在華北日占區一元化統制的框架內進行報導與言論活動的各日僞報刊，幾乎不可能存在自主性或主體性；其本質上是日僞控制下的「言論機關」。

三、北京淪陷區內的主要日僞報刊

1937 年「盧溝橋事變」爆發後，日本軍隊大舉入侵我國的華北、華中和華南地區。日本侵略者與其扶植的僞政權、漢奸組織在淪陷區內，一面對進步報刊進行迫害和鎮壓，使許多宣傳抗日的進步報刊遭到查封、取締或被迫停刊；一面積極改組、創辦大量通訊社、報刊和廣播電臺，將之置於日僞戰時宣傳政策的指導下，對中國百姓進行麻醉和奴化宣傳。這些日僞報刊主要集中在我國的大、中城市，例如北平、天津、上海、南京、廣州等。根據 1940 年的一項統計，日僞當局在我國 19 個省約有報紙 139 種。〔註34〕

在前引日本外務省文化事業部於 1939 年完成的調查報告中，對這些日僞報刊的定位與使命進行了較爲詳細的描述。該報告認爲，佔領區內出版發行的日文與中文報紙，作爲促進「新中國」建設和推進國民外交的「言論機關」，在糾正中國人與在華日本人對時局的錯誤認識、正確傳達日本的「眞意」方面有著極爲重要的影響。〔註 35〕該報告在「思想戰」「宣傳戰」的框架內，明確強調在北京發行的中文報紙負有兩大使命：第一，針對如何打開中日時局的問題，對中國民眾進行思想指導；第二，以發揮日本國策爲指導精神。此外該報告還建議，除報導和言論之外，報紙上的文藝作品、小說、遊藝與京劇欄目等，都可加以利用進行思想指導。〔註36〕該報告同時清楚地指出，在戰時體制下，作爲「言論機關」的報紙應該受到各方面的嚴密監督。〔註37〕

根據現有歷史文獻與研究成果可知，自淪陷初期至中期，在北京出版的日僞報刊主要有：《新民報》、《武德報》、《實報》、《晨報》、《華北日報》、

〔註34〕 梁家祿，鍾紫，趙玉明，韓松，中國新聞業史（古代至一九四九年），南寧：廣西人民出版社，1984，第 433 頁。
〔註35〕 日本外務省外交史料館檔案，北京ノ新聞二就テ，1939 年 8 月，第 1～2 頁。
〔註36〕 同上，第 19 頁。
〔註37〕 同上，第 25 頁。

《新北平報》、《全民報》、《新興報》、《新北京》、《時言報》、《實事白話報》、《民眾報》、《戲劇報》、《電影報》等。基於戰時物資的供給能力和對「言論報導一元化」的需求，經過日偽當局對報紙的數次「整理」後，至 1944 年 4 月前，僅存《新民報》、《實報》、《民眾報》、《戲劇報》和《電影報》五份報紙。〔註 38〕此後因物資日益匱乏，紙張奇缺，華北日偽當局下令於 1944 年 4 月底停辦華北所有的華文報紙，並集北京《新民報》、《實報》、《民眾報》及天津《庸報》、《新天津報》五報之資源，於同年 5 月 1 日出版《華北新報》。自此至抗戰勝利前，該報是在華北出版的唯一一份，也是最後一份日偽報紙。

日本佔領期間北京日偽報刊的出版情況大體如下所述：

《新民報》是漢奸組織新民會的機關報，在接收和改組成舍我的《世界日報》、《世界晚報》之基礎上創辦而成，於 1938 年 1 月 1 日創刊，由日本文化特務武田南陽擔任社長。該報是一份綜合性報紙，以宣揚「新民主義」為要旨。〔註 39〕因其半官方的背景，在華北日佔區內勢力最大，先後有《全民報》、《新北京》、《實事白話報》等偽報併入該報。〔註 40〕《晨報》先由偽華北臨時政府接辦，後為偽華北政務委員會的機關報，先後由宋介、宗威之任社長，在報導方面實為《新民報》的應聲蟲。〔註 41〕陳昌鳳、劉揚在考察了新民報社的結構設置、報紙版面變化、技術水平、經營發行等方面特徵的基礎上，通過對該報 2026 篇社論的分析，指出《新民報》作為新民會的機關報，「是一份目的明確的政治性報紙」，其「版面設計、發行、技術水平、宣傳技巧在當時都屬領先水平」，但其與歷史潮流背道而馳的宣傳宗旨和宣傳目的也注定了它被歷史所唾棄的命運。〔註 42〕事實上，《新民報》的命運無疑是淪陷區內所有日偽報刊命運的縮影。

《武德報》原是北平偽治安總署的機關報，後由日本軍報導部直接統制。

〔註 38〕黃河，淪陷時期的敵偽報紙，見中國人民政治協商會議北京市委員會，文史資料研究委員會，日偽統治下的北平，北京：北京出版社，1987，第 176 頁。
〔註 39〕陳昌鳳，劉揚，日本佔領時期《新民報》研究，見程曼麗，北大新聞與傳播評論，北京：北京大學出版社，2004，第一輯，第 365 頁。
〔註 40〕黃河，淪陷時期的敵偽報紙，見中國人民政治協商會議北京市委員會，文史資料研究委員會，日偽統治下的北平，北京：北京出版社，1987，第 184～186 頁。
〔註 41〕同上，第 183、184 頁。
〔註 42〕陳昌鳳，劉揚，日本佔領時期《新民報》研究，見程曼麗，北大新聞與傳播評論，北京：北京大學出版社，2004，第一輯，第 360 頁。

〔註 43〕該報不對外發行，發行人是偽治安總署署長齊燮元，社長由管翼賢兼任。〔註 44〕《武德報》主要宣揚武士道精神，提倡大和魂意識，歌頌忠君愛國，鼓吹軍國主義思想。〔註 45〕《武德報》社後發展成出版多種偽報及雜誌的壟斷組織。〔註 46〕根據日本電通社編輯出版的《新聞總覽》內所附《武德報》的介紹可知，為了使華北日佔區內各武裝團體對時局獲得正確的理解，該報作為對敵思想謀略的實施機關，創辦於 1938 年 9 月，並在華北派遣軍報導部的指導下進行宣傳報導。1940 年 7 月 1 日，隨著日偽當局在華北佔領區的初期文化建設告一段落，《武德報》轉為自主經營，與此同時更新了編輯陣容。武德報社共發行四種報紙，分別是《武德報》、《民眾報》、《兒童新聞》和《時事情報》。其中《武德報》是僅針對偽治安軍發放的免費報紙；旬刊《民眾報》先是在農村地區面向一般民眾免費發放，後改為收費的日刊。據稱上述四類報刊的發行數量為十二萬二千。除報紙外，該社還發行八種面向婦女和青少年讀者群體的、旨在「昂揚時局意識」的月刊，分別是《國民雜誌》、《婦女雜誌》、《中國文藝》、《北京漫畫》、《時事畫報》、《兒童畫報》、《新少年》、《萬人文庫》。據稱這些雜誌不僅在華北日佔區內發行，還流動到汪偽政府所在的華南地區，發行數量達十六萬三千。〔註 47〕

　　除上述《新民報》系和《武德報》系的報刊之外，在華北淪陷區內保持了較高人氣，並歷經日偽當局對報刊的數次「整理」運動還能得以保留下來的一份報紙就是《實報》。結合前引日本外務省文化事業部調查報告中對北京小報的分析，可大致推斷《實報》在 1945 年《華北日報》出版前既未遭停刊又未同其他報刊合併的秘訣所在。該調查報告將北京小報定義為「小型大眾報紙」，同《新民報》、《武德報》等報相比，此類報紙不僅發行數量多，而且擁有的讀者多。這是因為，這些小型大眾報紙價格低廉，不僅有精編的政治

〔註 43〕張雲笙，華北淪陷期間日人宣傳活動之研究，燕京大學文學院新聞學系學士畢業論文，1947 年。

〔註 44〕王隱菊，淪陷時期北平的新聞業，見文斐，我所知道的偽華北政權，北京：中國文史出版社，2005，第 276 頁。

〔註 45〕雲超，武德報社與日本的侵略宣傳，見中國人民政治協商會議北京市委員會，文史資料研究委員會，日偽統治下的北平，北京：北京出版社，1987，第 191 頁。

〔註 46〕劉家林，中國新聞通史，修訂版，武漢：武漢大學出版社，2005，第 515 頁。

〔註 47〕《武德報》報社介紹，見北根豐，新聞總覽，昭和十八年版，東京：大空社，1995。

新聞，還有種類繁多的社會新聞和娛樂內容，後者無疑比前者更能吸引讀者的購買與閱讀。鑒於此，該報告認為應對「小報」給予足夠重視。〔註48〕很明顯，以上三點都是作為北方小型報先驅的《實報》所自滿與驕傲的優勢。不難料想，這份深受北平民眾喜愛的小型報在北平淪陷後，即為日偽方面所接管，成為日偽的傳聲筒的一個重要原因，即在於該報憑借「小報大辦」方針積累的高人氣。在北平維持會時期、偽中華民國臨時政府時期、偽華北政務委員會時期分別由何庭流、胡通海、管翼賢出任該報的社長。

1937 年 8 月 14 日，《實報》登出了改組董事會的啓事，當日下午新任董事長潘毓桂和新任社長何庭流便前往報社就職，召集各部門工作人員訓話。潘氏在訓話中首先強調「報館為社會事業，應隨社會潮流而轉變」，次而肯定「實報為華北最有權威之報紙」，因「不願使此有權威有地位之報紙，遭受挫折，故出而維持」，並提出「希望以後大家照舊努力工作，安心服務」的呼籲。〔註49〕結合此前數章對《實報》營業發展規模的分析，可推斷潘氏對《實報》「權威」地位的強調，除卻客套之外，也是對該報影響力的肯定。根據李誠毅的憶述，可以知道具有留日背景、并自稱為「鋼骨水泥的漢奸」的潘毓桂早已有了投敵的打算，因而想用《實報》來當他拉攏關係的政治資本。〔註50〕

從 1938 年 1 月 1 日偽中華民國臨時政府正式對外辦公開始，至 1940 年 3 月偽中華政務委員會成立為止。在這段時期裏，《實報》曾兩度更換其主管人員，先由胡通海接替李誠毅擔任《實報》副社長，後來隨著潘毓桂與何庭流調職天津，胡氏成了報紙的實際主管者。

1937 年 11 月，胡通海正式接替李誠毅出任副社長一職。關於此次人士變更的啓示刊登在《實報》的中縫位置：

> 經啓者本社自前副社長李誠毅離職他往現以社務繁鉅對副社長
> 一職未便久懸經潘董事長何社長聘請胡通海先生為實報副社長兼時
> 聞通訊社社長定於本月二十一日到社視事嗣後本社一切事務即由胡
> 副社長負責辦理即希公鑒。〔註51〕

〔註48〕日本外務省外交史料館檔案，北京ノ新聞二就テ，1939 年 8 月，第 17 頁。
〔註49〕就任本報董事長／社長潘何親臨致訓／昨莅社勉同仁安心供職／並希望大家勿輕信謠言，實報，1937 年 8 月 15 日。
〔註50〕李誠毅，三十年來家國，再版，香港：振華出版社，1962，第 145 頁。
〔註51〕時聞通訊社啓事，實報，1937 年 11 月 1 日。

李誠毅因爲何故「離職他往」，在啓示中並未給出明確的解釋。在《實報》副刊的一篇文章中，對此次人事變動的緣由作了略微說明：

> 李誠毅身負副社長之職責，不思設法挽救，更從而營私舞弊，以摧殘之，於是本報經費，益陷於困乏，大有不可存在之勢，幸經董事會發現，李則畏罪潛逃，潘董事長何社長，以社務重要，副社長一職，不可久懸，經研討結束，乃急聘胡先生海通繼任實報社副社長及時聞通訊社社長職。〔註52〕

根據李誠毅的憶述，在管翼賢離開後的一個短暫時期內，他表面留下來負責實報社和時聞通信社的業務，暗中則一面把報社的存紙轉移，一面逐日陸續把機器拆卸，分別寄存在一家平素有往來的德國洋行、管翼賢夫人邵挹芬的娘家和同事黃綿齡的家裏。待事情辦妥後，便趁機逃離了北京。〔註53〕

1938 年 10 月 2 日，時任社長胡通海在《實報》刊登啓事請辭社長一職，並聲明即日起不再負責報社事務。〔註54〕同年 10 月 4 日，《實報》一版及第三版的多篇文章都提及「管社長」已回報社的內容。但管翼賢接管實報社後即刊登啓事聲明「有事請與蘇雨田接洽」，〔註55〕在一周內再次聲明「本報社長管翼賢因事羈身，社務由總編輯蘇雨田先生暫爲代理此啓」，〔註56〕1939 年 3 月，第三次刊登啓事聲明「本報由代理社長蘇雨田主持一切」。〔註57〕如上聲明、啓事與報導均證明在淪陷前出逃的管翼賢已返回北京，投靠了日偽當局，接替胡通海掌管了報社事務。

四、主動附逆、賣國求榮的報界罪人

《漢奸報人管翼賢的人生悲劇》〔註58〕和《論管翼賢的新聞觀》〔註59〕是中國新聞傳播學界目前僅有的兩篇研究《實報》與管翼賢的專題論文。兩

〔註52〕本報恢復舊觀，實報，1937 年 11 月 22 日。

〔註53〕李誠毅，三十年來家國，再版，香港：振華出版社，1962，第 145 頁。

〔註54〕胡通海啓事，實報，1938 年 10 月 2 日。

〔註55〕管翼賢啓事，實報，1938 年 10 月 13 日。

〔註56〕實報啓事，實報，1938 年 10 月 18 日。

〔註57〕實報啓事，實報，1939 年 3 月 1 日。
　　　內容如下：本報由代理社長蘇雨田主持一切，近聞有人冒充社長在外招搖，除嚴究外，特此聲明。

〔註58〕楊建宇，漢奸報人管翼賢的人生悲劇，青年記者，2005，（7），第 19～20 頁。

〔註59〕單波，論管翼賢的新聞觀，新聞與傳播研究，2001，（2），第 84～91 頁。

文對管翼賢的新聞活動和新聞觀進行了概要性的梳理，也對《實報》的基本
情況進行了初步介紹。但是，兩篇論文對管翼賢附逆原因的分析，因缺乏足
夠的史料，論證過程稍顯薄弱，得出的結論（如管翼賢「嗜」報如命，以致
發生「人格分裂」，甘願出賣國格、人格，回到淪陷區延續辦報活動。）尚存
亟待考證與商榷之處。

　　滿恒先所撰《管翼賢與〈實報〉》對《實報》的發展歷程，特別是管翼賢
從愛國到投敵，因漢奸罪受審判處死刑的過程進行了較為詳細的梳理。為本
研究考證日本投降後，管翼賢受審的經歷以及同時期報界對管氏的評價提供
了重要的資料線索。不過遺憾的是，此文對管翼賢從「愛國」到「叛國」原
因的解讀，依然未能脫離「人格分裂」說的窠臼，認為管翼賢太愛《實報》，
以至不顧國家、民族利益，寧願投敵賣國也要「延續其所謂報業生命」。〔註
60〕這種單純歸因於管翼賢個人對《實報》之熱愛與執著的分析邏輯，顯然無
法解讀身處動蕩大時代的報人對自己與國家命運的抉擇。換句話說，類似的
論斷在某種程度上遮蔽了《實報》與管翼賢這一個案背後所隱含的社會結構
與歷史意義。

　　根據學界眾多研究者的論述可知管翼賢在北平淪陷前便「聞風而逃」，到
濟南繼續經營報紙；濟南淪陷後又將報社遷往漢口；再後攜同妻子邵挹芬避居
香港。在香港結識了日本人黑田，由黑田通過日本駐北平的同盟通訊社記者佐
佐木健兒，爭得日本華北軍報導部和華北敵偽政權的同意，由香港返回北平。
〔註61〕另有研究者指出，日軍侵佔北平後，管翼賢唯恐其對己不利，乃逃往香
港。由於管氏過去就與佐佐木健兒關係密切，於是經佐佐木從中斡旋乃將其召
回北平。〔註62〕根據李誠毅的回憶，他在 1937 年離開北京後，在天津見到了
管翼賢的夫人邵挹芬，將報社一切經手事件交代清楚後，便搭船到青島轉濟
南，和管翼賢在途中碰了頭。管氏稱準備在濟南把《實報》復刊。〔註63〕

　　1945 年 8 月日本投降後，南京國民政府對淪陷區的敵偽資產進行了清理
與接管，同時對賣國求榮的大小漢奸進行了審判。1946 年 11 月 5 日下午 2 時，

〔註60〕滿恒先，管翼賢與《實報》，北京西城檔案館，http://210.73.80.58/onews.asp
　　　　敘 id=739，2008 年 5 月 23 日。
〔註61〕綜合《新聞傳播百科全書》、《新聞學大辭典》、《中國新聞實用大辭典》而得。
〔註62〕王隱菊，淪陷時期北平的新聞業，見文斐，我所知道的偽華北政權，北京：
　　　　中國文史出版社，2005，第 276 頁。
〔註63〕李誠毅，三十年來家國，再版，香港：振華出版社，1962，第 146 頁。

河北高等法院對管翼賢進行了公審，檢察官劉仲策針對管氏企圖脫罪的種種辯解進行了針鋒相對的申述。11 月 6 日出版的《北方日報》以《報界罪人！僞情報局長管翼賢昨公審／爲敵宣傳已夠殺頭／何況是做情報工作》的醒目標題，在第四版分別用六個小專題（這六個小專題分別是：「神色自若飾辭狡辯」「統制新聞豈爲祖國」「俯首聽命眞是漢奸」「情報宣傳兩位一體」「大節已虧說甚小惠」「爲敵宣傳蠱惑民眾」）對公審管翼賢的庭審紀實進行了報導。根據該報所載劉檢察官的申述，可對管翼賢逃離北平後的經歷得到更爲有力的確認。報導指出：

> 管逆抗戰後在濟南，漢口各地辦報，漢口陷落至香港，由香港逃來北平，並謂以被告之才能，在後方生活絕無問題，但潛逃來平參加僞組織，證明對抗戰不堅定，並觀其所爲種種，即使非自動，但爲敵人宣傳，蠱惑民眾，則毫無問題。〔註64〕

此外，同日出版的北平《益世報》刊發了題爲《槍斃管翼賢》的社論，對管翼賢逃離北平後的辦報經過與投敵行爲進行了更爲詳細的描述。該報社論指出：

> 當敵人進佔天津，管翼賢從北平跑到天津，由海路轉到濟南的時候，他曾在濟南辦過小實報，他很會投機，當時喊著國共合作共同抗日，成天捧毛澤東，朱德。不久濟南緊張，他頭一個害怕，停了報往南跑。在抗戰初期敵軍正處優勢，上海，南京以及華北的太原濟南相繼淪陷，管翼賢首先對抗戰動搖，對堅苦抗戰失了信心，於是悄悄從自由中國甘心回到淪陷於敵人手中的北平，喪盡新聞界的人格，在敵人面前搖尾乞憐，一變國共合作共同抗日的呼聲爲中日親善共存共榮。在中日親善共存共榮中出版了僞實報，求到了無人肯作的僞情報局局長職務。〔註65〕

綜合上述新聞報導、報人回憶以及研究者的論述，可以確定以下兩點：第一，管翼賢在逃離北平後，確實曾在濟南、漢口等地續辦《實報》；第二，管氏主動與華北日僞方面取得聯繫，返回已成爲淪陷區的北京，甘願爲日僞搖旗吶喊。

〔註64〕報界罪人！僞情報局長管翼賢昨公審／爲敵宣傳已夠殺頭／何況是做情報工作，北方日報，1946 年 11 月 6 日。

〔註65〕槍斃管翼賢，益世報，北平，社論，1946 年 11 月 6 日。

其實，管翼賢的「親日」行為在北平淪陷前即有所表現。在日本外務省外交史料檔案館所藏史料原件《外國新聞記者、通信員關係雜件（中國人部分）》（日文原題：《外國新聞記者、通信員關係雜件（支那人之部）》）中，收藏著自 1937 年 3 月 30 日至同年 4 月 17 日、若干封由日本駐北平領事館的加藤書記官（下稱「加藤」）發給時任日本外務大臣佐藤（下稱「佐藤」）的機密電報。從電報名稱《北平記者團來朝之件》（日文原題為《北平記者團來朝ノ件》）可知，這些密電討論的是在此期間北平新聞記者訪問日本的相關事宜。管翼賢、李誠毅、蘇雨田這些同《實報》與時聞通信社緊密相關的名字，也出現在了這些密電當中。仔細閱讀這些密電的內容，便會發現在「盧溝橋事變」爆發前，管翼賢就同日本方面保持了非同尋常的關係。茲將該史料原件中的相關內容梳理並譯述如下：

在 1937 年 4 月 2 日由北平發往東京的電報中，加藤提及日前（即 4 月 1 日）管翼賢在同盟社記者橫田的陪伴下來拜訪他，圍繞北平記者團赴日的經費、出發日期和途徑線路等進行了交談。加藤強調在此次交談中，確定了北平記者團將經由偽「滿洲國」，並乘坐由滿鐵方面提供的交通工具一事。此外，管翼賢還表達了希望日方能夠以每人三百元的標準提供旅費補貼的請求。因此加藤專門就補貼方法拍發電報向佐藤請示。〔註 66〕

根據 1937 年 4 月 6 日由北平發往東京的電報，可知東京方面同意按照每人四百元的標準提供旅費補貼。在這封電報中，加藤提及赴日記者團由當初的十名成員增加至十二名。另外由於晉察政務委員會方面也提供了一些補助，故建議東京方面可按照每人三百元的標準提供補貼。〔註 67〕另據 4 月 2 日由北平發往東京的電報，可知該記者團最初確定下來的幾名主要成員及其相關背景如下：

時聞通信社社長李誠毅（北平中國大學畢業）、北平晚報社社長蔣龍超（北京大學畢業）、北平立言報社社長兼新民通信社主辦金達志（北平師範學校畢業）、經濟新聞社社長馬芷庠（北平商業專門學校畢業）、亞洲民報主幹魏誠齋（日本明治大學畢業）、上海申報駐平特派員朱鏡心（北京大學畢業）、北

〔註66〕 日本外務省外交史料館檔案，外國新聞記者、通信員關係雜件（支那人之部），北平記者團來朝ノ件，昭和 12 六零八一 第一五零号，1937 年 4 月 2 日。

〔註67〕 日本外務省外交史料館檔案，外國新聞記者、通信員關係雜件（支那人之部），北平記者團來朝ノ件，昭和 12 六三三六 第一六二号，1937 年 4 月 6 日。

平中和報社論主撰李進之（燕京大學出身）、北平實報總編輯蘇雨田（北平中國大學畢業）〔註68〕

　　根據1937年4月8日由北平發往東京的電報可知，晉察政務委員會委員長宋哲元在記者團出發前特地在訓話裏對中日提攜進行了強調；北平市長秦德純及下屬舉行了茶話會歡送記者團一行；日本駐北平領事館方面由外田代司令官組織了送別宴會。〔註69〕

　　爲何日方對記者團訪日一事如此重視？根據1937年4月8日由南京發往東京的另一封電報可管窺其中緣由。在這封電報中，日本駐南京大使館的川越大使指出，中國記者團赴日本視察一事作爲去年年末的一件懸案，在今年得以實現了。他認爲，鑒於當地對日「空氣」（即氛圍）的現狀，此事對於啓發中國新聞記者極有意義。〔註70〕正是因爲此重要意義，加藤在1937年4月5日（即記者團出發當日）發往東京的電報中特意提醒國內各地方相關部門注意做好接待工作，勿因語言不通等招致中國記者團對日本的不快印象。〔註71〕

　　根據1937年4月6日由北平發往東京的電報，可知中國新聞記者團此次赴日的預定行程如下：十三日午後到達東京。自十四日至十九日訪問首相官邸、外務省、陸軍省、海軍省和中國大使館等，參觀朝日新聞社、日日新聞社、同盟社、JOAK、同文會和政治博覽會等處，並遊覽東京和橫濱。二十日自由行動。二十一日當天往返日光參觀。二十二日赴離宮和箱根。〔註72〕

　　針對北平新聞記者團此次赴日考察，上海記者協會特地發表了宣言。日本的《新京日報》在1937年4月17日的社論中引用了上述宣言。在當日由南京發往東京的電報中，川越大使就此事對佐藤進行了報告，並將此電轉發給包括加藤在內的在華日本駐各地總領事。上海記者協會在宣言中指出，北

〔註68〕日本外務省外交史料館檔案，外國新聞記者、通信員關係雜件（支那人之部），北平記者團來朝ノ件，昭和12 六零四六 第一四八号，1937年4月2日。

〔註69〕日本外務省外交史料館檔案，外國新聞記者、通信員關係雜件（支那人之部），支那記者團訪日ニ關スル件，昭和12 六五四四 第一七一号，1937年4月8日。

〔註70〕日本外務省外交史料館檔案，外國新聞記者、通信員關係雜件（支那人之部），昭和12 六五四二 第二五九號，1937年4月8日。

〔註71〕日本外務省外交史料館檔案，外國新聞記者、通信員關係雜件（支那人之部），昭和12 六三二零 第一五九號，1937年4月5日。

〔註72〕日本外務省外交史料館檔案，外國新聞記者、通信員關係雜件（支那人之部），北平記者團來朝ノ件，昭和12 六三六六 第一六三号，1937年4月6日。

平新聞記者團的視察旅行雖然對外宣稱是純粹的個人行為，不具任何政治意義，但事實上接受了日方提供的旅費補貼。此事背後深刻的政治意義在於，日方策劃利用這個機會，以期達成以下三個目的：一、展現明治維新後日本在物質、精神方面的進步；二、表示偽滿洲國成立後日本勢力的牢固；三、促使中國方面拋棄抗日和收復失地的夢想。在此背景下，這些受過高等教育且平日以民眾指導者自居的記者做出如此無視人格、有損國家體面的行動，不啻為新聞記者之恥辱，亦為國民之恥辱。〔註73〕

根據上述密電內容，可知1937年4月北京新聞記者團赴日參觀一事有著微妙和深刻的政治意義。日本外務省是積極推動此事的主要力量，期待藉此機會營造有利於日本的「空氣」。管翼賢在此過程中扮演了穿針引線的重要角色，甚至很可能在一定程度上參與了赴日人員名單的制定，因為除李誠毅、蘇雨田外，該團中的不少成員，如金達志、馬芷庠和李進之等人都與《實報》或其主辦人有著密切的聯繫。在此前的社論中，《實報》曾屢次呼籲當局與國人注意，不要做出承認偽滿洲國的任何舉動。然而，此次日方特意安排記者團經由偽滿洲國赴日，就是旨在對偽滿洲國進行事實上的承認。對於日方的這種如意算盤，管翼賢不會不清楚，卻仍舊積極為促成記者團出行的實現獻計獻策。

通過此事，亦可斷定此前贊成對日立即斷交宣戰的《實報》社長管翼賢，於1934年9月設宴歡迎朝日新聞社飛行員，並在宴席上與日方同業大談「中日親善」「國民外交」，並非偶然，也非衝動之舉（參見第五章）。透過這種標榜與實踐之間的矛盾，可再次窺見長袖善舞、八面玲瓏的管翼賢性格的多面性和處事的投機性。具有諷刺意義的是，在半殖民主義語境下，這種長袖善舞和八面玲瓏正是管翼賢在「矛盾中偷生活」，保障《實報》的營業效果（同時也是保障個人利益）的重要手段與能力。從這個角度來看，管氏做出投敵附逆的決定，甘願以喪失人格、國格為代價，延續其所謂的「報人」生涯，並非如有的學者所推測一般，單純因嗜報如命以致發生「人格分裂」，〔註74〕而是有著更為豐富的歷史意義。

面臨可能的危險，第一時間迅速走避；在異地繼續從事辦報活動，密切

〔註73〕 日本外務省外交史料館檔案，外國新聞記者、通信員關係雜件（支那人之部），昭和12 七一七九 第二七六號，1937年4月17日。

〔註74〕 單波，論管翼賢的新聞觀，新聞與傳播研究，2001，（2）。

關注時局動向；把握適當的時機，疏通關係得到當局「諒解」（實際上是同有關方面談妥條件），返回故地重操舊業——這種行動模式，管翼賢在 1924 年就已實踐過。

據李誠毅回憶，當年管翼賢負責的神州通訊社和直系軍閥建立了相當的關係。奉系大敗直系，張作霖以勝利者的姿態入駐北京後，自然不會允許一個接近直系的新聞機構繼續存在，遂命令警憲逮捕管翼賢。但因爲管翼賢疏通了電話局的關係，當大元帥府在電話中傳達口頭命令時，電話局同時把這個消息通知了管氏，所以他能及時逃到東交民巷，再轉往大連。因爲管氏交際廣泛，有人代他向奉系軍閥求情，使得管氏得以由大連轉到天津，在英國人辦的《京津泰晤士報》當編輯。1925 年管翼賢和張作霖的三四方面軍（由張學良的三方面和韓麟春的四方面軍統一構成）接上了關係，當時該軍團秘書霍戢一擔任天津《益世報》的總編輯，管氏通過少帥的關係，兼任《益世報》的編輯。〔註 75〕

這種近乎一致的行動模式亦可佐證管翼賢於 1938 年主動返回北京投敵並非一時的「人格分裂」，而是其性格兩面性與處事投機性的一貫表現。此外，結合東洋協會 1938 年 11 月出版的一份印刷品《在中國的國共合作問題》（日文原題爲《支那に於ける國共合作問題》）中的相關分析，可以知道管氏的投敵行爲，並非個案，而是有著群體特徵。在抗戰初期日方佔據軍事優勢、中方處於軍事劣勢的背景下，管氏的行徑代表了不少欠缺民族國家觀念、抗日意志薄弱的民族資產階級的可能選擇。

根據東洋協會的分析，華北作爲中國第二大工業地帶，是中國民族資本最爲發達的地區之一。1937 年中日全面戰爭的爆發後，因爲在戰區投下的資本不可能在短時間內輕易轉移，因此戰爭給了此區域的中國民族資本家較爲致命的打擊。正因爲受到了打擊，他們期望能夠利用殘存的資本東山再起。東洋協會撰寫這一調查報告的目的在於爲日本在佔領區的統治獻計獻策。基於這一目的，該協會在報告中認爲民族資本家的上述特徵，爲聚合此社會階層、輔助日軍在佔領區域內樹立新政權提供了可能性。〔註 76〕

通過李誠毅將報社的部分資產進行轉移和秘密安置，並將經手事情向管太太進行清楚交代這一行爲，可知管氏也抱有利用這些資產重振事業的計

〔註 75〕 李誠毅，三十年來家國，再版，香港：振華出版社，1962，第 139～140 頁。
〔註 76〕 东洋协會調查部，支那に於ける國共合作問題，东洋协會，1938，第 2 頁。

劃。結合其他資料,亦可確認管翼賢離開北平後曾在濟南、漢口等地繼續經營《實報》。與其說他是「嗜報如命」,不如說《實報》對於管翼賢而言,既是他投入心血經營的事業,同時也是他付出汗水積累起來的家業。在戰局動盪、戰火紛飛,國家與民族命運走向並不明朗的情況下,可以料想管翼賢要復辦《實報》、繼續營業將面對的種種困難。在這種境況中,擺在他面前的只有兩條路:一條路是同民族與國家共命運,一條路是出賣國格、人格維護一己私利。從結果來看,管翼賢經過衡量利弊,做出了附逆投敵的抉擇,在這條不歸路上越走越遠。與其說管翼賢的抉擇是被環境所迫、走投無路,不如說他是賣國求榮,協力華北日僞進行新聞統制的受益者。

高木教典和福田喜三通過對日本法西斯形成期大眾傳媒組織化之實態的研究指出,由政府主導的對弱小報紙的整理,實現了大眾傳媒的企業統合,客觀上緩和了販賣競爭這一長年困擾報社經營的難題。利潤的實際增長成爲企業報紙自發協力政府促進傳媒組織化和一元化的原動力。〔註77〕

參照高木和福田的上述觀點,可發現在淪陷區出版發行的《實報》也是新聞統制體制的受益者。在淪陷期間,《實報》的版面從原有的四版擴充到了六版。隨著眾多小報被迫停刊或併入其他報紙,《實報》亦獲得了擴展市場份額、吸納新讀者的機會。儘管《實報》有時不得不採取縮張方式發行報紙,但從未間斷過出版,無疑也是專賴於日僞方面的物資配給。

根據前引《益世報》的社論可知,管氏不僅「一變國共合作共同抗日的呼聲爲中日親善共存共榮」,還「求到了無人肯作的僞情報局局長職務」,由此可見其作爲文化漢奸的徹底性。〔註78〕據統計,管氏附逆後出任的僞職有中華新聞學院教務主任兼新聞學總論教授、華北剿共委員會事務主任、新民會全國協議會副會長、東亞操觚者大會副主席、中國新聞協會副會長、新聞協會常務委員、中華新聞通訊社副社長、《武德報》理事長兼社長、《華北新報》社長、華北政務委員會情報局局長等。〔註79〕重慶《新華日報》在1945年8月23日刊登了一份《文化漢奸名錄》,排在這份名錄第一位的是周作人,

〔註77〕高木教典、福田喜三,日本ファシズム形成期のマス・メディア統制(二)——マス・メディア組織化の実態とマス・メディア,思想,1961年11月,第85頁。
〔註78〕槍斃管翼賢,益世報,北平,社論,1946年11月6日。
〔註79〕綜合《新聞傳播百科全書》、《新聞學大辭典》、《中國新聞實用大辭典》而得。

第二位的便是管翼賢。據此名錄介紹可知，在華北淪陷區內，管翼賢因為和敵軍部關係深厚，所以「儼然成了偽新聞界中的權威」。足見管翼賢借助華北日偽的新聞統制體制，通過出賣國格、人格，獲得了他在北平淪陷前不可能擁有的「輝煌成就」。

通過如上考證和分析，可以發現管翼賢在 1938 年返回北京附逆投敵，並非單純因為「嗜報如命」，以致發生「人格分裂」，而是幾經衡量個人得失之後，心甘情願以出賣國格、人格為代價，延續其所謂的「報人」生涯。綜合本部份的考證，作此論斷的根據主要有四：

第一，管翼賢在北平淪陷前，就同日本駐華記者和領館人員保持了不一般的關係，「有意無意」地協助日本進行「中日親善」的宣傳。

第二，面臨可能的危險，第一時間迅速走避；在異地繼續從事辦報活動；待風聲過後，疏通關係得到當局諒解，返回故地重操舊業——這種行動模式，管翼賢在 1924 年就已經實踐過。

第三，管翼賢在離開北平後，曾在濟南、漢口等地繼續經營《實報》，但很快改變主意（這或許和抗日戰爭初期日軍的軍事優勢以及戰亂環境中營業困難等現實不無關係），最終選擇了投靠日本、以附逆的方式重掌《實報》的社務大權。

第四，管翼賢在返回北京後，備受華北日偽當局的器重，積極配合日本的「國策」開展言論報導和新聞教育活動。應該說管氏得以施展「才華」的平臺與資源是借助華北日偽當局在淪陷區的軍事佔領和新聞統制、以犧牲國家和民族利益獲得的，足見管翼賢的選擇並非出於無奈或被迫。

第五章曾提及，1932 年 1 月 21 日，《實報》刊登過一篇題為《應速誅賣國賊》的社論，對「東北事變發生後，一般無恥官僚與軍人，不惜奴顏婢膝，以事日人，求沾日人侵略之餘潤」的行徑進行了譴責與抨擊。該社論強調：

> 吾人敢敬告政府曰：國賊等罪無可恕，若不置諸法，則人將疑
> 政府之獎勵賣國行為矣。維國紀，正人心，在此一舉，不可不速圖
> 也！〔註80〕

現在看來，這篇社論頗具諷刺意味地預示了該報主持者管翼賢的命運。日本投降後，管翼賢被國民黨當局逮捕。檢察官以管氏「犯懲治漢奸條例第

〔註80〕應速誅賣國賊，實報，社論，1932 年 1 月 21 日。

二條第一項第七款八款十三款，提請高院依法處理」。〔註81〕據稱管氏在法庭上「神態自若」，「在獲准答辯後，以穩健清晰的聲調」，主要陳述了三點意見：第一，「假定犯罪屬實，彼願坦白接受」；第二，「請考慮八年中之環境局面，而盡量懲處公平」；第三，「對起訴書做一簡單述明」。〔註82〕隨後管氏辯稱其附逆擔任偽職期間的種種行為實非自願，均出自日方脅迫。例如他強調，出任偽華北政務委員會情報局局長一職時，下令華北各報停刊，集中資源創辦《華北新報》，是因為「物資缺乏，經濟困難，天津報紙只敷一年之用，日本遂採取統一報紙，其原因則為節省報紙」；至於他出任華北新報社長，乃「偽華北政委會派定，非彼自願」。再如他強調，在日偽電臺進行為日方喊話的廣播，係「出自日人強迫」。對於他出任武德報社編輯、中華通訊社顧問等職務，則辯稱前者乃「偽政府經營，非直轄於日人」，後者乃「偽組織辦理，同盟社繫日人，無論組織經濟消息，均有區別，僅只交換消息而已」。〔註83〕

　　根據本章前部對日偽當局在華北淪陷區推行的新聞統制的歸納與梳理，尤其是對各種偽組織與日本佔領者、偽政權之間微妙關係的揭露，可知管翼賢的如上辯駁與事實相去甚遠。然而，管氏不僅避重就輕地將自己主動附逆、為敵宣傳的責任推得一乾二淨，而且還認為「淪陷區新聞記者最痛苦，但奮鬥出來的新聞記者也最光榮」。〔註84〕從這種赤裸裸的「漢奸理論」，足見被公認為「報界罪人」「新聞界敗類」的管翼賢對自己賣國求榮的行為並無悔過之意。

　　1946 年 11 月 11 日下午二時，河北高等法院宣佈了對管翼賢的判決，平、津的多數報紙對這一消息進行了報導。天津《大公報》對判詞原文記錄如下：

> 管翼賢通謀敵國，圖謀反抗本國，處死刑，褫奪公權終身，財產除酌情留其家屬生活必需外，餘沒收。〔註85〕

根據同日《北方日報》的報導，可知法院做出如上判決的理由如下：

> 管逆於偽職期間，一切出於自動，代敵宣傳，供給情報，所主持之宣傳機構，至為龐大，勝利後雖態度轉變，協助地下工作人員，但純係投機取巧，其主持報社之社會救濟，縱有微功，亦係私人施

〔註81〕報界罪人！偽情報局長管翼賢昨公審／為敵宣傳已夠殺頭／何況是做情報工作，北方日報，1946 年 11 月 6 日。

〔註82〕同上。

〔註83〕同上。

〔註84〕同上。

〔註85〕管逆翼賢判死／周逆大文徒刑十年，大公報，1946 年 11 月 12 日。

惠，不足以補叛國之大逆，故在法言法，處以極刑。〔註86〕

河北高等法院對管翼賢雖然做出了死刑的判決，後又改判無期徒刑。新中國成立後，人民法院對管翼賢進行了重新審理，最終判處其死刑。這一判決結果，顯然是爲維護民族正氣與歷史正義，作出的公正制裁。誠如前引北平《益世報》的社論所言：

> 管逆翼賢以一個從事新聞工作者，竟從自由中國投到敵人懷抱甘心做敵僞的情報局長。已經足足夠執行槍斃的罪狀。何況管逆翼賢賣國求榮，麻醉華北民眾，做敵人的傳聲筒，喪盡了民族人格。站在新聞工作者的立場，我們堅決要求嚴勵制裁這樣的新聞界敗類。〔註87〕

其實從管氏做出返京附逆抉擇的那一刻，就決定了他個人的命運：縱然再有才華與能力，一旦走上出賣民族、出賣國家的道路，其結果註定是背上「文化漢奸」「報界罪人」「新聞界敗類」的罪名。

〔註86〕管逆翼賢判處死刑／投機取巧無不其罪，北方日報，1946 年 11 月 12 日。
〔註87〕槍斃管翼賢，益世報，北平，社論，1946 年 11 月 6 日。

第八章 「報格」盡失的日偽言論報導機關

　　　　我在京滬一帶，聽見許多人稱日本投降為「和平」。受降以前稱
「和平以前」，受降以後稱「和平以後」。這都是國軍未接收前漢奸
造作的名詞，以取媚見悅於其將去的主子。所以這「和平」兩字，
應當痛斥，勸大家改稱「勝利」，方足以消滅漢奸的痕跡，而改正人
民的觀念。因為「和平」這個荒謬的名詞，通行已久，流傳較廣，
所以還要請輿論界不斷的注意糾正……〔註1〕

　　1937 年北平淪陷後，華北日軍根據其對佔領區的統治需要，先後扶植了
北平維持會及偽中華民國臨時政府。1940 年 3 月，汪精衛南京傀儡政權成立
的同時，偽中華民國臨時政府宣告撤銷，在此基礎上成立「華北政務委員會」。
汪偽政權雖號稱「合法的中央政權」，但對直接聽命於華北地區日軍的華北政
務委員會並不具備實際的領導力；汪偽的漢奸理論亦難成為華北偽政權的指
導思想。〔註2〕因此，華北偽政權的新聞宣傳也呈現出有別於南京偽政權的獨
立性。〔註3〕

〔註 1〕 羅家倫，為輕治漢奸而抗議（上），中央日報，1946 年 11 月 10 日。
〔註 2〕 有關偽華北政務委員會與汪偽政權間這種名義上隸屬關係的研究，可參見王
　　　　琳，對抗日戰爭時期華北偽政權的考察，延安大學學報（社會科學版），1997，
　　　　（1），第 60 頁。；以及劉敬忠，華北日偽政權研究，北京：人民出版社，2007，
　　　　第 27～29 頁。
〔註 3〕 關於汪精衛南京傀儡政權的新聞理念與方針，及其在「太平洋戰爭」爆發前
　　　　後宣傳理論與政策的異同，可見卓南生，南京偽政權的新聞論及其之下的報
　　　　紙，見程曼麗，北大新聞與傳播評論，北京：北京大學出版社，2004，第一
　　　　輯，第 316～344 頁。

上一章曾指出，華北日偽當局設立了專門的文化機構，作為華北佔領區與汪偽政府所在的華南地區以及偽滿洲國進行「文化交流」的中樞，對文化出版物的輸入與輸出進行監控。從這一舉動也可管窺華北偽政權的特殊地位，並非完全接受南京偽政權的領導，而是自身具備某種程度的自治性。

《實報》於北京淪陷後即被日偽接管，在北平維持會時期、偽中華民國臨時政府時期、偽華北政務委員會三個時期分別由何庭流、胡通海、管翼賢出任社長。本章將根據《實報》1937 年 7 月至 1944 年 4 月的報紙原件，對該報在上述三個時期報導傾向及特點進行分析，期望以點帶面地揭示華北日偽報紙作為「言論報導機關」的特徵和特性。

一、華北淪陷區日偽報刊言論報導的相似性

現代新聞學對新聞選擇的定義是，新聞工作者對現實生活中發生的事實加以鑑別，選出新聞媒體值得傳播的事實。新聞選擇的結果，即利用有限的版面提供什麼樣的新聞，在很大程度上影響（甚至可能決定著）讀者思考什麼、怎樣思考以及思考的結果。新聞業務的三個主要環節——採訪、寫作、編輯都與新聞選擇有著密切的關係。

淪陷區日偽報刊的言論報導是在當局嚴格的一元化新聞統制下進行的。日偽報刊主要由日偽通訊社提供新聞成品或半成品，其稿件的採訪和寫作並非由報社所屬的新聞工作者完成。因此其言論報導呈現出高度的同質性與相似性。本部份通過簡單隨機抽樣的方法選取樣本，並進行內容分析，比較有著「準官方」背景、被視為機關報的《新民報》和有著廣大讀者基礎的、小型報《實報》的新聞選擇（著重比較要聞版新聞的把關原則和報導手法）的特點，便可對日偽報刊的這一特徵有更清楚的瞭解。

在考察兩報的把關原則時，主要通過內容分析的方法，將要聞版的新聞按照編碼分類，統計每日各類型新聞的絕對數量，計算各類型新聞的報導比重，即占當日要聞版新聞總量的百分比，比較兩份報紙新聞選擇的偏好。同時，注意考察兩報的同質化程度，即統計兩報每日內容相同的新聞的數量。在考察兩報的報導手法時，主要針對兩報內容相同的新聞，比較其新聞來源、標題風格、報導重點、編輯處理手法方面的特點。

結果發現《新民報》與《實報》在新聞選擇方面顯示出如下同一性：

1. 新聞來源相同

在《新民報》的 297 條新聞中，冠以〔本報訊〕或〔本報特訊〕的新聞不超過 32 條，來自情報部門的新聞爲 9 條；在《實報》的 262 條新聞中，冠以〔本報訊〕或〔本報特訊〕的新聞僅有 3 條，來自情報部門的新聞爲 11 條；兩報要聞版的其餘新聞全部來源於同盟社及其改組而成的中華通訊社。

可見兩報對同盟社的依賴程度相當高，此現象也反映出華北日僞當局對新聞輸入渠道控制的嚴密性，各僞報自行採集新聞的自由度較低。

2. 新聞結構具有相似性

通過內容編碼將兩報的新聞分類，可知軍事新聞和政治新聞佔據了兩報新聞報導的主要內容。

在兩報的軍事新聞中，「報導日軍軍事動向」和「報導日軍戰果」兩類新聞出現的頻率和佔據的比例最多，而且均爲正面報導。涉及「國民黨」的軍事新聞多爲負面報導（如戰敗、退兵等）、攻勢新聞（強調國民黨無力抵抗，不日將停止抗日）或謀略新聞（強調國共不合、互相傾軋）。

在兩報的政治新聞中，關於「日本軍政當局」和「北平僞政權」的時政新聞佔據了主體地位。攻勢新聞與謀略新聞出現的頻率雖然不高，但內容均以強調國民政府混亂無能、國共合作不睦爲主。

可見，兩報在重視軍事新聞和政治新聞的報導方面具有相似性，這種結構的相似性體現出了日僞報刊作爲「思想宣傳戰」之言論報導機關的特性。

3. 新聞同質化程度明顯

《實報》與《新民報》的新聞同質化主要體現在以下兩個方面：第一，新聞標題的風格趨同；第二，軍事新聞和政治新聞內容重合率高。

兩報的新聞標題的相同之處體現在，均使用多行題，最少時兩行，多時可至六七行，字數從三四字到十數字不等；往往將多條簡短消息進行綜合編輯，由一個標題統領該新聞版塊。標題多是新聞版塊中有關內容的概括，若將標題串聯起來，也可成爲一條精編的新聞。《實報》的標題字數往往略多於《新民報》。

以 1938 年 5 月 20 日兩報的軍事新聞爲例。《新民報》的標題是《掃蕩城內殘軍／佔據市內重要機關／黨軍總退卻》，新聞由 6 條不同內容的軍事消息構成；《實報》則以《田邊部隊首先突入西門／城內黨軍午後已肅清／全程黑

煙衝天／黨軍奪東北門潰走／寺內大將昨晨再度飛往徐州視察》為題，將 10 條不同內容的軍事消息綜合編輯在一個新聞版塊內進行報導。

比較新聞內容的重合率也可說明兩報內容的同質化程度。總重合率，即重合新聞占所有新聞的比率，最小值為 21.1％，最大值為 100％，平均總重合率約為 57.5％。其中重合現象最為突出的是軍事新聞和政治新聞。軍事新聞的重合率，最小值為 33.3％，最大值為 100％，平均重合率約為 68.8％。政治新聞的重合率，最小值為 20％，最大值為 100％，平均重合率約為 52.3％。

兩報新聞同質化現象的具體表現，是所刊內容往往是根據同一篇通訊社提供的通稿改編而成，除新聞標題的表述略有不同，文中個別詞句有所更動外，內容基本相同。例如，1938 年 5 月 20 日《新民報》上一條報導日軍軍事動向的新聞，其內容如下：

> 自大殲滅戰展開以來軍司令部亟盼攻入徐州城日期電報之到來，十九日晨果有兩種電波之痛快報告，湧現於全軍司令部，此兩種電報均繫飛翔危如朝露之徐州上空的日本陸軍機機上無線電，其全文如下：（一）向徐州南進中我軍已至極近徐州之位置，（午前十時十五分）（三）情勢可喜可賀（午前十時四十五分）〔註4〕

1938 年 5 月 20 日《實報》的同條新聞雖略有刪改，仍不難看出這條新聞與上述《新聞報》所登新聞均援引自同一篇通訊社稿件：

> 十九日早有兩種電波之痛快報告，湧現於全軍司令部，此兩種電報均繫飛翔危如朝露之徐州上空的日本陸軍機機上無線電也，其文如下：（一）向徐州南進中我軍，已至極近徐州之位置，（午前十時十五分）（一）情勢可喜可賀（午前十時四十五分）〔註5〕

這種情況在報導日本軍政當局和北平偽政權的重大聲明、施政方針、要員講稿時最為普遍；在報導某些社會新聞和文化新聞時，也有所體現。

通過以上比較，可知通過對《實報》在淪陷時期報導與言論的主要觀點、傾向或立場以及論調變化，亦可管窺華北淪陷區內日偽報刊的言論報導特徵。

〔註4〕 前線日機之捷電，新民報，1938 年 5 月 20 日。

〔註5〕 田邊部隊首先突入西門／城內黨軍午後已肅清／全程黑煙衝天／黨軍奪東北門潰走／寺內大將昨晨再度飛往徐州視察，實報，1938 年 5 月 20 日。

二、日本在全面侵華戰爭不同階段的對華政策

「盧溝橋事變」後，日本參謀本部計劃將戰爭分為兩個階段進行：第一階段約兩個月，以優勢兵力擊潰中國第二十九軍，解決華北問題；第二階段約三四個月，以足夠的兵力攻擊國民黨中央軍，通過全面戰爭摧毀蔣介石政權，一舉解決中國問題。1937 年 7 月底平津戰役結束後，日本內閣正式把對華外交攻勢提上了議事日程。

1937 年 12 月 13 日南京失陷後，日本當局發現武力壓迫並未使國民政府屈服，便開始考慮當國民黨政府拒絕日方條件時的對策。華北日軍提出了在華北地區建立一個統一的傀儡政權，〔註6〕若國民政府拒絕日方條件，即對該傀儡政權進行承認並與之媾和，再誘導國民政府合流以解決中國問題的構想。為配合華北日軍的上述主張，偽「中國民國臨時政府」於同年 12 月 14 日在北平宣告成立。

1938 年 1 月 16 日，日本內閣發表「不以國民政府為對手」的「第一次近衛聲明」，向國民黨政府進行威嚇，並在一定程度上默認了上述構想。1 月 20 日，日本參謀本部戰爭指導班正式確認了通過扶植「新政權」，恢復佔領區的「治安」，誘導蔣介石政府與「新政權」合流，結束對華戰爭的政策。

1938 年 6 月徐州會戰結束後，近衛內閣調整了對華政策，為「解決中國事變」並「在年內達到戰爭目的」，一面在佔領區內拼湊統一的傀儡政權，一面推進謀略工作對國民政府進行策反。

武漢淪陷後，日本被迫由戰略攻勢為主轉變為政略攻勢為主。1938 年 11 月 3 日，日本政府發表「第二次近衛聲明」，宣稱日本的目標是建立「日、滿、華三國合作的東亞新秩序」，並採取了「雖國民政府亦不拒絕」的方針，確立了以政治誘降為主、軍事進攻為輔的新政策，其中誘降國民黨政府是武漢淪陷後到 1940 年日本對華政策的重點。

〔註 6〕研究者指出，「七七事變後」後，日軍在華北佔領區相繼成立以江朝宗為首的「北平臨時治安維持會」（7 月 30 日）、以高凌蔚為首的「天津地方治安維持會」（8 月 1 日）、以蕭瑞臣為首的「河南省自治政府」（11 月 27 日）和「山西省臨時政府」（12 月 10 日）等偽政權。建立一個整個華北地區的偽政權以作為日本華北佔領軍的地方管理權力機構，既符合日本佔領軍對於華北的控制政策，又可以在「以華制華」中消馳中國民眾的抗日情緒。王琳，對抗日戰爭時期華北偽政權的考察，延安大學學報（社會科學版），1997，（1），第59 頁。

　　1938 年底汪精衛出逃，日本政府即發表「第三次近衛聲明」向國民黨政府呼籲「日滿華三國應以建設東亞新秩序爲共同目標而聯合起來，共同謀求實現睦鄰友好、共同防共和經濟合作」，宣稱日本願「和中國同感憂慮、具有卓識的人士合作，爲建設東亞新秩序」。汪精衛隨後發表《和平建議》與之呼應，並在此後的三個月中持續向國民政府發動「和平攻勢」，企圖從外部推動國民黨政府轉換政策。

　　「和平攻勢」並未奏效後，汪氏向日方表達了由自己出面建立「和平政府」的想法。1939 年 6 月 6 日，日本內閣五相會議通過《中國新中央政府樹立方針》，正式確定由汪精衛出面組織中國僞中央政權的方針。

　　然而與北平臨時政府及南京維新政府的討價還價使得汪精衛的中央政權遲遲未能誕生，此間第二次世界大戰爆發。鑒於歐洲複雜多變的局勢，日本決定不介入歐戰，內閣「政策的核心是處理中國事變」，終於在 1940 年 3 月實現了「南北合流」。

　　1940 年 5 至 6 月間，德國閃擊西歐，英、法、荷等國無暇顧及其在東南亞的殖民地，日本主張「南進」的勢力認爲這是向南洋擴展勢力的良機，〔註7〕呼籲政府「不要誤了班車」。〔註8〕第二屆近衛內閣在此呼聲中上臺，制定了《基本國策要綱》，規定「建立以皇國（日本）爲核心，以日滿華牢固結合爲基礎的大東亞新秩序（按：即後來的「大東亞共榮圈」）爲日本基本國策，同時指出「皇國目前的外交是以建設大東亞新秩序爲根本，首先將重點置於結束中國事變方面。」。〔註9〕

　　以上述《基本國策要綱》爲基礎，日本制定了對華實行「大持久戰」戰略的政策，計劃收縮在華戰線，逐步減少在華兵力，建立對華長期戰爭體制，

〔註 7〕　北進政策和南進政策是第二次世界大戰期間日本帝國主義對外侵略擴張、爭霸稱霸的基本國策，也是其世界戰略的主要內容。所謂北進政策，即通過中國向蘇聯遠東地區擴張，主要對手是蘇聯；所謂南進政策，即通過中國向南洋地區擴張，主要對手是美、英。胡德坤，中日戰爭史（1931～1945），修訂本，武漢：武漢大學出版社，2005，第 288 頁。

〔註 8〕　德國閃電戰的勝利使日本統治階級產生了幻想。他們以爲英國的屈服近在眉睫，產生了大戰的趨勢很快就決定了的錯覺，急切想乘德國的勝利撈上一把。「趕快做上公共汽車！」這是當時統治階級的一個口號。見藤原彰，日本近現代史，伊文成等譯，北京：商務印書館，1983 年，第三卷，第 74 頁。

〔註 9〕　日本外交年表及主要文書，下冊，見胡德坤，中日戰爭史（1931～1945），修訂本，武漢：武漢大學出版社，2005，第 293、297 頁。

以便集中全力向南洋「擴展」。然而到 1941 年夏秋之際，「大持久戰」戰略仍未進入實施階段，「迅速處理中國事變」依舊是擺在日本政府及軍部面前的首要問題。

　　1941 年 12 月 8 日，日本偷襲珍珠港，太平洋戰爭爆發。日本企圖利用太平洋戰爭的初期勝利發動新的攻勢，以達到「解決中國問題」的目的，其政策之一就是加強汪偽政權的力量，要求其加入太平洋戰爭。日本要求汪偽政權參戰出於以下目的：一是要其爲日本賣命，二是希望通過汪偽政權的參戰使國民政府的抗戰師出無名。太平洋戰爭爆發後，日本對華政策的內容還包括，保持對國民政府的軍事壓力，挫敗其繼續抗戰的意圖，並且繼續對解放區進行「治安戰」。

　　通過如上梳理，可以看出有兩條主線貫穿於不同階段的日本對華政策。第一，如何迅速結束中國的戰事始終是其制定對華政策時的重要問題。爲達到此目的，日本對蔣介石政府除進行武力威脅之外，還通過謀略、宣傳、外交等手段與其軍事行動相互配合。第二，以建立「東亞新秩序」及後來的「大東亞共榮圈」爲標榜，作爲其發動戰爭的「大義名分」，將侵略行爲合理化、合法化。以所謂的「合作」誘降蔣介石政府、蒙蔽中國民眾，實際上則是企圖將中國置於日本的控制之下，淪爲其殖民地。

　　《實報》在不同時期的言論報導活動也基本上是圍繞著這兩條主線進行，只不過隨著日本對華政策的調整，報導重點有所變化。同時需要注意的是，華北日偽報刊在某些具體問題上呈現出報導的特殊性和差異性。以下將對《實報》在不同時期的報導傾向和特徵進行細緻的分析，以揭示其作爲華北日偽之「言論報導機關」的本質屬性。

三、《實報》在北平維持會時期的報導傾向及特點
　　（1937.7～1937.12）

　　《實報》主要通過對日本方面之正面宣傳和對國民政府之負面宣傳相結合的方法，配合此時期日本對華政策需要。

　　《實報》要聞版每天都刊登大量有關日軍戰況的報導，這些報導主要來源於日本同盟社，還有少部分來自前線部隊的報導班。這類報導有的直接展示「皇軍」的赫赫戰果，如《寧空輸機／廿四架被全滅》〔註10〕、《寧火藥庫

〔註10〕實報，1937 年 8 月 18 日。

／已被炸毀》〔註11〕等；有的則通過與國民黨軍隊「退敗」的對比間接展示，如《昨拂曉於暴風雨中／展開閘北大戰／華軍趁夜逆襲損失甚重／日軍卒完成大包圍隊形》〔註12〕；有的對戰爭場面做詳細的描述，對日軍的侵略行為進行美化和稱頌；有的通過士兵的「奮戰體驗」，塑造「皇軍」的「神武」形象。但在報導國民政府方面的消息時，或強調其中央軍軍紀渙散、軍心不穩、軍備缺乏，如《寧軍弱點暴露／勝算全失》〔註13〕、《寧軍籌劃戰費／極無辦法》〔註14〕等；或強調其經濟窘困、無力維持抗戰和缺乏援助，如《寧府財政／已現破綻／戰爭持續力／已全部滅殺》〔註15〕、《寧府經濟恐慌／已達極點》〔註16〕等；或強調其威信全無、抗戰政策與宣傳缺乏民眾支持，例如《寧府威令／已漸掃地／社會不安之色／亦已愈形濃厚》〔註17〕、《寧方仍肆意／作逆宣傳／中外人均甚嫌惡》〔註18〕等。

　　侵華戰爭擴大到上海後，日本政府和軍部需為此尋找「大義名分」，便極力製造輿論將戰爭爆發的原因歸咎於蔣介石政府，聲稱由於「中國方面蹂躪停戰協定，出於挑戰態度」，〔註19〕日本為「膺懲暴戾中國」，不得以將「事態擴大」，其出兵是「為東洋和平且為世界平和」考慮，〔註20〕旨在「促寧方（按：指蔣介石政府）之猛省」。〔註21〕並指出，如果「寧方」能夠「迅速反省」，日本將「立即撤回派遣之軍」，而做「親善之準備」，〔註22〕希望蔣介石政府能「順帝國之理想」。〔註23〕

〔註11〕實報，1937年8月20日。
〔註12〕實報，1937年8月15日。
〔註13〕實報，1937年8月26日。
〔註14〕實報，1937年11月2日。
〔註15〕實報，1937年9月16日。
〔註16〕實報，1937年10月4日。
〔註17〕實報，1937年9月19日。
〔註18〕實報，1937年11月6日。
〔註19〕停戰協／定委會／昨開會，實報，1937年8月14日。
〔註20〕廣田外相談／余之外交方針／堅持到底／寧府不惟助長抗日／更進與赤化相勾結，實報，1937年9月4日。
〔註21〕廣田外相顧念／東亞大局／促寧方之猛省／順帝國之理想，實報，1937年9月6日。
〔註22〕廣田外相談／余之外交方針／堅持到底／寧府不惟助長抗日／更進與赤化相勾結，實報，1937年9月4日。
〔註23〕廣田外相顧念／東亞大局／促寧方之猛省／順帝國之理想，實報，1937年9月6日。

　　爲渲染民眾對日軍戰爭行爲的支持及對其戰爭「正義性」的肯定，《實報》特地對日本國民、僑民以及第三國人民的「獻金」行爲進行了報導。此外，爲塑造日本的「正義的善鄰」形象，《實報》刊登了許多中國民眾表達對日感情的報導。這些報導有的突出居民對日軍的「歡迎」之情，例如《日軍清掃南市／難民笑迎／交通完全恢復／遍貼安民告示》〔註24〕等；有的側重日軍對當地居民的「幫助」，強調許多受「戰禍」侵擾的地方因日軍的到來得以「治安恢復」，表達當地居民的「對日感謝」之情，如《日本軍人／爲救命星／保定回平難民／對日軍感謝語》〔註25〕等。

　　1937 年 12 月 13 日南京失陷後，日本當局發現武力壓迫並未使國民政府屈服，便開始考慮當國民黨政府拒絕日方條件時的對策。華北日軍提出了在華北地區建立一個統一的傀儡政權，若國民政府拒絕日方條件，即對該傀儡政權進行承認並與之媾和，再誘導國民政府合流以解決中國問題的構想。

　　其實，華北日軍的這個構想已經醞釀多時。從 1937 年 9 月起，旨在協助日本佔領軍實現其分離華北企圖的輿論見諸報端。這些輿論叫囂應「藉重友軍之外力」「樹立一個新的政治機構」，脫離國民黨統治，呼籲「華北的父老兄弟，趕快起來，建立華北人之新華北！」〔註26〕爲了配合創造「華北人之華北」的輿論造勢，日軍東城宣撫處於 10 月份舉辦了懸賞募集《華北民眾幸福歌》的活動，要求歌詞「須歌頌華北民眾衷心忻悅脫離軍閥希望和平之意」以及「歌頌民眾之樂利福祉」。〔註27〕11 月份，《實報》刊登了由北京同盟社提供的稿件，列舉了華北應樹立「新政權」的兩個原因：第一，「華北民眾對於寧政權，已完全喪失其信賴，而屬望於新政權之出現，此已成華北全民眾之冀望」；第二，華北因「水災與戰禍而蒙損害」，「樹立新政權，爲解決華北現實困難事態之所必至」。並強調「新政權形態」應該是「連亙華北華中之數政權之復合化者」。〔註28〕不難看出該文對「新政權」的定位與華北軍方期望的傀儡政權何等相似。

〔註24〕實報，1937 年 11 月 16 日。

〔註25〕實報，1937 年 10 月 12 日。

〔註26〕保定陷落後人民應有之覺悟，實報，1937 年 9 月 25 日。

〔註27〕懸賞募集唱歌，實報，1937 年 10 月 4 日。

〔註28〕華北自治機運萌動／新政府即將產生／寧府之沒落與南北分離爲其契機／安定生活復興文化實爲我全民所望，實報，1937 年 11 月 24 日。

　　至南京失陷前後，爲配合華北日軍的上述構想，同時爲「華北新政權」誕生造勢，《實報》開始著力報導華北民眾、各個僞組織和僞政權對華北統一「新政權」的渴望之情與支持之意，每隔一、兩天就會在其要聞版（有時是社會新聞版）登載一篇爲「新政權」成立造勢的報導。1937 年 12 月 14 日，僞中華民國臨時政府在北京成立，《實報》於次日便開始連載各方各界對「新政權」的「擁戴之情」。但仔細閱讀便可發現，表達「擁戴之情」的全都是與華北方面軍關係密切的僞政權和僞組織，而日本政府對華北「新政權」的誕生卻未表露絲毫的喜悅之情。從下面這條來自同盟社東京方面的報導，即可瞭解當時日本政府對「新政權」的眞實態度：

　　　　否認中國國民政府一事，南京陷落前，既由日朝野有力主張，而南京既於十三日歸日軍完全佔領，國民政府亦向腹地分散遁走，名實均已失掉中央政權之資格，一方華北十四日於北京從見中華民國臨時政府之誕生，但國民政府至今日尚無反省模樣，因此帝國政府此際以決定否認國民政府態度，爲確立對華方策爲前提，於是於十七日閣議，以此問題爲中心題，似曾有所論議，年內斷行否認蔣政權，以地方政權待遇國民政府之議論，頗佔有力。〔註29〕

　　可見當時日本政府內部就「是否以地方政權待遇國民政府」這個問題有所爭議，儘管贊成派略佔優勢，但政府最終並未就此達成一致。據此可知，在華北展開的「新政權運動」以及配合此運動進行的輿論宣傳，基本上可說是華北日軍製造出來的；爲「新政權」誕生造勢的報導，則可體現出《實報》作爲華北日僞治下的言論報導機關的特性。

四、《實報》在僞中華民國臨時政府時期報導的傾向與特點
　　（1938.1～1940.3）

　　僞中華民國臨時政府於 1938 年元旦正式對外辦公，但由於尚未得到日本政府承認，對「新政權」表達「擁戴」之情的報導未停反增，甚至更借用在日華僑之口露骨地表達「要望日本之承認新中國臨時政府」的請求。〔註 30〕直至同年 1 月 16 日，日本政府宣佈了「不以國民政府爲對手」的決定，表示

〔註29〕日本臨時閣議討論／對華根本策／全體閣員意見完全一致／今後或將不承認黨政府，實報，1937 年 12 月 19 日。
〔註30〕獨夫肆虐／歸國之留學生／二百名被虐殺，實報，1938 年 1 月 14 日。

「期待與帝國眞足以提攜之新興中國政府之成立發展」。〔註31〕「始終視華北新政權爲中國新中央政府」，〔註32〕才對僞中華民國臨時政府給與承認。

　　爲順應「不以國民政府爲對手」的對華政策，迫使蔣介石政府迅速投降，《實報》大肆製造國共不合、各方反蔣的報導，企圖動搖當時國民政府的合法地位，削弱中國民眾抗戰的決意，例如《蔣介石強化獨裁／將益速國共分裂》〔註33〕、《粵民眾反蔣運動／漸濃厚化》〔註34〕、《川府反黨府空氣／突見彌漫》〔註35〕等。同時爲呼應「視華北新政權爲中國新中央政府」的決定，鞏固僞中國民國臨時政府中央政府的地位，《實報》還對由華中日軍支持的僞中華民國維新政府併入僞臨時政府的進展情況進行了追蹤報導，例如《新政府成立宣言／交通恢復即與臨時政府合流》〔註36〕、《臨時維新兩政府合流／原則協定商妥／合流形式尚待最後決議》〔註37〕等。

　　除上述宣傳報導外，加強日軍在中國佔領區的統治與治安，使佔領區內的中國人民接受「東亞新秩序」，從而積極與日本提攜也是日本佔領軍的重要工作，同時亦爲興論宣傳期望達到的目的。

　　《實報》圍繞「東亞新秩序」進行的報導可分爲以下四類：第一類，對日本政府、軍方所作聲明的報導，這些報導除明示日本政府聲明的內容外，有些還對日本政府動態的進行預告。第二類，對各個僞政權發表之言論的報導；第三類，對民眾反映及言論的報導；這兩類報導多在第一類報導出現後刊登，與第一類消息結合形成「配套」報導，用以表達各個僞政權對日本當局聲明的擁護之情，及表達日佔區內民眾對「東亞新秩序」的支持。第四類，圍繞建設「東亞新秩序」進行的各種活動的報導。此類報導多見於第四版，與日僞在華北地區開展的各項文化宣傳動員活動配合。通常日僞當局在一項活動正式展開前，先就活動的目的、時間、形式及相關要求進行預告式報導，在活動開始前爲其進行宣傳動員及興論造勢；在活動開展過程中，每日作進

〔註31〕日政府向中外宣明／今後決否定國民政府／協力中國更生，實報，1938 年 1月 17 日。

〔註32〕日政府積極著手進行／援助中國新政權／決以中國人統治中國爲根本原則／始終視華北政權爲中國中央政府，實報，1938 年 1 月 25 日。

〔註33〕實報，1938 年 4 月 26 日。

〔註34〕實報，1938 年 1 月 29 日。

〔註35〕實報，1938 年 1 月 30 日。

〔註36〕實報，1938 年 3 月 29 日。

〔註37〕實報，1938 年 5 月 14 日。

一步的跟進式報導；在活動結束後繼續作總結性報導。這類報導的特點是持續時間較長，報導密度大，在某一段時期內針對某個具體動員活動作「疾風暴雨式」的報導。

1938 年 12 月 29 日，汪精衛發表「豔電」公開投敵後，其「和平救國」的主張便與「東亞新秩序」相互應和，形成如下輿論思潮：「和平救國」是建設東亞新秩序的唯一手段，是使中國百姓安居樂業的必經之路。此時期對「和平救國」主題的宣傳，突現了日僞將言論與新聞報導緊密結合的宣傳手法。如 1939 年 7 月 10 日，《實報》在刊登《汪精衛昨晚廣播講演／闡述和平救國信念》消息的同時，配發了題爲「擁護汪氏主張」社論。8 月 10 日，對「和平救國」進行了近一版的報導後，於 12 日，發表了題爲「對汪精衛和平主張的感想」的社論，擁護汪的主張。8 月 16 日，汪精衛再次發表聲明，解釋停戰和平撤兵問題，繼續爲其「和平救國」的言論造勢，次日，《實報》便刊發了題爲「汪氏又一剴（按：原文如此）劃聲明」的社論，爲其言論大唱讚歌。

日本政府原本期望通過汪精衛對蔣介石和國民黨要員的「和平攻勢」，從外部推動國民黨政府轉換對日政策，以國民黨政府對日媾和的方式結束戰爭，達到「解決中國問題」的目的。但汪的「和平攻勢」未能奏效。1939 年 9 月 1 日，第二次世界大戰的全面爆發，宣告了日本北進政策時期的結束，南進政策時期的開始。此時的日本政府從北進政策的失敗中認識到中國問題不解決，南進政策也難以獲得成功。〔註 38〕因此，二戰全面爆發後，日本政府雖未放棄對國民黨政府的誘降工作，但由汪精衛建立「和平政府」以實現日華合作的主張漸漸成爲主流。然而要將王克敏的北平臨時政府、梁鴻志的南京維新政府併入汪精衛組織的「統一政權」之下，不僅涉及日本軍方內部的權力分佈問題，還涉及各個傀儡頭目的權益分割問題，所以「統一的新中央政權」遲遲未能誕生。這種幕後的權力爭鬥在《實報》的相關報導中亦有反映。

〔註38〕 在中日全面戰爭初期，日本企圖以少量兵力，速戰速決，儘快解決中國問題，以實施北進戰略，但戰事的發展迫使日本將用於對蘇作戰的兵力投入到中國戰場，妨礙了其北進的步伐。1938 年 7 月和 1939 年 5 月，日本曾兩次嘗試北進，均以慘敗告終。1939 年 8 月 23 日，蘇德簽訂互不侵犯條約，進一步動搖了日本的北進政策。第二次世界大戰的全面爆發，使得英、法、美等國的注意力集中於歐洲，爲日本奪取由這些國家控制的「南洋」地區提供了機會，於是日本國策的重心開始向南進政策轉移。參見胡德坤，中日戰爭史（1931～1945），修訂本，武漢：武漢大學出版社，2005，第 289～293 頁。

例如，1939 年 9 月至 1940 年 3 月「南北合流」前，《實報》在報導汪氏「新中央政權」時，基本維持在喊喊空泛口號、聊表擁護之情的水平上，而對「華北政權」之「特殊性」的論證則不遺餘力。1940 年 1 月 9 日，《實報》要聞版刊登的一篇強調「華北特殊性」的文章指出，「華北在政治經濟文化三方面」存在「特殊性」，故華北應在國防和經濟上設置「特殊政務機關」，並保持稅收、外交的獨立性，仍以「新民主義」爲信仰。這就從各方面否定了未來的汪偽政權對華北地區的領導權和指揮權。事實證明，偽華北政務委員會的性質及運作方式與該文章提出的主張如出一轍。

再如，「合流」即將實現前的 3 月 14 日，《實報》要聞版上刊登了日本政府、偽南京維新政府、偽滿洲國三方對汪氏新政權的支持態度，卻唯獨沒有偽中華民國臨時政府表態的報導，由此不難看出華北地區日偽當局對「合流」的微妙態度。

五、《實報》在偽華北政務委員會時期的報導傾向及特點（1940.3～1944.4）

「合流」完成後不久，日本政府和軍部爲向南洋地區擴張，對 1939 年歐戰爆發時採取的「不干預」政策進行了修訂，稱雖仍保持「不干預」政策，但鑒於歐戰有波及東亞的可能，「日本要求在東亞的生存權」，必要時將「防止歐戰波及於東亞」，〔註 39〕從外交角度爲日本的「南進」政策鋪路。此期間《實報》轉載的表明日本政府立場的報導，如《東亞新秩序安定圈／包括中日滿及南洋／日外相闡明外交根幹》、〔註 40〕《以日滿華人物資源／推進南方政策》〔註 41〕等也可印證「南方政策」已經成爲此時日本大陸政策的重點。但這種「新」外交立場並未立刻得到華北偽政權的興論支持，從《實報》的一篇表明華北方面立場的文章中可以看出，其興論呼應的重點不在「南進」，而在「期確立協同經濟圈」，強調華北在「協同經濟圈」中的重要地位。〔註 42〕這顯然與日本政府「推進南方政策」的外交基調有所不同。

〔註39〕日將重闡外交新立場／要求在東亞生存權／防止歐戰波及於東亞／以處理事變爲根本，實報，1940 年 6 月 27 日。
〔註40〕實報，1940 年 8 月 2 日。
〔註41〕實報，1940 年 8 月 5 日。
〔註42〕華北官民贊同近衛國策／期確立協同經濟圈／促進建設東亞新秩序，實報，1940 年 8 月 2 日。

此時期，華北日軍爲加強對華北地區的統治，實現長期統治華北的野心，
於 1941 年 3 月到 1942 年 12 月共進行了五次「治安強化運動」（以下簡稱「治
運」），〔註43〕在「建立東亞新秩序」（太平洋戰爭爆發後，改爲「建設大東亞
共榮圈」）的幌子下，對華北的物資進行了瘋狂的掠奪，對華北的人民進行了
密集的思想動員。

五次「治運」的輿論宣傳過程可以較爲明顯地分爲運動展開前的輿論預
熱、運動實施期間的輿論造勢和運動完成後的輿論總結三個階段。預熱階段
的報導以闡釋運動的意義和任務爲主。造勢階段的報導圍繞每次「治運」的
具體目標，在運動實施期間就此進行反覆深入的思想動員。如從第二次「治
運」開始，《實報》開闢了名爲「治安強化運動解說」〔註44〕的欄目，每天刊
登一篇 1000～1500 字的議論文，除具體闡釋「治運」目標、任務、使命及其
與建設華北、建立東亞共榮圈的關係之外，更炮製各種虛假事實對共產黨和
八路軍進行誣衊詆毀，企圖以此矇騙華北民眾使之積極剿共。此外還有「治
運論說」、「治運話題」等欄目，或以簡短的論說文章向民眾發出號召，或以
直白的文章向民眾直接提出要求。總結階段的報導主要總結和稱頌「治運」
取得的成績。這些報導包括僞華北政務委員會「治運」總結廣播講演的文字
稿件、華北各地區「治運」成果、治安軍的剿共的「英勇」事跡、華北民眾
慰勞「治運」英雄的行動等。

具體說來，第一次「治運」以「強化鄉村自衛力」爲目標，旨在動員華
北官民協力一體「推進保甲制度，實行清鄉自衛」；〔註45〕第二次「治運」的
自我定位是「華北民眾的偉大精神與體力、物心一體的總動員」，〔註46〕強調
「謀宣傳戰之強化」的意義，指出運動目標在於「實行剿共，鞏固治安」；〔註
47〕第三次「治運」在強調「思想戰」的同時，以「對蔣共經濟戰」爲「最大
方針」，提出運動目標在於「強化剿共工作，對敵匪地區實行經濟封鎖」。〔註
48〕在第三次「治運」進行至中期之時，太平洋戰爭爆發，日本政府將包括侵

〔註43〕五次「治安強化運動」的實施時間分別爲 1941 年 3 月 30 日至 4 月 3 日、1941
年 7 月 7 日至 9 月 7 日、1941 年 11 月 1 日至 12 月 25 日、1942 年 3 月 30 日
至 6 月 15 日、1942 年 10 月 8 日至 12 月 10 日。
〔註44〕從第四次「治運」開始改名爲「治運解說」。
〔註45〕治安強化運動意義，實報，1941 年 3 月 21 日。
〔註46〕第二次強化治安運動的意義，實報，1941 年 7 月 8 日。
〔註47〕謀宣傳戰之強化／華北成立宣傳聯盟，實報，1941 年 7 月 10 日。
〔註48〕對蔣共經濟戰！／爲此次治運最大方針，實報，1941 年 11 月 1 日。

華戰爭在內的侵略戰爭更名為「大東亞戰爭」，〔註49〕號召「東亞民族」加入「解放東亞」的「聖戰」：

　　……此次戰爭已經隨著勢態的擴大而形成民族戰爭……自日美戰爭揭開，事實上已經成為東方民族對西歐帝國要求自由解放的戰爭。〔註50〕

各個偽政權和漢奸組織對此積極響應，因此，第四次「治運」在謀「華北政治力的擴大與加強」的方針指導下，提出了「解放東亞」、「剿共自衛」和「勤儉增產」三個目標。〔註51〕而第五次「治運」則以「鞏固華北兵站基地」（有時稱為「增產基地」、「產業基地」）為中心思想，提出了「建設華北完成大東亞戰爭」、「剿滅共匪肅正思想」、「確保農產減低物價」和「革新生活安定民生」四個目標，〔註52〕強調「華北乃大東亞戰爭的產業基地，要完成大東亞戰爭，惟有建設華北，亦惟有完成大東亞戰爭乃能保障華北的建設」，〔註53〕在此宣傳基調的指導下，日偽圍繞著「勤儉增產」、「確保地產」、「革新生活」、「與盟邦同甘共苦」等更為具體的宣傳主題對華北民眾進行思想動員。

太平洋戰爭爆發後，為順應日本「迅速解決中國事變」政策的需要，《實報》加強了對蔣政府的宣傳攻勢，尤其在汪偽政權宣告參戰後，為使蔣政府的抗戰行為「師出無名」，在呼籲其「放棄無謂之抗戰」，〔註54〕「勿被英人利用」〔註55〕的同時，炮製各種蔣政府業已動搖抗戰的報導，希望製造輿論，通過誘降蔣政權解決「中國事變」。

及至太平洋戰爭中後期，《實報》上淨是日本華北方面軍部隊長級人物，及以偽華北政務委員情報局長管翼賢為首的大小漢奸對佔領區內民眾進行思想動員的講稿和文章，其密集程度前所未有。1943 年 3 月，管翼賢在華北新聞協會第一次編輯委員會上圍繞報界的責任與使命作了如下發言：

〔註49〕此次戰爭定名為／大東亞戰爭／包括中國事變／日閣議已決定，實報，1941
　　　　年 12 月 13 日。
〔註50〕對太平洋戰爭的觀察／戰線分明軸心得勢／東亞民族解放戰爭已開始，實
　　　　報，1941 年 12 月 9 日。
〔註51〕四次治運明日開始／王委員長發表訓令，實報，1942 年 3 月 29 日。
〔註52〕鞏固華北兵站基地／第五次治運即開始，實報，1942 年 9 月 26 日。
〔註53〕完成大東亞戰爭／惟努力建設華北，實報，1942 年 9 月 28 日。
〔註54〕北京新聞協會／昨發告重慶民眾書，實報，1941 年 12 月 17 日。
〔註55〕勸告重慶軍人勿被英人利用，實報，1942 年 3 月 3 日。

　　　　吾人應堅強完成大東亞戰爭之信念，大東亞戰爭邁入決戰第二
　　　　年，我國民政府更於一月九日，布告參戰，國民負起參加作戰之責
　　　　任，持筆桿之諸位報導界鬥士，正與持槍桿在前線捍衛疆土之戰士，
　　　　責任相同，武力戰與思想戰，應同時配合起來，爭取戰爭之勝利……
　　〔註56〕

　　管氏在此時期頻頻表達了「將武力戰與思想戰應同時配合」的觀點，這
與日本書人宣揚的「思想戰」觀點如出一轍，其對報界「持筆桿」以「捍衛
疆土」的呼籲亦與日本方面對本國記者、文人加入「筆部隊」以「效國」的
動員形成呼應。

　　從《實報》此時期相關報導來看，管氏除利用報紙、廣播大肆散播漢奸
言論，對民眾及報界人士進行思想動員外，還對華北各級宣傳機構加強管理，
為求「宣傳方策」的「一元化」多次召開會議。

　　綜觀《實報》在三個不同時期，尤其是戰爭發展的不同階段報導主題的
變化，並且將此報導變化與日本對華政策的變化進行對比，不難發現後者的
變化影響著前者的變化。需要注意的是，《實報》的報導雖與日本政府的對華
政策有呼應之處，但更多情況下，該報主要代表華北日軍發表言論，甚至不
時與日本官方的立場有微妙的差異。如果考慮當時的日本內閣處於軍部的實
際控制之下，其決策很大程度上是權衡軍內各派意見的結果，且各淪陷區內
的日軍存在利益紛爭，就不難理解這種看似矛盾實則「正常」的現象──《實
報》作為華北日軍控制下的「言論報導機關」，自然忠實執行華北日偽當局的
宣傳策略。

六、版面調整、副刊變更背後的政治指導意圖

　　即使是在淪陷期間，《實報》的副刊內容還是在一定程度上（還包括由該
報組織的一些媒介事件）延續了自創刊以來的趣味性和「民眾的傾向」。這無
疑是該報一直以來吸引讀者、保障營業效果的有效手段。對於淪陷區的讀者
而言，這些「日本色彩」和「宣傳色彩」相對較弱的副刊內容，尤其是劇評、
小說這些他們已經習以為常的娛樂消閒內容，比起那些「為了正確傳達日本
真意」的言論報導，更具有閱讀的價值，成為其購讀報紙的動力。

─────────────
〔註56〕華北新協昨行／編輯委員會議／集華北報導宣傳於一堂／協議新聞宣傳問
　　　題，實報，1943 年 3 月 23 日。

日本的新聞統制機構無疑也注意到了這一點。此前曾提及日本外務省文化事業部於 1939 年針對北京日僞報刊的出版發行情況進行了一次實地調查。該報告指出，以《實報》爲代表的小報（該報告將之定位爲「小型大眾報紙」）同《新民報》、《武德報》等報相比，不僅發行數量多，而且擁有的讀者多。這些小型大眾報紙價格低廉，不僅有精編的政治新聞，還有種類繁多的社會新聞和娛樂內容，後者無疑比前者更能吸引讀者的購買與閱讀。因此建議應對小報給予足夠的重視。此外，調查者還發現，報紙的編輯人員和撰稿者的知名程度是影響不少讀者購買報紙的一個重要因素。或許正是意識到小報擁有的高人氣（高人氣也就意味著影響力可能達到的範圍與效果）和北平讀者的購買習慣，該報告建議除報導和言論之外，報紙上的文藝作品、小說、遊藝與京劇欄目等，都可加以利用進行思想指導。〔註 57〕由此可知，即使是在讀者看來只注重休閒娛樂的副刊內容也被賦予了政治意圖和思想指導功能。

因此，從這個角度來看，《實報》維持副刊一貫的趣味性和「民眾的傾向」的做法，在促進營業和發揮言論報導機關使命兩個方面都有著潛在的積極作用。自 1938 年 10 月下旬起，《實報》在原有「暢觀」和「小實報」副刊的基礎上，又新增了不少副刊。

1938 年 10 月 21 日，副刊「教育界」在第三版首次發刊，該副刊以青年學生爲目標受眾，主要刊登教育引導青年的稿件，每逢周五刊登。1938 年 11 月 20 日，「婦女周刊」在第三版發刊，每逢周日刊登旨在啓發婦女何爲文明的家庭生活，教育婦女在家庭中發揮對丈夫和孩子之引導作用等內容的稿件。1938 年 11 月 24 日，《實報》調整了上述兩副刊的發刊時間，「婦女周刊」改爲每逢周一出版，「教育界」改爲每逢周四出版，但持續了不超過兩周的時間，這兩個副刊便無聲無息地停刊了。

自 1939 年 1 月 1 日起，《實報》由原來的日出一大張，變爲日出一張半。擴版後的《實報》利用「附張」，增加了「小雅」和「專業」兩個副刊。「專業」每日圍繞一個主題組織稿件，來稿者或談對當日主題的認識或講述與該主題相關的經歷，選題多爲日常瑣事。「小雅」則以刊登當時名人的「雅事」、「雅言」爲主，但所謂「雅事」、「雅言」究竟爲何物，報紙並未指明，這在一定程度上說明了這個副刊定位的模糊。

〔註 57〕日本外務省外交史料館檔案，北京ノ新聞二就テ，1939 年 8 月，第 17、20 頁。

　　《實報》以每日一張半的形式發行了近 8 個月後再次因紙張缺乏，於 1939
年 8 月 24 日刊登啓事，聲明將恢復日出一大張的形式，同時還向讀者承諾《實
報》將採取增加欄數、改變字體等措施以保證內容充實。﹝註58﹞1939 年 9 月
25 日，《實報》聲稱經多方努力，解決了紙源問題，定於 10 月 1 日起恢復日
出四開六版的形式。10 月 1 日出版的《實報》，取消了原來的副刊「小雅」，
增加了副刊「藝園」，專門刊登於戲劇電影相關的新聞和文章，「小實報」也
因「藝園」的創辦恢復了以往刊登各類連載小說的風格。此外，還增加副刊
「生活」，主要刊登名人軼事、愛情經驗、親情故事等內容的稿件，佔用第三
版的位置，與「暢觀」輪流間日刊發。

　　1939 年 11 月 6 日，《實報》「爲增加讀者對於研究文學的興趣」，又增闢
「文學」副刊，佔用第三版的位置，主要刊登純文學作品或文學理論稿件，
每逢周一發刊印一次，若必要時，每周四增刊一次。

　　從 1940 年 4 月開始，《實報》副刊出現不規律出版的趨勢和特點。這種
不規律體現在以下三個方面：

　　第一點，副刊未經說明便隨意變更名稱。從副刊名稱來看，如「婦女周
刊」於 1940 年 4 月更名爲「婦女之頁」，於 1940 年 9 月更名爲「婦女生
活」。再如 1940 年 5 月「藝園」更名爲「大樂天」。再如以零碎知識爲主要內容的
副刊，時而以「雜綴」爲名出版，時而以「常識」出版。

　　第二點，副刊的位置不固定。各個副刊經常變換位置出版，例如「小實
報」有時在第二版出版，有時則移到附加的半張報紙上出版。從 1940 年 5 月
開始，則與「藝園」擠在附加的半張報紙上出版，版面縮爲原來的 1／4。

　　第三點，副刊出版周期不固定。爲了改變這種情況，實報於 1940 年 9 月
作出「所有副刊，均一律改爲固定日期發表」。如「某夫人信箱」副刊定在每
月七日、十四日、二十一日和二十八日出版。﹝註 59﹞其他副刊定於哪些日期
出版，《實報》並未作出進一步的說明。

　　從《實報》上述增加和調整副刊的動作來看，該報有將男女老少「一網
打盡」、使讀者群體涵蓋社會各界的打算。對此動作或可作以下兩種解讀：第
一，隨著華北日僞當局「整理」報紙工作的進行，淪陷初期存在的一些小報
或遭停刊或遭合併，《實報》通過增加副刊種類的方法，吸引上述小報的原有

﹝註58﹞ 聲明／本報的貢獻，實報，1939 年 8 月 24 日。
﹝註59﹞ 重要啓事，實報，1940 年 9 月 21 日。

讀者，擴大銷路，以收穫更好的營業效果。第二，為了更好地完成作為「言論報導機關」的使命，利用已經積累起來的聲望與人氣，通過增加更具群體（如婦女、青少年、學生等）針對性的副刊，對這些人群進行潛移默化的「思想指導」或直接明瞭的「思想動員」。有關這一點，可從管翼賢在《新聞學集成》中對報紙（即淪陷區內的日偽報刊）登載「家庭版」之意義的解釋可以窺見。

管翼賢認為，家庭問題和青年問題、婦女問題等一樣，雖然佔據報紙的版面不大，和讀者見面的機會又不多，但是卻與社會有極大的影響。因為主婦在家庭的地位是重要的，如果主婦本身不好，會影響到子女、影響到丈夫，從而間接影響到社會。所以他強調在編輯「家庭版」時要把家庭的責任、家庭與社會的關係討論清楚。管氏同時指出，自七七事變後，京津的許多報紙都增加了「家庭版」，如《新北京報》、《實報》、《庸報》、《新民報》、《民眾報》等。〔註60〕

在同書中，管氏還另外介紹了「文藝版」「青年版」「兒童版」「婦女版」「遊藝版」的意義、特殊性和內容。結合上述各點可推知，在物資供應緊張的條件下，淪陷區內的日偽報刊紛紛增加這些副刊的舉動是暗含著一定的政治意圖的。

儘管《實報》計劃使其副刊的出版周期能夠具有規律性，但由於配合日偽宣傳的需要，其副刊又不得不為各種宣傳「特刊」讓出位置，尤其在版面不夠分配的時候，《實報》不得不採取停辦副刊的方法以滿足日偽當局的宣傳需要。

1944年4月，出於節約物資、加強宣傳「一元化」的考慮，日偽決定合併北平《新民報》、《實報》、《民眾報》及天津《庸報》、《新天津報》，改組出版《華北新報》。1944年4月30日，即將出任《華北新報》社長的管翼賢撰寫了《實報停刊辭》刊登在《實報》的最後一期上。文中管翼賢簡略回顧了《實報》取得的成就，表達了對讀者的感謝之情，並指出了《實報》員工今後「努力」的方向：

> 實報同人今後還是為宣傳報導而努力，以服務的熱情獻於讀者。為使華北新報完成其偉大的使命，我們決更全力以赴，同時希

〔註60〕管翼賢，新聞學集成，北京：（偽）中華新聞學院，1943，第二輯，第284～286頁。

望讀者以過去愛護實報，扶助實報的熱情，對今後的華北新報，一
樣的愛護，扶助，這是我們十分期待而感謝的。〔註61〕

在對《華北新報》成功完成「偉大使命」的憧憬中，《實報》退出了淪陷
區「宣傳戰」的舞臺，自創刊到停刊歷時十五年有餘，共出版六千零三十四
號。然而，這僅僅是一份名為《實報》的報紙消失了，該報報社的設備和以
社長管翼賢為代表的記者群體則扮演著戰爭協力者的角色。華北淪陷區內的
言論機關依然在思想宣傳戰的一元化統制框架內為日本的侵略戰爭傚力。

〔註61〕管翼賢，實報停刊辭，實報，1944 年 4 月 30 日。

結語：商業報刊的「阿喀琉斯之踵」與 報界的社會責任

　　本書根據現存《實報》和《實報半月刊》的原件，綜合該報在版面編輯、營業發展和言論活動三方面的特點，將《實報》自 1928 年至 1944 年的發展大致劃分為以下四個階段：「草創期」（1928～1929）、「遞嬗期」（1930～1931）、「發展成熟期」（1931～1937）和「轉變沒落期」（1937～1944）。

　　《實報》在上述四個階段的新聞實踐與經營發展，同中國華北地區在南京國民政府執政的不同時期所經歷的歷史性事件有著緊密聯繫，因此兩者在分期方面也有著很大程度的重合。例如，《實報》的「草創期」剛好是南京國民政府成立初期，「遞嬗期」恰恰遭遇持續半年之久的「中原大戰」，「發展成熟期」處於 1931 年九一八事變與 1937 年盧溝橋事變之間，「轉變沒落期」是 1937 年日偽統治北平的時期。《實報》體現出的這種分期特徵，在一定程度上例證了中國新聞事業的演變內嵌於中國近代史的發展脈絡的特點，並且突顯了在半殖民主義歷史語境下，民族與國家的命運走向與中國近代新聞事業發展的緊密聯繫。

　　按照上述的分期策略，本書針對《實報》和報人管翼賢的整體性研究可主要劃分為以下四個部分：

　　第一部分為第二章，以《實報》現存 1928 年至 1929 年五份原件為主要研究資料，參照相關的回憶性文章，主要梳理該報在「草創期」的基本情況以及「小報大辦」方針提出的背景。

　　第二部分為第三章和第四章，以《實報》現存 1930 年的報紙原件為主要研究資料，分別考察該報報導政治新聞和社會新聞時所依據的原理、採用的

手法以及呈現的立場，詳細剖析保障該報在「遞嬗期」實現營業增長的主、客觀條件。

第三部分為第五章和第六章，以《實報》現存 1931 年至 1935 年的報紙原件和《實報半月刊》現存 1935 年至 1937 年的雜誌原件為主要研究資料，第五章主要剖析了該報在「發展成熟期」言論活動的特徵與局限，以管窺同時期平、津報界在南京國民政府採取不同對日政策的各個階段的基本論調和變化，以及半殖民主義語境下大眾傳媒與民族國家建構工程之間的關係。第六章對該報在此期間的營業發展進行了考察，以進一步把握該報日益鮮明的營業本位性格。

第四部分為第七章和第八章，主要考察《實報》在北平淪陷時期所進行的報導言論活動的傾向與變化，以此管窺華北日偽治下的報刊作為「言論報導機關」的特性。其中第七章主要通過對中、日兩國相關歷史研究、檔案文獻的梳理，對「思想宣傳戰」在日本「總力戰」構想中的定位、華北日偽當局在淪陷區內的新聞統制等問題進行了澄清，以有助於深入理解日偽報刊在日本侵華戰爭中的定位與作用。第八章以《實報》現存 1937 至 1944 年的報紙原件為主要研究資料，對《實報》在此時期華北日偽統治的三個不同階段（北平維持會時期、偽中華民國臨時政府時期和偽華北政務委員會時期），言論報導呈現的傾向和特點進行了梳理與分析，以期進一步揭示華北淪陷區日偽報刊的本質屬性。

上述各章的考察，一方面旨在揭示《實報》自創刊以來在各個方面呈現出的「營業本位」的性格特徵，一方面試圖歸納該報在不同發展階段（同時也是中國近代史發展的不同歷史時期）「報格」的斷裂表現，即該報在自我標榜與具體實踐之間的矛盾；同時關注該報與平津報界、時局變動之間的關係，力圖從特殊性之中發現普遍性，由點及面地把握當時整個華北新聞界，乃至中國新聞事業的特徵。

上述各章的討論，主要圍繞以下兩個問題進行：第一，《實報》兼顧編輯與營業的「小報大辦」方針在何種情境中提出、對小型報的發展具有怎樣的意義、在不同階段有著怎樣的實踐與改進、同該報以營業為本位的性格有著怎樣的關係。第二，《實報》的實踐與經驗同北京（北平）報紙的生存空間、中國近代史的曲折發展有著怎樣的互動關係、反映出中國民營商業報刊的哪些階段性特徵與內生矛盾？

　　另外，作為上述思考的延展，本書還嘗試對以下問題進行初步的梳理與描述：日本新聞學與新聞事業的發展，對民國報人的新聞觀與新聞實踐有著怎樣的影響？新聞實務、新聞學理論與報業環境，或更宏觀意義上的歷史語境，存在怎樣的互動關係？是否可以透過《實報》的個案，在古──今──中──外的框架中，檢視以盈利為目的的大眾化報紙的內生矛盾？在新聞學界普遍將報紙的「現代化」等同於「商業化」的語境中，對這些延展問題的思考和討論，將幫助我們更好地發現《實報》與管翼賢這個個案研究的豐富意義。

一、半殖民主義語境下「營業化轉型」的兩面性

　　綜合本書第二章至第八章的梳理、考察與分析，可以發現自始至終存在於《實報》性格中的兩個明顯特徵：以「民眾的報紙」為標榜和「報格」的斷裂。

　　在緒論中已經提及，受到外來帝國主義勢力的壓力與干涉，在半殖民地半封建時代的中國社會進行著某種程度的現代化，也就是資本主義化。在此過程中出現了現代城市、城市生活和城市文化，報紙逐漸成為城市民眾日常生活的一種必需品。北伐完成後，由「軍政」轉為「訓政」被提上了南京國民政府的議事日程。與孫中山提出的「訓政」和「憲政」國家建設思想緊密關聯的一項任務便是，將散佈於社會各個階層的民眾培育成為具備民族國家意識和基本政治辨別力、參與力的國民。由此也產生了社會對報紙的需要。幾乎與此同時，作為維護報紙的獨立品格的一條出路，以「由津貼本位而為營業本位，由政論本位而為新聞本位」為號召的「營業化轉型」風潮在北方報界興起。從時間點上來看，20 世紀 20 年代末到 30 年代後期，恰恰是中國民營商業報刊發展的鼎盛時期。可以說，在這個時期顯現的「營業化轉型」思潮和「小型報」是商業報刊辦報方針的結晶。

　　《實報》呼應著上述社會思潮與報界轉型風潮而創刊。「民眾」對於以《實報》為代表的小型報（或者更廣泛意義上的小型大眾報紙）而言顯然具有兩層重要意義：第一，國家對培養「國民」的需要和報紙具備的社會動員能力，為大眾報紙的存在提供了合理性；第二，佔據社會底邊的、群體龐大的中下層民眾無疑是購買報紙、保障報紙營業效果的潛在讀者群。這也是小型報較之同時期的大報、小報和雜誌，更加重視讀者的原因所在。

　　雖然《實報》號稱該報的讀者遍佈社會各個階層，但很顯然，城市中下層民眾構成了該報主要的讀者群體。《實報》以趣味性爲核心的報導手法，以平民立場爲標榜的取材策略，以及言論中對民眾情緒的共鳴與迎合（即「民眾的傾向」），都源於該報投合城市中下層民眾之閱讀興趣與心理的營業動機。從這個角度來看，該報屢遭人詬病的煽情聳動的社會新聞，與其說是報紙發展某一階段的美中不足，不如說這是該報自創刊之日起，用來吸引讀者興趣，培養讀者持續購報、讀報習慣的重要法寶。這些手法、策略和傾向都揭示了該報「營業本位」（即以營業爲導向）的鮮明性格。

　　事實上在多數情況下「營業本位」與「營利主義至上」只是一紙之隔，只有半步之遙。在半殖民主義語境下，「營業化轉型」的這種兩面性表現得更加突出與明顯。這種「營業本位」或「營利主義至上」的辦報方針無疑是催生《實報》（以及同時期不少民營報刊）斷裂「報格」的一個重要原因。

　　如前所述，「營業化轉型」是以維護報紙的獨立品格和報導言論的自由爲前提與目標，或者以此爲標榜開始。這一報業改革思潮背後的邏輯是期望通過營業實現經濟獨立，避免報紙收受政治津貼，結束報業依附政治生存的狀態，甚至有些「報人」僅爲領取津貼而創辦報紙的「病態」現象。單從理論上來看，這種「營業化轉型」的出發點有其值得評價之處。但從報業言論、報導和經營的實踐來看，在半殖民主義語境下，實現「營業化」與新聞事業走上質量提高、報紙品格實現獨立的正軌未必能夠劃上等號。

　　在鴉片戰爭之後的一百餘年時間裏，在西方帝國主義的壓迫與剝削下，中國社會各個方面發生著「某種程度的現代化」或者說某種程度的資本主義化。之所以說「某種程度」，是因爲帝國主義只允許中國在對其有利的嚴格範圍內發生朝向資本主義的變化，但與此同時，從維護西方各國「國益」的角度出發，各種妨礙中華民族進步發展的前資本主義社會關係被有意地保留下來。〔註1〕中國政治的分裂局面和不間斷的軍閥混戰背後都隱藏著帝國主義勢力對中國事務的干涉和滲透。西方帝國主義勢力的侵入和滲透，使得中國國內的矛盾複雜化。在華殖民結構的多元、分層次、不完全和碎片化特徵，造成了中國的政治、文化、思想等領域的分化、分裂和斷裂。本書第二章至第八章所涉及的歷史背景，如 1928 年南京政府未能在實質上統一全國、1930 年

〔註 1〕 胡繩，從鴉片戰爭到五四運動，第 2 版，北京：人民出版社，1997，上冊，第 8～10 頁。

「中原大戰」的爆發、1931 年至 1935 年南京國民政府對日政策的轉變和華北政局的變遷、1937 年至 1945 年後華北偽政權的建立與更迭，這些都是鴉片戰爭後中國半殖民主義語境下的產物。

　　結合這一歷史語境，再加上北平（京）並非商埠，導致報紙營業所依靠的社會經濟基礎薄弱；其所處的地理位置特殊，政治局勢紛繁複雜；不難料想「以營業爲導向」的民營報刊往往不可能如其所標榜的一般，通過經濟獨立，結束對政治權力的依附，實現報業的正常發展。實際上，多數民營報刊，只能在夾縫中求生存，「在矛盾中偷生活」，很難保持完整、獨立的「報格」。除去上述外在的、客觀的環境制約，從報業自身經營實踐的主動選擇來看，以維護報紙獨立品格爲旨歸或標榜的「營業本位」，也往往一轉而成爲「營利主義至上」。綜觀《實報》的發展歷程，可以發現犧牲「報格」往往成爲保障該報「營業」效果的一個最爲廉價，同時也是最爲便宜的選擇。

　　《實報》在自我標榜與經營實踐的矛盾，或者說「報格」的斷裂現象，在平、津報界具有相當的普遍性，自始至終存在於北方報業「營業化轉型」的過程中。這種「報格」的斷裂，既反映在民營報紙對時局變動的敏感，在有可能威脅到營業安全時，便在言論和報導上採取克制姿態或者迂迴策略；也反應在民營報刊的主辦者爲保障營業效果，在「招待」與「應酬」的名目下，主動發展和維護與政治權力的合作關係；還反映在「使人快意的新聞」的泛濫，以及以滿足「人類興趣」爲判斷標準的新聞價值的流行。

　　民營商業報紙在自我標榜和經營實踐的矛盾或者「報格」的斷裂，其實是對「營業化轉型」兩面性的一種形象化表述。這種兩面性實際上是新聞的資本主義商品化過程中的內生矛盾。根據本研究此前各章的考察，可以發現在半殖民主義語境下，標榜「營業本位」或者崇尚「營利主義至上」的報紙無法堅守以民族和國家利益爲旨歸的辦報理念；當時許多報人推崇或構建的新聞觀也從難以根本上解決「營利主義至上」與報紙的社會責任（「爲何服務」與「爲誰服務」）之間的內在衝突。不妨這樣說，正因爲這種存在於新聞的資本主義商品化過程中的內生矛盾無法調和，當時的不少報人通過強調報紙的社會責任或報紙對民眾的指導作用，來淡化或遮蔽「營利主義至上」造成的不良印象和存在的弊端。

　　本書同時揭示了管翼賢爲合理化《實報》自我標榜與經營實踐的矛盾，或者說遮蔽這種斷裂「報格」所借用的觀點、原理和修辭策略。例如通過將

「公共興趣」（public interest）與「人類興趣」（human interest），「一般讀物」與「大眾（民眾）讀物」進行同義互換，推導出「使人快意的新聞」是「一般讀物」的必要條件，由此在「趣味性」與「民眾化」／「平民化」兩者間構建一種看似合理的相關性。再如通過將「民眾」作為「讀者」的同義語進行概念置換，以「民眾的報紙」為標榜構建符合民營報刊新聞實踐特徵的新聞論。這種做法也說明包括管翼賢在內的不少報人對造成「報格」斷裂現象的根源是心知肚明的。

二、報紙、報人的社會責任與中國近代新聞學研究

上述對北方民營報刊「營業化轉型」之兩面性的分析，有助於對《實報》「營業本位」的性格獲得更為深入的理解。坦直地說，該報的「速報主義」、煽情手法和「民眾傾向」，特別是該報創辦人管翼賢性格的多面性與處事的投機性，其實都是「營利主義至上」方針的體現。從這個角度來看，管翼賢從非淪陷區主動返回淪陷區附逆投敵的行為，並非環境所迫走投無路，也非一時「人格分裂」，而是他在衡量個人利益得失之後做出的抉擇。與其說是他「嗜報如命」的人生「悲劇」，不如說是他「精打細算」「營利主義至上」思考模式的極端表現。誠如在公審管翼賢時檢察官所指出的一般，以管氏的才能，在後方生活絕對不成問題。〔註2〕

在「國難」日益深重的背景下，不少中國報人面臨做出何去何從的抉擇：是寧願犧牲個人利益，與整個民族和國家共命運，在艱苦的條件下，發揮報紙的社會責任？還是犧牲民族與國家的利益，繼續秉持「營利主義至上」的方針，換取其個人的榮華富貴，乃至「飛黃騰達」？如前所述，「以營業、營利為導向」的民營報刊往往無法堅守，或者說欠缺以民族和國家利益為旨歸的辦報理念，以不同程度地犧牲「報格」的方式換取營業安全。綜合本研究各章的考察，可以發現在平、津報界這種具有普遍性的「報格」斷裂現象的發生，不僅是縱向的，也是橫向的；不僅是歷時性，也是共時性。可以這樣說，「營業（營利）本位」往往成為商業化（甚至說市場化）報刊的「阿喀琉斯之踵」；這在中國半殖民主義的歷史語境下，表現得更為明顯與突出。

〔註2〕報界罪人！偽情報局長管翼賢昨公審／為敵宣傳已夠殺頭／何況是做情報工作，北方日報，1946年11月6日。

　　北方民營報刊「營業化轉型」的這種兩面性，提醒我們不能孤立地、割裂地僅以「新聞性」（或「新聞本位」）作為判斷新聞事業正常發展的絕對標準。如前所述，「由政論本位而為新聞本位」和「由津貼本位而為營業本位」是「營業化轉型」的兩個號召。可見「新聞本位」是與「營業本位」緊密相聯的。從英美新聞事業發展史來看，這種「新聞本位」的標榜往往遮蔽了新聞資本主義商品化的現實。這種關係在民國報人黃天鵬在 20 世紀 20 年代末期做出的如下論述中展現得較為清楚：「新聞事業之將來，果何如乎？……以今日趨勢而言，由政論本位而為新聞本位，由津貼本位而為營業本位，證以英美各國報社現狀，以型成商品說之理想。」〔註3〕

　　中日兩國的報業發展在路徑上存在不少相似之處，其中一個突出的特徵就是以歐美報業發展模式作為參照。從日本新聞事業的發展歷程來看，20 世紀 10 年代末期至 20 年代初期（即「白虹事件」之後），以《大阪朝日新聞》等標榜「不偏不黨」的「營業報紙」紛紛改組成株式會社作為象徵，日本報界進入了有計劃、有組織追求營利的「企業報紙」時代。當時就職於《東京朝日新聞》報社、於 1915 年出版《最近新聞紙學》一書的杉村楚人冠早在 1913 年就敏銳地捕捉到這一報業新動向，指出若以歐美報紙發展階段為參照，日本報界進入「營利事業時代」已成為一個既成事實。杉村將那些不承認這一既成事實的新聞論稱為「錯誤陳舊的思想」，並有意提出一種適合當下「營利事業時代」特徵的新聞論，即「新聞紙的」（journalistic）的新聞論。在這種符合新潮流的新聞論中，村山認為，報紙作為一項「營利事業」，只有依靠單純的速報主義才能在與其他報紙的競爭中勝出。〔註4〕由杉村輸入的這種「新聞紙的」新聞論顯然是歐美「新聞商品說」的日本化版本。

　　日本報業的「新聞商品化」現象在「營業報紙」時期就已存在。在日俄戰爭、中日甲午戰爭、以及此後的九一八事變、一‧二八事變、盧溝橋事變等一系列的日本對外侵略擴張的戰爭中，「以營業、營利為導向」的日本報紙通過「速報主義」「煽情主義」的報導手法，塑造了各種「軍神」、製造了各種「美談」，極大地刺激了讀者對戰爭的興奮感，從而實現了銷路的打開、報份的增加。日本的新聞事業伴隨著日本對外擴張的步伐發展壯大起來的，

〔註3〕黃天鵬，蘇俄新聞事業，新聞學刊全集，上海：光新書店，1930，第 129 頁。
〔註4〕有山輝雄，近代日本ジャーナリズムの構造：大阪朝日新聞白虹事件前後，東京：東京出版株式會社，1995，第 154 頁。

是日本侵略戰爭的受益者，這個論斷是不容置疑與辯駁的。〔註5〕

任何理論的生成都有其具體和特殊的歷史——社會背景，因此理論的適用性和解釋力也是具有局限性的。從這個角度來看，包括新聞理論在內的很多理論都反映了一種歷史過程，其本身也是一種歷史現象。當時以及現在不少被我們視為符合「新聞紙的」（journalistic）特徵的觀點和理論，是與以營業、營利為導向的大眾化報紙的特性相適應的。這種大眾化報紙在政黨報刊之後逐漸成為主流，其模板是 19 世紀 30 年代、40 年代出現在美國的廉價報紙（cheap paper）。大眾化報紙的新聞實踐、新聞觀和繼而逐漸成型的新聞理論，也隨著美國新聞學和新聞教育的興起逐漸在全球範圍內擴散。

誠如日本學者有山輝雄在考察日本近代新聞事業的構造時所指出的一般，這種「新聞紙的」新聞論之所以能夠成型，主要是因為新聞事業發展到了一個新的歷史階段（即企業化報紙的階段），對與其特性相襯的觀點和理論的建構提出了要求。

值得注意的是，以營業、營利為導向的日本大眾傳媒在日本統治階層為侵略戰爭進行輿論準備的階段，起到了推波助瀾的關鍵作用；在對外侵略擴張政策的實施階段，為宣傳日本的「國策」和維護日本的「國益」不遺餘力。它是戰爭的推動者，也是參與者和得益者（戰爭是刺激日本報份直線上昇最大的原動力，是其中一例）。與管翼賢主動附逆投敵，死心塌地為「大東亞共存共榮」搖旗吶喊不同，日本報紙為其「國運」鳴鑼開道，扮演著「加害者」的角色；後者則以「俸侍者」的姿態，協助「加害者」對自己國家和民族的利益進行侵犯。可見，對大眾傳媒「營業本位」或「營利主義至上」（或純粹的市場導向）的分析，或者對新聞媒體的社會功能與歷史功過的討論，不能忽視具體的歷史語境，否則難免掉入「一般論」「抽象論」甚至「空論」的理論陷阱。

〔註5〕 有關日本近代對外侵略擴張的戰爭刺激該國報紙銷量上漲的分析，可參見如下日文專著的相關章節：
　　　有山輝雄，近代日本ジャーナリズムの構造：大阪朝日新聞白虹事件前後，東京：東京出版株式會社，1995，第二章。
　　　山本武利，朝日新聞と中國侵略，東京：文芸春秋，2011，第五章。
　　　山本書雄，日本マス・コミュニケーション史，增補，東京：東海大學出版會，1983，第二章和第四章。
　　　鈴木健二，ナショナリズムとメディア，東京：岩波書店，1997，第三章。

　　事實上，對新聞採編和報紙發行之「歐美經驗」、「日本經驗」甚至「蘇俄經驗」的關注與介紹，是中國早期新聞學研究的一個重要組成部分。這個特點呈現出鮮明的「後進國」色彩。在半殖民主義語境下，中國的報界前輩和新聞學研究前輩在向國內介紹或引進這些外來的觀點、理論或模式時，未能對其後的歷史過程給予足夠的重視。面對上述「營業化轉型」（包括「大眾化商業報紙」）中的內生矛盾，不少報人選擇用外來的新聞理論作為合理化報紙營業活動的資源。這無疑是在對原有理論局限缺乏敏感的同時，對中國新聞事業自身的問題又進行了掩蓋，形成了理論對現實的「雙重遮蔽」。

　　在本書建構的橫向對比與縱向比較的參照糸中，可以發現「新聞」「報紙」並非也不能成為單純的「商品」。作為一種特殊的「文化商品」，新聞媒體同時擔負著不能推卸的社會責任。有關報紙、報人的社會責任，歸根結底就是「為何服務」與「為誰服務」的問題，是新聞學理論不能迴避的重要問題。結合中國近代新聞學產生的條件與背景，在半殖民主義語境下，尤其是在中國人民百餘年來尋求民族獨立、建設統一國家、反帝反殖民的鬥爭進程中，新聞媒體（或者更廣泛意義上的大眾傳媒）與國家、民族、社會有怎樣的關係，應承擔怎樣的責任，能夠發揮怎樣的功能，這些無疑是中國新聞學研究的重要題目。

　　如何立足於中國的歷史和現實，展示中國新聞事業發展進程的獨特性與普遍性，思考報紙的基本服務對象與目標，在佔據霸權地位的「商業報刊」這種報刊形態之外尋求另外的可能性，既是中國新聞傳播業界與學界不能不深思的現實問題，也是新聞史論研究今後值得探尋的一個理論方向。

參考文獻

一、中文書籍

1. 保羅‧法蘭奇，鏡裏看中國：從鴉片戰爭到毛澤東時代的駐華外國記者，張強譯，北京：中國友誼出版公司，2011 年。

2. 陳芳明，殖民地摩登：現代性與臺灣史觀，臺北：麥田出版，2004 年。

3. 陳志讓，軍紳政權——近代中國的軍閥時期，桂林：廣西師範大學出版社，2008 年。

4. 程曼麗，外國新聞傳播史，上海：復旦大學出版社，2004 年。

5. 杜贊奇，從民族國家中拯救歷史，王憲生等譯，南京：江蘇人民出版社，2009 年。

6. 方漢奇、張之華，中國新聞事業簡史，第二版，北京：中國人民大學出版社，1995 年。

7. 方漢奇，中國近代報刊史，太原：山西人民出版社，1981 年。

8. 方漢奇，中國新聞事業編年史，福州：福建人民出版社，2000 年。

9. 馮健，中國新聞實用大辭典，北京：新華出版社，1996 年。

10. 復旦大學歷史系，中國近代對外關係資料選輯，上海：上海人民出版社，1977，上卷第二分冊。

11. 甘惜分，新聞學大辭典，鄭州：河南人民出版社，1993 年。

12. 戈公振，中國報學史，北京：生活‧讀書‧新知三聯書店，1955 年。

13. 管翼賢，新聞學集成，北京：（偽）中華新聞學院，1943 年。

14. 郭貴儒、陶琴，日偽在華北新聞統制述略，民國檔案，2003 年（4）。

15. 賀聖遂、陳麥青，淪陷痛史：抗戰實錄之二，上海：復旦大學出版社，1999 年。

16. 洪煜，近代上海小報與市民文化研究（1897～1937），上海：上海書店出版社，2007 年。

17. 胡德坤，中日戰爭史（1931～1945），修訂本，武漢：武漢大學出版社，2005 年。

18. 胡繩，從鴉片戰爭到五四運動，第 2 版，北京：人民出版社，1997 年。

19. 黃天鵬，新聞學刊全集，上海：光新書局，1930 年。

20. 蔣國珍，中國新聞發達史，上海：世界書局，1927 年。

21. 今井武夫，今井武夫回憶錄，上海：上海譯文出版社，1978 年。

22. 井上清，日本軍國主義：軍國主義的發展和沒落，馬黎明譯，北京：商務印書館，1985 年。

23. 井上清，日本軍國主義：天皇制軍隊的形成，姜晚成譯，北京：商務印書館，1985 年。

24. 柯博文，走向「最後關頭」──中國民族國家構建中的日本因素（1931～1937），馬俊亞譯，北京：社會科學文獻出版社，2004 年。

25. 李彬，中國新聞社會史（1815～2005），上海：上海交通大學出版社，2007 年。

26. 李誠毅，三十年來家國，再版，香港：振華出版社，1962 年。

27. 李楠，晚清、民國時期上海小報研究──一種綜合的文化、文學考察，北京：人民文學出版社，2005 年。

28. 李秀雲，中國現代新聞思想史，北京：中國社會科學出版社，2007 年。

29. 梁家祿、鐘紫、趙玉明、韓松，中國新聞業史（古代至一九四九年），南寧：廣西人民出版社，1984 年。

30. 劉家林，中國新聞通史，修訂版，武漢：武漢大學出版社，2005 年。

31. 劉敬忠，華北日偽政權研究，北京：人民出版社，2007 年。

32. 孟兆臣，中國近代小報史，北京：社會科學文獻出版社，2005 年。

33. 莫斯可，傳播政治經濟學，胡正榮等譯，北京：華夏出版社，2000 年。

34. 丘沛篁、吳信訊等，新聞傳播百科全書，成都：四川人民出版社，1998 年。

35. 任白濤，日本對華的宣傳政策，〔出版地不詳〕：商務印書館，1930 年。

36. 沈予，日本大陸政策史（1868～1945），北京：社會科學文獻出版社，2005 年。

37. 史書美，現代的誘惑──書寫半殖民地中國的現代主義（1917～1937），何恬譯，南京：江蘇人民出版社，2007 年。

38. 藤原彰、伊文成等譯，日本近現代史，北京：商務印書館，1983 年，第三卷。

39. 王向遠,「筆部隊」和侵華戰爭——對日本侵華文學的研究與批判,北京: 昆侖出版社,2005 年。

40. 王向遠,日本對中國的文化侵略——學者、文化人的侵華戰爭,北京: 昆侖出版社,2005 年。

41. 文斐,我所知道的偽華北政權,北京:中國文史出版社,2005 年。

42. 吳廷俊,新記《大公報》史稿,武漢:武漢出版社,2002 年。

43. 吳廷俊,中國新聞史新修,上海:復旦大學出版社,2008 年。

44. 蕭效欽、鐘興錦,抗日戰爭文化史,北京:中共黨史出版社,1992 年。

45. 熊沛彪,近現代日本霸權戰略,北京:社會科學文獻出版社,2005 年。

46. 許紀霖,大時代中的知識人,北京:中華書局,2008 年。

47. 楊公素,中華民國外交簡史,北京:商務印書館,1997 年。

48. 楊建宇,漢奸報人管翼賢的人生悲劇,青年記者,2005 年(7)。

49. 喻血輪,綺情樓雜記——一位辛亥報人的民國記憶,眉睫整理,北京: 中國長安出版社,2010 年。

50. 袁旭等,第二次中日戰爭紀事(1931.9～1945.9),北京:檔案出版社, 1988 年。

51. 張憲文、黃美真,抗戰時期的偽政權,鄭州:河南人民出版社,1993 年。

52. 張憲文等,中華民國史,南京:南京大學出版社,2006 年,第二卷。

53. 張憲文等,中華民國史大辭典,南京:江蘇古籍出版社,2002 年。

54. 趙君豪,中國近代之報業,香港:申報館,1938 年。

55. 中國大百科全書總編輯委員會,中國大百科全書·新聞出版卷,北京: 中國大百科全書出版社,1990 年。

56. 中國第二歷史檔案館,中華民國史檔案資料彙編,南京:江蘇古籍出版 社,1997 年,第 5 輯第 3 編。

57. 中國人民政治協商會議北京市委員會、文史資料研究委員會,日偽統治 下的北平,北京:北京出版社,1987 年。

58. 中國人民政治協商會議全國委員會、文史資料研究委員會,文化史料(叢 刊),北京:文史資料出版社,1983 年,第四輯。

59. 卓南生,中國近代報業發展史 1815～1874,增訂版,北京:中國社會科 學出版社,2002 年。

60. 卓南生,卓南生日本時論文集,北京:世界知識出版社,2006 年,日本 社會。

二、中文論文

1. 蔡銘澤,三十年代國民黨新聞政策的演變,新聞與傳播研究,1996 年(2)。

2. 蔡史君，日本南侵與其文化政策，見北京大學亞洲——太平洋研究院，亞太研究論叢，北京：北京大學出版社，2006 年，第三輯。

3. 陳貝貝，成舍我的報業經營管理思想研究，河北大學碩士學位論文，2010 年。

4. 陳昌鳳、劉揚，日本占領時期《新民報》研究，程曼麗，北大新聞與傳播評論，北京：北京大學出版社，2004 年，第一輯。

5. 陳建雲，報人成舍我的成功之道，新聞大學，2011 年（2）。

6. 陳英程，成舍我辦報理念的核心價值觀及成因探析，暨南大學碩士學位論文，2011 年。

7. 程曼麗，華北地區最後一份漢奸報紙——《華北新報》研究，程曼麗，北大新聞與傳播評論，北京：北京大學出版社，2004 年，第一輯。

8. 單波，論管翼賢的新聞觀，新聞與傳播研究，2001 年（2）。

9. 丁淦林，20 世紀 30 年代中國小型報淺議，丁淦林文集，上海：復旦大學出版社，2005 年。

10. 杜成會，理解報紙大眾化——關於我國 20 餘年報業改革的思考，復旦大學博士學位論文，2003 年。

11. 甘藝娜，中西小型報溯源及比較——以《立報》與《每日鏡報》為例，新聞窗，2008 年（2）。

12. 郭永，小報的歷史沿革及對報業大眾化的意義——以上海的小報為例，新聞窗，2007 年（3）。

13. 賀孝貴，尋訪張閬村故居，http://blog.hbenshi.gov.cn/u/lqh0415/4715.html，2009 年 2 月 1 日。

14. 黃俊華，「小報」大世界——成舍我「小報大辦」思想研究，河南大學碩士學位論文，2007 年。

15. 陳瓊珂，成舍我的小型報思想研究——以上海「立報」為個案，復旦大學碩士學位論文，2008 年。

16. 黃天鵬，中國新聞界之鳥瞰，新聞學刊，1927.12.1（4）。

17. 江沛，南京政府時期輿論管理評析，近代史研究，1995.3。

18. 李杰瓊，「北大新聞學茶座」首次學術研討活動掠影，國際新聞界，2010 年（6）。

19. 李杰瓊，北大新聞學茶座（17）——清華大學李彬教授談「學術何為？前沿安在？」，國際新聞界，2011 年（12）。

20. 李君山，一九三五年「華北自治運動」與中國派系之爭——由《蔣中正總統檔案》探討戰前中日關係之複雜性，台大歷史學報，2004.12（34）。

21. 李磊，成舍我「二元化」辦報思想初探——對上海《立報》發刊辭的解讀，現代傳播，2009 年（5）。

22. 李時新,「大報小辦」與「小報大辦」——近代上海報業發展的兩種取向,湖北大學學報(哲學社會科學版),2010.7.37(3)。

23. 李文卿,共榮的想像:帝國日本與大東亞文學(1937～1945),臺灣政治大學博士學位論文,2009 年。

24. 劉豁軒,中國報業的演變及其問題,報學,1941.7.1(1)。

25. 呂莎,成舍我「小型報」思想探究,新聞窗,2008 年(2)。

26. 滿恒先,管翼賢與《實報》,北京西城檔案館,http://210.73.80.58/onews.asp?id=739,2008 年 5 月 23 日。

27. 彭墨,民國時期小型報的政治傳播意義探微(1927～1937),新聞界,2009 年(5)。

28. 薩空了,北平小報之研究,實報增刊,再版,1929 年 11 月,「論著」部分。

29. 唐志宏,成舍我的小型報廣告策略,廣告大觀(理論版),2008 年(4)。

30. 王琳,對抗日戰爭時期華北偽政權的考察,延安大學學報(社會科學版),1997 年(1)。

31. 謝文耀,陶孟和與《北平生活費之分析》,中國社會工作,1998 年(1)。

32. 許邦興,中國小型報紙,報學,1941.7.1(1)。

33. 袁瑋,成舍我的辦報實踐與辦報思想研究,湘潭大學碩士學位論文,2011 年。

34. 張友漁,我和實報,新聞研究資料,1981 年(4)。

35. 張雲笙,華北淪陷期間日人宣傳活動之研究,燕京大學文學院新聞學系學士畢業論文,1947 年。

三、中文報紙原件

1. 北方日報,1946 年 11 月。

2. 大公報,1946 年 11 月。

3. 實報,1928 年～1944 年。

4. 實報半月刊,1935 年～1937 年。

5. 實報增刊,1929 年 11 月。

6. 新華日報,1945 年 8 月。

7. 新民報,1938 年 5 月、1939 年 3 月、1940 年 1 月、1941 年 6 月、1942 年 9 月和 1943 年 8 月。

8. 益世報,北平,1946 年 11 月。

9. 庸報,1928 年 10 月 19～24 日。

10. 中央日報，1946 年 11 月。

四、英文文獻

1. David Stand, *Rickshaw Beijing: City People and Politics in the 1920*s, University of California Press, 1989。

2. John Hunter Boyle, *China and Japan at War 1937-1945: The Politics of Collaboration*, Stanford University Press, 1972。

3. Peter Duus, Ramon H. Myers, and Mark R. Peattie, eds., *The Japanese Informal Empire in China, 1895～1937*, Princeton, New Jersey: Princeton University Press。

4. W. G. Beasley, *Japanese Imperialism 1894～1945*, New York: Oxford University Press, 1987。

5. Wolfgange J. Mommsen and Jurgen Osterhammel, eds., *Imperialism and After: Continuities and Discontinuities*, London: Allen and Unwin, 1986。

五、日文文獻

1. 北根豐，新聞總覽，昭和十八年版，東京：大空社，1995 年。

2. 東京朝日新聞，1934 年 9 月 12 日。

3. 東洋協會調查部協會，支那に於ける國共合作問題，東洋協會，1938 年 5 月。

4. 高木教典、福田喜三，日本ファシズム形成期のマス・メディア統制（二）──マス・メディア組織化の實態とマス・メディア，思想，1961 年 11 月。

5. 光田剛，中國國民政府期の華北政治──1928～37 年，東京：御茶の水書房，2007 年。

6. 鶴見俊輔，戰時期日本の精神史 1931～1945 年，東京：岩波書店，2001 年。

7. 荒瀨豐、掛川トミ子，天皇「機關說」と言論の「自由」──日本ファシズム形成期におけるマス・メディア統制（三），思想，1962 年 8 月。

8. 歷史學研究會，日本史年表，第 4 版，東京：岩波書店，2010 年。

9. 栗原彬、小森陽一、佐藤學、吉見俊哉，内破する知：身体・言葉・權力を編みなおす，東京：東京大學出版會，2000 年。

10. 鈴木健二，ナショナリズムとメディア，東京：岩波書店，1997 年。

11. 内川芳美、香内三郎，日本ファシズム形成期のマス・メディア統制（一）──マス・メディア組織化の政策および機構とその變容，思想，1961 年 7 月。

12. 日本外務省外交史料館檔案,《北平新聞／專門的總覽》訳報ノ件,公第五五五號,昭和九年八月二十八日（1934 年 8 月 28 日）。

13. 日本外務省外交史料館檔案,北京ノ新聞二就テ,1939 年。

14. 日本外務省外交史料館檔案,北京新聞記者協會成立ノ件,1939 年 1 月 7 日。

15. 日本外務省外交史料館檔案,外國に於ける新聞,昭和六年版,上卷,支那各地並大連及香港の部,1931 年。

16. 日本外務省外交史料館檔案,外國に於ける新聞,昭和四年版,上卷,亞細亞の部,1929 年。

17. 日本外務省外交史料館檔案,外國に於ける新聞,昭和五年版,上卷,支那各地並大連及香港の部,1930 年。

18. 日本外務省外交史料館檔案,外國新聞記者、通信員關係雜件,支那人之部,1937 年。

19. 日本外務省外交史料館檔案,新聞調查報告二關スル件,見外國新聞、雜誌二關スル調查雜件／新聞調查報告（定期調查關係）,第三卷。

20. 日本外務省外交史料館檔案,支那に於ける內外通信社の組織及活動,1929 年 4 月。

21. 日本外務省外交史料館檔案北平二於ケル新聞調查報告ノ件,見外國新聞、雜誌二關スル調查雜件／新聞調查報告（定期調查關係）,第六卷。

22. 山本文雄,日本マス・コミュニケ――ション史,增補）,東京：東海大學出版會,1983 年。

23. 山本武利,朝日新聞と中國侵略,東京：文芸春秋,2011 年。

24. 山本武利,新聞と民眾――日本型新聞の形成過程,再版,東京：紀伊國屋書店,2005 年。

25. 山中恒,新聞は戰爭を美化せよ！戰時國家情報機構史,東京：小學館,2001 年。

26. 土屋禮子,大眾紙の源流――明治期小新聞の研究,京都：世界思想社,2002 年。

27. 有山輝雄,竹山昭子,メディア史を學ぶ人のために,京都：世界思想社,2004 年。

28. 有山輝雄,「中立」新聞の形成,京都：世界思想社,2008 年。

29. 有山輝雄,近代日本ジャ――ナリズムの構造：大阪朝日新聞白虹事件前後,東京：東京出版株式會社,1995 年。